A Poção Mortal

AMY ALWARD

A Poção Mortal

Diário de uma Garota Alquimista

Livro III

Tradução
Denise de Carvalho Rocha

JANGADA

Título do original: *The Potion Diaries - Going Viral*
Copyright © 2017 Amy Alward
Copyright da edição brasileira © 2018 Editora Pensamento-Cultrix Ltda.
Publicado mediante acordo com Simon and Schuster UK Ltd.
Texto de acordo com as novas regras ortográficas da língua portuguesa.
1ª edição 2018.
1ª reimpressão 2020.

Todos os direitos reservados. Nenhuma parte desta obra pode ser reproduzida ou usada de qualquer forma ou por qualquer meio, eletrônico ou mecânico, inclusive fotocópias, gravações ou sistema de armazenamento em banco de dados, sem permissão por escrito, exceto nos casos de trechos curtos citados em resenhas críticas ou artigos de revistas.

A Editora Jangada não se responsabiliza por eventuais mudanças ocorridas nos endereços convencionais ou eletrônicos citados neste livro.

Esta é uma obra de ficção. Todos os personagens, organizações e acontecimentos retratados neste romance são produtos da imaginação do autor e usados de modo fictício.

Editor: Adilson Silva Ramachandra
Editora de texto: Denise de Carvalho Rocha
Gerente editorial: Roseli de S. Ferraz
Produção editorial: Indiara Faria Kayo
Editoração eletrônica: Join Bureau
Revisão: Vivian Miwa Matsushita

Dados Internacionais de Catalogação na Publicação (CIP)
(Câmara Brasileira do Livro, SP, Brasil)

Alward, Amy
   A poção mortal: diário de uma garota alquimista, livro III / Amy Alward; tradução Denise de Carvalho Rocha. – São Paulo: Jangada, 2018.

   Título original: The potion diaries: going viral.
   ISBN 978-85-5539-104-0

   1. Literatura infantojuvenil I. Rocha, Denise de Carvalho. II. Título.

18-13386   CDD-028.5

Índices para catálogo sistemático:
   1. Literatura infantil   028.5
   2. Literatura infantojuvenil 028.5

Jangada é um selo editorial da Pensamento-Cultrix Ltda.
Direitos de tradução para o Brasil adquiridos com exclusividade pela EDITORA PENSAMENTO-CULTRIX LTDA., que se reserva a propriedade literária desta tradução.
Rua Dr. Mário Vicente, 368 — 04270-000 — São Paulo, SP
Fone: (11) 2066-9000
http://www.editorajangada.com.br
E-mail: atendimento@editorajangada.com.br
Foi feito o depósito legal.

Para Elv, Rachel, Lucy & Zareen,
cujo toque mágico
deu vida a estes livros.

CAPÍTULO UM

PRINCESA EVELYN

—Alguma notícia? – ele perguntou, encostado no batente da porta, de braços cruzados. Era pior do que Zain quando se tratava de bancar o dono do lugar. Mas ele *era* praticamente o dono, ela concluiu.

Príncipe Stefan. Seu novo marido.

Evelyn queria dar uma resposta atravessada, mas quando abriu a boca foi acometida por um dos terríveis acessos de tosse que deixavam seu corpo trêmulo e as roupas cobertas com um pó branco. Muitas vezes, quando acabavam, ela estava ajoelhada no chão, prostrada.

– Está tão mal assim? – perguntou ele.

Ela não tinha nem energia para responder. *Está tão mal assim... Claro que estava! Não dava pra ver?*

A Princesa desabou na cama outra vez, o volumoso edredom envolvendo seu corpo como um casulo. Fechou os olhos, incapaz de se lembrar da última vez em que se sentira tão fraca. Ela podia perceber que seu poder estava diminuindo. Sabia que se sentiria diferente... Afinal de contas, tinha concedido metade dos seus poderes mágicos ao seu novo "marido" (Pelos dragões! Como ela odiava aquela palavra!). Mas sentia que outra coisa estava drenando suas forças. O vírus, aquela misteriosa doença que ela contraíra, estava se tornando um sério problema. Stefan estava lhe dando comprimidos que pareciam aliviar os efeitos da doença – ele mesmo os tomava –, mas se negava a dizer para quê serviam.

Ela odiava ficar tão dependente do Príncipe. Não saía do Palácio desde a cerimônia em que Sam fora nomeada Mestra Alquimista. A mesma onda de culpa a invadiu quando pensou na amiga, Samantha Kemi. Não muito tempo depois da cerimônia, viu Sam na TV. Ela estava sendo entrevistada num noticiário no qual acusara o Príncipe Stefan de ser o verdadeiro autor intelectual do atentado do Baile de Laville. De acordo com Sam, a pessoa que fora responsabilizada pelo ataque – Emília Thoth, a tia malvada de Evelyn, agora falecida – tinha sido apenas um peão no pérfido jogo de Stefan.

O Príncipe havia entrado no quarto enquanto ela ainda assistia ao noticiário e desligado o aparelho com um leve movimento do dedo. Quando Evelyn tentou ligá-lo outra vez, a tela permaneceu escura.

Ela queria confrontá-lo, obrigá-lo a explicar as acusações de Sam, exigir que lhe contasse a verdade! Mas a doença a deixava tão fraca que mal conseguia se concentrar...

Ela abriu os olhos quando ele se aproximou.

– Eu temia isso. – Ele se aproximou e colocou a mão fria na testa dela. A Princesa tentou afastar a cabeça, mas não conseguiu evitar a mão dele. – Você era a minha última esperança. Eu precisava que fosse forte para lutar contra essa calamidade.

Sempre ouvi dizer que nunca se viu, em Nova, um membro da Realeza tão forte quanto você. Agora, só temos uma alternativa.

– Hmm? – Ela sabia que o que ele dizia era importante, mas sentia a consciência se esvaindo. – Lutar contra o quê? – murmurou. – Você sabe por que estou doente? Esses comprimidos são para quê? Por que não me conta para que servem? – Ela lutava para se sentar na cama, perguntando-se quando seus membros voltariam a obedecê-la.

– Quietinha agora, Princesa. Não haverá mais comprimidos para você. – Ela revirou os olhos, até seu olhar finalmente pousar no próprio braço. Havia algo enfiado nele. A agulha de uma seringa. Stefan estava injetando algo nela.

– O que está fazendo? – ela gritou. Mas as palavras saíram abafadas, quase ininteligíveis. Ela nem sabia se faziam sentido.

– Shhh – ele fez. – O vírus vai se espalhar. Agora percebo que não há como detê-lo.

– Espere... – Ela lutou contra o sono incontrolável, mas ele a arrastou contra a vontade dela, auxiliado pela pressão firme de Stefan em sua testa. A última coisa que viu antes de fechar os olhos foram os exóticos olhos do Príncipe, com suas íris estriadas de tigre, e suas palavras finais:

– Que os Dragões nos ajudem a todos...

CAPÍTULO DOIS

♥ SAMANTHA ♥

—Pois é...
– Pois é...
Não consigo resistir. O riso borbulha na minha boca como refrigerante ao sacudir a lata. Tenho que soltar uma risada.
– Qual é a graça? – Zain pergunta.
– Todo esse tempo para conseguirmos nosso primeiro encontro... Eu só não esperava que fosse tão estranho!
Para meu alívio, ele também ri. Uma mecha de cabelo preto cai sobre a testa quando ele olha o restaurante lotado, nossos cotovelos tão próximos da mesa ao lado que quase posso pegar o guardanapo do meu vizinho.
– Acho que ando tão ocupado com as aulas da faculdade e com o meu trabalho na Zoroaster que esqueci como é ser humano – justifica ele.
– Eu te perdoo – respondo com um sorriso. – Normalmente a estranha sou eu.

– É verdade, você é a *nerd* da alquimia – ele provoca. Atiro meu guardanapo nele, que se desvia com facilidade. Então Zain se inclina na minha direção para sussurrar algo só para mim.
– Que tal se a gente se mandasse daqui?
– Por quê? Tem uma ideia melhor?
– Estava pensando... A gente poderia ver a dança dos *kelpies*...
Eu sorrio.
– Não faço isso desde que tinha uns 3 anos de idade!
– Ouvi dizer que deram uma modernizada na dança recentemente. Pode ser meio brega, mas...
– Acho perfeito! – digo. Faço qualquer coisa para sair deste lugar.

Quando Anita soube que íamos ao elegante restaurante *MDW*, do chef de cozinha Marco Darius Winter, quase engasgou e cuspiu seu caldo de abóbora com especiarias. Mesmo quando esclareci que iríamos nos sentar na parte mais informal do restaurante, não no salão mais sofisticado, ela espumou de inveja.
– Ainda assim é um dos restaurantes mais disputados da cidade! Como você conseguiu a reserva?
– Não sei – eu disse. – Zain é que conseguiu.
– Você é tão sortuda!

Se sou, nunca percebi. Morei em Kingstown durante toda a minha vida e posso contar numa única mão o número de vezes em que estive na rua Gana (ou na rua Grana, o apelido não tão carinhoso que eu e Anita demos a ela). É a parte mais extravagante da cidade, com lojas de luxo e restaurantes da moda; e o restaurante MDW fica bem no meio dela. Ele é tão chique que podem pagar garçons Talentosos, para que nossos pratos sejam levados num passe de mágica, no instante em que terminamos a refeição, e nossos copos nunca fiquem vazios.

Só espero que os refis sejam gratuitos, mas, pensando bem, eles servem um gelo especial feito com "água de geleira", então duvido que sejam. Zain faz questão de pagar a conta, então nem tenho chance de descobrir.

Não sou viciada em sites e programas de culinária como Anita, portanto simplesmente não aprecio tanto assim os pratos artísticos, em porções *minúsculas*, que estão sendo servidos, uma versão novaense de *tapas*. Não posso deixar de me sentir um pouco deslocada neste lugar, como se de repente deixasse de ter 16 anos e passasse a ter 30! E continuo achando que prefiro comer um hambúrguer no Hungry Joe's do que torrar mais dinheiro neste restaurante. Além disso, todo mundo parece estar falando do Príncipe Stefan e da Princesa Evelyn. Como o casal ao nosso lado. Trinco os dentes quando o assunto volta à baila depois da sobremesa.

– Acho que ele é bom para ela. Eu me sinto muito mais segura agora que a Princesa está casada – diz a mulher, tocando delicadamente a colher na crosta de açúcar do seu *crème brûlée*. – E a lua de mel parece tão bonita... O que acha de reservarmos uma estadia no Resort Luxe para as nossas próximas férias?

O homem concorda com a cabeça.

– Como quiser, querida. E não se esqueça de que esse casamento é uma jogada inteligente do ponto de vista político. O Rei Ander não é nada bobo. Agora os dois países estão mais próximos do que nunca.

– Você está enganado – eu me intrometo, girando a cadeira para ficar de frente para o meu vizinho de mesa.

– Sam... – ouço Zain dizer, ao fundo, e capto o tom de advertência em sua voz, mas não consigo me controlar.

– Stefan é perigoso – continuo. – Ele armou tudo para a Princesa se casar com ele!

O homem deixa cair o garfo e levanta as duas mãos como se eu fosse agredi-lo, enquanto aprecia seu mousse de chocolate.

– Esse é o *seu* modo de ver o Príncipe Stefan, mocinha – diz a mulher, brandindo a colher para mim como se fosse uma arma.

A expressão do homem muda e seus olhos antes arregalados de surpresa agora demonstram curiosidade.

– Espere aí, eu conheço você. Você é a garota alquimista que foi tirada do ar durante aquela entrevista em *Notícias de Última Hora em Nova!*

Estremeço. Não sou mais a garota alquimista que ganhou a Caçada Selvagem e salvou a Princesa. Agora sou a lunática delirante que foi tirada do ar no meio de uma entrevista.

– Sinto muito, senhor, nós já estávamos de saída – diz Zain, levantando-se.

O homem cruza os braços sobre o peito.

– Não, espere... Quero ouvir o que essa jovem tem a dizer. *Por que* o Príncipe Stefan é perigoso?

Engulo em seco e espero um segundo. Essa é a deixa que preciso para dizer o que quero, e me preparei justamente para uma oportunidade como esta – mesmo que seja para uma plateia de apenas duas pessoas.

— Para começar, ele me sequestrou no Baile de Laville e me forçou a descobrir a receita da *Aqua Vitae* para benefício dele; e, depois, quando isso não deu certo, convenceu a Princesa a se casar com ele e a infectou com um vírus contagioso.

— Pensei que você mesma tivesse falado que a *Aqua Vitae* não passa de uma lenda — diz o homem —, que essa poção não existe.

— E não existe, mas...

— E que a Princesa *teve* que se casar para não pôr Nova em perigo, certo?

— Sim, mas...

— E mesmo infectada com um vírus mortal, a Princesa ainda consegue ir à praia, passar uma lua de mel fabulosa e ser fotografada parecendo perfeitamente feliz e saudável?

Meu rosto perde a cor.

— A Princesa foi fotografada?

O homem faz um sinal com a cabeça para a parceira. Ela revira os olhos para mim e tira o celular da bolsa elegante.

— Veja por si mesma. — Batendo o dedo algumas vezes na tela, ela encontra uma foto da Princesa tirada por um *paparazzo* na praia, com o braço de Stefan sobre os seus ombros bronzeados. Embora esteja um pouco embaçada, como se fosse tirada de longe, de fato parecem eles.

— Vamos embora, Sam. — Zain estende meu casaco para mim. — Desculpem o incômodo.

— Mas... Eu não entendo — gaguejo. A mulher vai passando as fotos do seu álbum no celular e, a cada foto da Princesa sorridente, meu coração fica mais apertado. Pego meu casaco das mãos de Zain e saio do restaurante o mais rápido possível (mas não tão rápido a ponto de não ouvir a mulher lamentando-se em voz alta sobre como a clientela do MDW está cada vez menos selecionada...).

– Você está bem? – Zain pergunta quando já estamos do lado de fora. Ele pega a minha mão e a aperta de leve.

– Estou. – Solto um longo suspiro. – Sinto muito. Sei que prometemos não tocar nesse assunto esta noite. Mas não consegui evitar. Não aguentei ouvi-los falar sobre quanto o Príncipe é incrível e tudo mais. Por que ninguém vê Stefan como ele realmente é?

– Será porque ele é um mestre manipulador com todos os recursos do Palácio na ponta dos dedos?

– Suponho que sim. Só queria que a Princesa entrasse em contato...

– Eu sei.

Ele estava tão chateado quanto eu. Nenhum de nós viu a Princesa depois da cerimônia em que me tornei Mestra Alquimista. Nessa ocasião, a última coisa que ela nos disse é que tinha "pegado um resfriado". Depois disso, foi arrastada dali pelo serviço secreto. Desde então, já fiz de tudo para entrar em contato com ela. Só falta eu me acorrentar aos portões do Palácio... Não sei mais como chamar sua atenção. E como a Princesa não me ouve, tenho tentado alertar as pessoas sobre a falta de caráter do Príncipe de outras maneiras: entrando em contato com todos os que conheci na mídia desde que ganhei a Caçada Selvagem, postando nos meus canais sociais, escrevendo cartas para o Palácio... Mas ninguém quer me ouvir!

– Podemos esquecer esse assunto pelo resto da noite? – Zain puxa a minha mão.

– Você não teve nenhuma notícia dela? – pergunto.

Ele estremece, então encobre o tremor com um encolher de ombros.

– É a Realeza. *Eles* é que entram em contato com a gente, não o contrário. Mesmo que eu e a Princesa sejamos velhos amigos. Além disso, Stefan acabou de chegar a Nova. Depois que tiver se ambientado, tenho certeza de que Evie entrará em contato e as coisas voltarão ao normal. Portanto... como eu estava dizendo, que tal esquecermos isso por ora? – Ele olha para mim, com aquela franja sobre os olhos, e sinto minha indignação se esvair.

– Ok, está esquecido.

Caminhamos de mãos dadas pela orla, onde acontecerá a dança dos *kelpies*. Vemos as duas grandes arquibancadas de frente para as ondas e Zain paga algumas coroas por dois ingressos. A atmosfera é de parque de diversões, com jogos infantis, barraquinhas de algodão-doce e comerciantes Talentosos encantando brinquedos que iluminam o céu noturno enquanto o sol se põe.

– Venha – diz Zain. – Vou ganhar um prêmio pra você.

– É mesmo? – pergunto, incapaz de resistir à tentação de provocá-lo um pouco. – E que tal se *eu* ganhasse um prêmio pra você?

– Desculpe, campeã, mas esses jogos são apenas para Talentosos. – Zain aponta para a placa na frente da barraca.

– Isso não é discriminação ou coisa assim? – Talentosos, pessoas como Zain ou minha irmã Molly, podem manipular as correntes de magia no ar através de objetos como uma varinha ou um par de luvas. As pessoas mais Talentosas de Nova são a Família Real, entre elas nossa incomunicável amiga Princesa Evelyn.

A Realeza pode fazer magia usando apenas as mãos. Mas eu sou uma comum. E isso significa que não tenho poderes mágicos.

Tento não me aborrecer com isso. A maioria dos alquimistas é comum e isso nos dá a vantagem de poder trabalhar com ingredientes mágicos sem causar nenhum tipo de interferência. Os Talentosos que tentam preparar poções acabam sofrendo efeitos adversos em seu corpo e mente, por isso normalmente não vale a pena correr o risco. Que eu saiba, até hoje só existiu um alquimista Talentoso em todo o mundo. Um calafrio percorre a minha espinha, apesar do casaco pesado que estou vestindo.

Zain cutuca meu ombro com o nariz, achando que ainda estou me sentindo insultada pela placa "Só para Talentosos".

— É só um jogo. Fique olhando.

Volto a me concentrar em Zain, mas sei o que, na verdade, está me causando calafrios: pensar em Emília Thoth, a alquimista Talentosa e tia malévola da Princesa, que me raptou no Tour Real. *Ela está morta*, eu me obrigo a lembrar. Não pode mais me fazer mal, nem fazer mal aos meus amigos.

Zain pega a varinha e se aproxima do operador do jogo, segurando na mão o bilhete para jogar. O jogo consiste numa grande roda, como o alvo de um jogo de dardos, com buracos dispostos estrategicamente em volta dela. Cada buraco tem um número acima dele.

— O jogo é muito simples — explica o operador. — Vou girar a roda e você tenta acertar os buracos usando a sua magia. O feitiço deve ser só uma simples bola de borracha, nada muito elaborado, por favor. Quanto mais buracos você acertar, mais alta é a sua pontuação e maior o prêmio. Sacou? Cinco buracos, seis tentativas.

Zain faz que sim com a cabeça e o olhar concentrado em seu rosto me fez soltar uma risadinha.

– Pronto? Três, dois, um! – O operador gira a roda.

Com movimentos rápidos com o pulso, Zain atira bolas vermelhas brilhantes na direção da roda em movimento. O que ele certamente não esperava, e muito menos eu, é que erraria todos os buracos. Depois das seis tentativas, a sua pontuação continua sendo zero.

Zain abre a boca de surpresa, a tal ponto que eu provavelmente poderia acertar uma bola dentro dela.

– Isso é armação! – ele exclama, fingindo indignação.

Não posso deixar de rir outra vez.

– Vamos embora, senão vamos perder o show! – digo, puxando-o pela manga.

– Só mais uma vez.

– Se você insiste... – Sorrio e dou uma olhada no operador, que está com uma expressão satisfeita no rosto. Por algum motivo, acho que Zain não vai se sair melhor desta vez.

Meu celular apita e verifico o aparelho. Na tela está a linha de assunto de um e-mail que acabou de chegar:

ASSUNTO: DOCUMENTÁRIO DE SAM KEMI

Meu primeiro pensamento é: *mas de novo?*

Quantas vezes vou ter que repetir que não estou interessada? Fecho o e-mail, decidida a respondê-lo outra hora.

Um gemido alto de Zain me diz que ele perdeu de novo. Volto a colocar o celular no bolso e dou um tapinha no ombro dele.

– Será que podemos ir agora?

— Tá, tudo bem — ele diz, fazendo cara feia para o operador. Mas, quando nos viramos, ele está sorrindo. Eu me derreto um pouco mais olhando meu namorado. Formamos um casal estranho: ele é filho do maior fabricante de poções sintéticas do país, a indústria que ameaça o negócio da minha família, e eu sou a Mestra Alquimista de uma das mais antigas famílias de alquimistas de Nova. Porém, a ligação que existe entre nós parece forte o bastante para vencer essas diferenças.

— Por que você fez aquela cara? — ele pergunta, colocando o braço nos meus ombros e me puxando para perto dele, enquanto subimos as escadas da arquibancada. A plateia é, em sua maior parte, formada por famílias com crianças pequenas, mas também vejo alguns adolescentes. A dança dos *kelpies* não é conhecida exatamente por ser "o programa do momento", mas é muito mais a nossa cara do que um restaurante estiloso. Além disso, nossos assentos ficam na parte mais vazia da arquibancada, guarnecidos de mantas para nos manter aquecidos. Um lugar agradável e aconchegante para um encontro romântico.

— Que cara eu fiz?

— Vi você olhando alguma coisa no celular e franzindo a testa, com uma cara séria.

Balanço a cabeça.

— Não, não era nada... Só uma produtora de TV *muito* insistente que quer fazer um documentário a meu respeito. Disse que o interesse do público depois da Caçada Selvagem e do Tour Real está no ápice e eu preciso "capitalizar" isso. — Faço aspas com os dedos e reviro os olhos. — É tipo o quarto ou quinto e-mail que ela me envia e eu já disse que não estou interessada.

Os olhos de Zain se acendem.

– Está falando sério? Mas isso parece tão legal! Posso ver o e-mail?

Eu solto uma risada.

– Nossa! Que empolgação! – Abro o e-mail e passo o celular para ele.

Zain dá uma olhada rápida na mensagem.

– Sam, você só pode estar brincando. Isso é demais! – Zain aponta para o nome da remetente, Daphne Golden. – Ela é uma diretora super-requisitada! Seu último filme recebeu vários prêmios.

– Tá brincando? Ela é famosa, então?

– Esse documentário pode ser muito legal. O que ela quer fazer? Esse e-mail não dá muitos detalhes, são só argumentos para te convencer.

Solto um longo suspiro.

– Bem, ela quer filmar a loja, fazer algo do tipo o "dia a dia de uma alquimista", talvez me seguir até o colégio e coisa e tal. Entrevistar a minha família e meus amigos, você também, sem dúvida nenhuma. Ela diz que eu tenho uma história pra contar. Sabe como é, a pessoa mais jovem a conseguir o título de Mestra Alquimista em Nova, a minha experiência na Caçada Selvagem e no Tour Real... esse tipo de coisa.

– Parece incrível!

Franzo o nariz.

– Você acha? Pois eu não. Estou mais preocupada em saber quando toda essa exposição da minha imagem vai diminuir, em terminar o ensino médio... não em aparecer nas telas de TV outra vez. Só vai parecer que estou atrás de mais atenção. Até me surpreende que queiram *falar* comigo depois de toda publicidade negativa em torno do meu nome.

– Olha, agora você é uma figura pública em Nova e as pessoas vão querer falar com você, quer você queira, quer não. E talvez seja a sua chance de contar a sua história, exatamente da maneira como quer que ela seja contada.

– Talvez...

– E aposto que vão pagar bem.

– Sim, mas...

– É uma possibilidade que você deveria levar em conta. Não vai ter oportunidades como essa outra vez. Você também vai poder limpar a barra da sua família, porque as pessoas ainda acham que estão escondendo a *Aqua Vitae* de todo mundo. Isso foi um grande escândalo no mês passado, a ideia de que vocês conseguiram uma cura para *todas* as doenças, a mais poderosa poção já descoberta, e depois a destruíram ou a guardaram a sete chaves. O que *não* é verdade.

Analiso o e-mail outra vez. Um documentário... Poderia até ser divertido...

Trombetas soam à nossa volta e a iluminação fica mais suave.

– Vou pensar – sussurro para Zain quando o show começa, feliz em poder me distrair e esquecer o assunto por enquanto.

Raios laser vermelhos e verdes dançam na água enquanto uma tela sobe por trás. Um vídeo introduz o espetáculo, junto com uma série de advertências sobre medicamentos da Corporação Zoroaster. Zain e eu trocamos olhares, revirando os olhos para a breguice suprema de tudo aquilo. Mas, com a cabeça encostada no ombro de Zain, mãos dadas e os dois aconchegados sob uma manta de lã quentinha, eu não conseguiria pensar num lugar mais perfeito para o nosso "primeiro" encontro.

Isso até surgir na tela um rosto exibindo um sorrisinho afetado. Uma face angulosa e cheia de presunção, com olhos âmbar de tigre.

CONGRATULAÇÕES AO NOSSO NOVO PRÍNCIPE STEFAN DE NOVA! agora está escrito na tela. Em sua primeira acrobacia, os *kelpies* irrompem das ondas em frente à forma serena e ondulante do Príncipe, numa homenagem ao mais novo membro da Família Real, com uma dança coreografada cheia de cascos aquosos e jubas espumantes. As acrobacias deveriam me tirar o fôlego, mas tudo o que sinto é raiva.

Ao meu lado, Zain aperta a minha mão.

– Lembre-se, deixe isso tudo pra lá só por uma noite...

Eu cerro os dentes por mais dois segundos, mas, quando os fogos estouram atrás da cabeça de Stefan, jogo a manta no chão e me levanto.

– Não vou conseguir ver isso!

– Sam!

– Fique, se quiser, mas eu não vou ficar aqui prestigiando esse show bizarro! Não ligo que ninguém mais entenda ou se vão me ouvir ou não. Nunca vou acreditar que ele tenha mudado. Não vou confiar no Príncipe Stefan nem que a minha vida dependa disso!

CAPÍTULO TRÊS

♥ SAMANTHA ♥

Bato a porta atrás de mim.

Mamãe está sentada à mesa da cozinha e, ao me ver, consulta o relógio com um olhar de espanto.

– Sam! Achei que ia voltar bem mais tarde. Seu pai levou Molly à aula de natação e... – Ela percebe minha expressão de aborrecimento e para de falar. Saí enfurecida do show dos *kelpies* e fui direto para casa. Zain me ofereceu carona, mas eu precisava andar para arejar a cabeça. Ver aquele vídeo trouxe à tona a minha antiga raiva e agora não consigo mais disfarçá-la.

– Está tudo bem? – minha mãe pergunta, sua voz calma atravessando a rubra névoa de raiva diante dos meus olhos.

– Não – respondo, entredentes. Preciso me acalmar. Preciso de... um chá.

– O que foi, querida? Deixe que eu faço isso – ela diz, tomando a chaleira das minhas mãos trêmulas. Minha mãe é Talentosa, mas sua magia é fraca e ela não costuma usá-la dentro de casa. Seu objeto, uma varinha de rabdomante, fica o tempo todo sobre a cômoda no andar de cima. – Por que você não se senta?

Faço o que ela diz e desabo numa das cadeiras da cozinha.

– Não consigo entender. Por que as pessoas acreditam nele?

Minha mãe não precisa nem me perguntar de quem estou falando. Atualmente, todos os noticiários, programas matinais e manchetes de jornais exibem o rosto do Príncipe Stefan. É uma grande jogada de marketing do departamento de relações públicas do Palácio. Mas a mim não convence. Stefan é quem está colocando a Princesa em perigo. Contratou Emília Thoth, desencadeando a sequência de eventos que levou à corrida pela *Aqua Vitae*, e agora se casou com ela, só para se aproveitar do imenso poder mágico de Evelyn. E parece que ninguém acha suspeito que a Princesa ande estranhamente longe dos olhos do público, apesar das fotografias desfocadas que circulam por aí.

Meu rosto se contrai de desgosto toda vez que vejo a imagem do Príncipe. É impossível evitar. Em todos os lugares, há fotos e vídeos do seu rosto atraente, risonho e bajulador, seus olhos enigmáticos de tigre, seu cabelo louro sem um fio fora do lugar. Minha voz, minha voz solitária, está se afogando nesse mar de idolatria e esperança.

Eu não tenho esperança. Tenho raiva.

Lágrimas de serafim misturadas com raízes de árvore Bodhi, para erguer o véu da ilusão dos olhos de todos e mostrar a verdade que está diante deles.

Embora talvez seja crime, minha vontade é fazer um caldeirão gigantesco dessa poção e jogar na represa que abastece a cidade. Pelo menos seria melhor do que esse "coquetel pró-Stefan" que parece ter embriagado o mundo inteiro.

Mas sou a única que o viu em Gergon, a única que sabe que ele está por trás da explosão no Baile de Laville. E quanto mais o Príncipe aparece nos noticiários de TV, na mídia escrita e nas redes sociais, mais difícil é fazer com que as pessoas acreditem em mim.

Como alguém que a Princesa escolheu como marido pode ser tão ruim?

Se o que você diz é verdade, a essa altura ele já não estaria mostrando quem é realmente?

O comentário da minha mãe só põe mais lenha na fogueira:

– Não sei, querida, mas suponho que as pessoas queiram acreditar no melhor da sua nova Família Real.

– Mesmo que eu possa dar provas contra o Príncipe?

– É a sua palavra contra a dele. E mesmo que acreditemos em você...

– Mas e quanto à Princesa? Ela está fora de toda essa exposição e ninguém acha isso estranho?

– Ela está ocupada. Ser recém-casada nem sempre é fácil.

– Nem me fale! Especialmente quando o marido é um cara bizarro como aquele!

– E as pessoas querem saber mais sobre o novo Príncipe. Nada do que está acontecendo é uma surpresa, querida.

Reviro os olhos. Esse é um argumento que já ouvi muitas vezes.

– E o que me diz do pó branco que vi na manga de Evelyn? O mesmo sintoma do vírus que, de acordo com o que o próprio Stefan me mostrou, tinha se espalhado pelo seu país. Ninguém se importa com isso?

A expressão de minha mãe continua neutra, até diplomática, mas uma ruga de preocupação surge entre seus olhos. Eu quase aponto para ela e grito: "Ahá! Você está preocupada também!", mas me contenho.

– Você se importa – ela diz gentilmente. – E, como você se importa, nós também nos importamos. Se a Princesa pedir sua ajuda, você e seu avô estarão a postos. Se ela quer privacidade, você precisa esperar que entre em contato. Isso é tudo o que pode fazer.

– Eu sei – digo com um suspiro. Tomo um gole do meu chá-verde e espero que meu coração desacelere.

– Bem, talvez isso não seja tudo que pode fazer...

Eu levanto uma sobrancelha.

– O que quer dizer?

– Você não tem que esperar de braços cruzados. Você precisa viver a *sua* vida. Talvez depois de tudo pelo que passou no ano passado, possa agora pensar mais em si mesma. É o seu último ano no secundário. Você tem aquela superparceria com a Zoroaster em que pensar. Talvez possa tirar alguns dias de férias com Anita antes de aceitá-la.

Faço uma pausa, fitando o meu chá.

– É, talvez. Desculpe, mãe, acho que só estou cansada. Vou para o meu quarto, ok?

– Tem certeza de que está tudo bem?

Dou de ombros.

– Sim. Acho que só... sinto falta dela.

– Claro que sente. A Princesa foi uma presença constante em sua vida este ano, mas ela é, antes de tudo, um membro da Realeza. E voltará para você quando chegar a hora.

Mal entro no meu quarto, já me sento na escrivaninha e abro o laptop. Por força de hábito, faço o *login* na Connect e, quando a página da rede social carrega, vejo que Kirsty postou uma longa mensagem em sua página. Além de ser minha prima, Kirsty é a Coletora da nossa loja e viaja o mundo todo atrás de ingredientes para reabastecer o nosso estoque. Ela me ajudou muito a encontrar os ingredientes da poção do amor, durante a Caçada Selvagem e quando eu estava à procura do diário da minha bisavó. Gosto muito quando suas fotos e postagens aparecem na minha página da Connect.

APELO A TODOS OS MEUS AMIGOS
As coisas não vão nada bem em Nova.
O novo Príncipe vem de um lugar onde os comuns são tratados como cidadãos de segunda classe, em comparação aos Talentosos.
Precisamos ouvir minha amiga Samantha Kemi quando ela nos avisa que ele é perigoso!
Precisamos ficar alertas – não podemos deixar que tirem nossos direitos.
Vamos defender os comuns!

A mensagem aquece o meu coração. Kirsty é uma das poucas pessoas que também conhecem a verdadeira natureza do Príncipe Stefan e a sua ligação com a *Aqua Vitae*. Eu não a vejo desde o Tour Real, mas acho que a vi numa fotografia em meio a uma multidão, num encontro da Associação Pró-Comuns (APC), que defende os diretos dessa parcela da população. Com os holofotes sobre Gergon desde o casamento e a ascensão do Príncipe Stefan, ela intensificou sua campanha pelos comuns nesse país, para que eles recebam o mesmo tratamento e tenham os mesmos direitos que os Talentosos. Agora tem viajado tanto que eu mal a vejo.

    Ao contrário de Gergon, Nova é historicamente um lugar onde Talentosos e comuns conseguem viver em harmonia. A Princesa Evelyn colocou em risco esse equilíbrio no início deste ano. Como Princesa Real de Nova, ela precisava já estar casada e compartilhando seu Talento na ocasião do seu aniversário de 18 anos, do contrário seu poder iria aumentar a ponto de sair do controle e destruí-la – assim como à cidade de Kingstown. Sua recusa inicial em se casar – e as medidas extremas que tomou, criando uma poção do amor para solucionar o problema – representou um enorme risco para si própria e para o seu povo. A APC considerou a atitude dela irresponsável, indiferente até. A associação acha que não deveríamos nem ter uma Família Real, que é loucura ter um poder tão grande nas mãos de tão poucas pessoas, mesmo que grande parte dele seja pura formalidade. Acham que devíamos seguir os moldes de Pays, onde o povo destituiu seus monarcas após uma longa e sangrenta revolução. Depois que a linhagem real foi extinta, o poder foi redistribuído entre as pessoas do povo.

    Estremeci. Eu não queria que a Princesa fosse "extinta".

    Na minha opinião, o modelo novaense funciona, mas apenas se a família Real aceitar as regras. Eles têm poder, mas não têm direito de abusar dele. Temos um governo eleito – uma mescla de Talentosos e comuns –, para manter as coisas sob controle.

    Como a realidade do nosso mundo é que temos Talentosos e comuns, precisamos aprender a conviver com isso. Equilíbrio é tudo. Equilíbrio é paz. Equilíbrio é harmonia.

Qualquer alquimista que mereça esse título sabe disso. Pode-se até dizer que o equilíbrio é o objetivo supremo da alquimia. Algumas pessoas diriam que é a transformação. Mas os alquimistas transformam as coisas por uma razão: para encontrar esse perfeito equilíbrio entre luz e escuridão, quer estejamos falando de elementos, poções ou até maneiras de pensar.

Portanto, mesmo que Kirsty tenha me pedido algumas vezes, não vou me filiar à APC. Ela acha que eu daria mais visibilidade à associação, pois, graças a toda publicidade em torno da Caçada Selvagem, minha reputação nas mídias sociais passou de zero a níveis estratosféricos. Sou uma figura pública agora, mesmo que hoje eu lance mão disso apenas para tentar desacreditar o Príncipe Sefan.

Mas não quero ser um fantoche nas mãos de ninguém.

A postagem seguinte quase me faz mudar de ideia. Não se trata de um comentário de nenhum dos meus amigos, mas de um dos artigos que aparecem na Connect com base em buscas anteriores. O que chama a minha atenção é uma foto minha absolutamente horrível, na verdade uma captura de tela da ocasião em que fui retirada do estúdio do *Notícias de Última Hora em Nova*, no momento em que comecei a criticar Stefan. O coque em meu cabelo está se desmanchando e meus olhos estão revirados. Eles me fizeram parecer uma perturbada.

Que é exatamente o que a manchete diz:

SAMANTHA KEMI: MESTRA ALQUIMISTA OU
AMEAÇA À SOCIEDADE?

Fico furiosa, mas não clico no artigo para lê-lo. Em vez disso, clico na lista de discussão pública #SamanthaKemi.

A página carrega e me deixa com mais raiva ainda.

ENCIUMADA OU ESTAFADA? *Por que Samantha Kemi simplesmente não pode deixar o Príncipe e a Princesa em paz?*

TESTE: *Você consegue identificar esses cinco momentos desastrosos na vida de Sam Kemi?*

E, o pior de tudo, há uma manchete de última hora.

FLAGRA: *Samantha Kemi protesta contra o Príncipe no restaurante da moda MDW.*

Mais abaixo, há o vídeo de uma cena inegável da minha discussão com o casal da mesa ao lado, filmada por outro cliente do restaurante.

Deixo a minha cabeça cair sobre a escrivaninha.

Toda vez que tento dizer às pessoas a verdade sobre Stefan, minhas palavras são distorcidas. Preciso de uma maneira de divulgar a *minha* versão dos fatos. Mas, para fazer isso, tenho que controlar as imagens mostradas e o que é dito.

Um pensamento me ocorre, com uma mistura de medo e empolgação, e saio da Connect para entrar na minha caixa de e-mails. Talvez eu tenha uma oportunidade de contar o meu lado da história.

O e-mail de Daphne Golden está no topo da minha caixa de entrada.

Um documentário. Um programa de TV.

Mas você odeia exposição. Odeia aparecer na TV. A voz dentro da minha cabeça fala bem alto desta vez.

Por outro lado, não será um programa ao vivo.

Aperto algumas teclas e ligo para Zain, esperando ver seu rosto na tela do celular.

– Oi, linda! – ele diz com um sorriso largo. – Tudo bem? Chegou em casa bem?

– Sim, tudo bem. Desculpe por surtar.

– Não precisa se desculpar. Mas vamos ter que planejar outro encontro sem o Príncipe Stefan desta vez.

– Tem razão – respondo, sorrindo também. Estou feliz que ele não esteja bravo comigo por sabotar nosso breve encontro, mas no fundo sabia que ele entenderia. – Estava pensando no que você me disse no show dos *kelpies*, sobre o documentário.

Os olhos de Zain se iluminam.

– Vai aceitar o convite?

– Com uma condição. Quero que faça isso comigo.

O rosto de Zain congela e eu me pergunto se a nossa conexão caiu. Então ele pisca com força e diz:

– Espere aí, está falando sério?

– Por que não? Vou trabalhar na ZA depois de me formar, então você também faz parte da minha história. E acho que seria bem melhor se você estivesse comigo. Eu me sentiria mais à vontade, pelo menos. Sei que está ocupado com a universidade, mas poderia dar um jeitinho de encaixar o documentário na sua agenda...

– Ok. – Ele acena com a cabeça, o sorriso retornando ao seu rosto.

– Sério?

– Sério, tudo bem! Vamos fazer isso juntos!

O sorriso no meu rosto é tão grande quanto o dele.

— Vou mandar um e-mail para ela agora e ver o que me diz. — Em outra janela, abro o e-mail de Daphne e digito rapidamente. Ela parece querer iniciar as filmagens imediatamente. "Vamos fazer isso enquanto você está na boca do povo!" são as últimas palavras do e-mail dela.

— Estou respondendo ao e-mail da diretora — digo a Zain. — Avisando sobre a minha condição... *pronto*. — Aperto o botão "enviar" antes que eu possa mudar de ideia.

— Depois me conta o que ela disse. É melhor eu voltar a estudar.

— Tudo bem, eu... — Recebo um novo e-mail quando estou no meio da frase. — Só um minuto, ela acabou de responder. Está dizendo: "Maravilha! Você e Zain são a dupla perfeita para a TV. Estaremos aí pela manhã para planejar tudo. E garanta que seus pais estejam por perto para assinar as autorizações. Temos de conseguir uma brecha no seu calendário escolar para fazer as filmagens".

Pisco para a tela enquanto a minha caixa de entrada começa a ficar abarrotada com os documentos que Daphne está me enviando: vídeos do seu trabalho anterior, artigos de notícias a meu respeito que ela pesquisou, esboços sequenciais para a filmagem e um longo contrato para eu assinar.

— Sam? Está tudo bem? — ouço Zain dizer agora, em vez de vê-lo, pois minha tela está coberta com arquivos sendo baixados.

Minimizo tudo até ver o rosto dele novamente. A empolgação ainda está correndo nas minhas veias, a emoção de ter sido tão impulsiva e ousada. Mas a realidade está se configurando.

— Hmm... Zain? Volto já. Acho melhor falar com meus pais primeiro.

CAPÍTULO QUATRO
❤ SAMANTHA ❤

Sem querer, derramo água quente no balcão da cozinha. Mas o tremor nas minhas mãos é de nervosismo agora, não de raiva. Ouço a porta dos fundos se fechar e a voz alegre do meu pai anuncia que ele e Molly estão chegando em casa. Aperto os punhos para não demonstrar a minha agitação. Contar à minha mãe e ao meu avô sobre o documentário foi surpreendentemente fácil: ambos acham que será uma boa oportunidade para mim.

Talvez boa até *demais*. Minha mãe fez muitas perguntas, tinha dúvida até se Daphne Golden seria de fato uma pessoa real. Depois que lhe mostrei os vídeos e o histórico da diretora, ela aceitou e disse que parecia um convite legítimo.

– Mas, querida, você tem certeza de que *quer* esse tipo de exposição?

Encolho os ombros.

– Querendo ou não, tenho um espaço na mídia agora. Não acha que esta é a minha chance de usá-lo com responsabilidade?

— Bem, então estou orgulhosa de você. Sei que eu disse que você precisava de uma distração, mas não esperava que encontrasse algo tão rápido!

— Contanto que eu não tenha que aparecer na televisão, você pode fazer o que quiser — disse vovô. — Você é uma Mestra Alquimista agora!

Esse é um bordão que ele vive repetindo. Mas, mesmo que eu tenha conquistado o título de Mestra Alquimista, e aceitado toda a responsabilidade que esse título acarreta, ainda anseio pela aprovação do meu avô. Ele parece saber disso, reservando seus elogios apenas para as minhas poções mais perfeitas e me contando aos poucos os segredos da nossa loja. Sou como uma poção na qual ele vai instilando aos poucos os ingredientes, para não correr o risco de que eu absorva informações em excesso ou rápido demais, sem reter nada. Embora eu esteja impaciente para aprender tudo, é bom para o meu orgulho que eu me lembre do quanto sei pouco ainda, mesmo com o título pomposo de Mestra Alquimista.

Ainda tenho, porém, um obstáculo a superar: contar a Molly. Desde a Caçada Selvagem, estou sob os holofotes, monopolizando toda a atenção da minha família, especialmente a de vovô. Bem agora que essa superexposição está diminuindo, não sei como minha irmã vai reagir quando as câmeras começarem a invadir a nossa casa para filmar um documentário sobre... mim.

— Oi, Molly! Oi, pai! — cumprimento-os, virando-me para a porta e abrindo um sorriso forçado.

— Sam tem uma grande notícia pra contar! — diz mamãe.

As sobrancelhas de papai se erguem de surpresa.

– É mesmo? Molly também. Mas você primeiro, Sam – ele me encoraja.

– Certo. Bem... – Pronuncio as sílabas devagar, enquanto Molly e papai olham para mim com expectativa. – Daphne Golden, uma grande diretora de Tinseltown, quer fazer um documentário sobre mim. Ela vai vir aqui amanhã, com sua equipe, para começar a filmagem. Mas prometo que não será nada muito invasivo, não vou deixá-los filmar vocês, se não quiserem.

As sobrancelhas de papai se erguem mais ainda, quase até a linha do cabelo, mas eu o pego trocando olhares com mamãe. Por fim, ele sorri.

– Parece... uma experiência interessante para você.

– Obrigada, pai – digo, aliviada. Então, me preparo para a reação de Molly. Mas, para minha surpresa, ela abre um largo sorriso.

– Parece bem legal! – diz minha irmãzinha. – Mas quer saber das minhas novidades agora? – As bochechas dela estão rosadas de emoção.

– Vamos, fale logo! – diz mamãe com uma risada.

– Minha classe inteira recebeu isto na escola hoje. Vejam! – Molly mostra um envelope elegante com o selo real, ou o novo selo real, isto é, com os picos gêmeos de Gergon ao fundo, encimados pela tradicional figura heráldica da Família Real de Nova: um unicórnio e a parte superior do corpo de uma sereia.

Minha mãe abre a carta e, quando a lê, seus olhos se arregalam e a sua boca se abre de surpresa. Ela a lê de novo, mas desta vez em voz alta:

– "A Família Real de Nova tem o prazer de convidar a Classe 8A do Colégio Saint Martha para uma apresentação formal ao novo Príncipe de Nova, Stefan e a sua esposa, Princesa Evelyn. A visita ocorrerá no dia 20 de setembro. Consulte o folheto anexo para mais informações sobre como se preparar para uma viagem ao palácio flutuante. – Há um instante de pausa, enquanto ela dobra a carta e a devolve ao envelope. – Molly! Uma visita ao Palácio... – Minha mãe está tão surpresa que mal consegue terminar a frase.

– É uma notícia e tanto! – diz meu pai.

– Incrível! – concordo. Estou muito feliz por Molly, e sinto como se um peso saísse das minhas costas. Se a Princesa está recebendo visitas oficiais, isso significa que não deve estar tão doente assim.

Instintivamente, verifico o meu celular, como se o fato de Molly receber essa carta significasse que vou receber uma mensagem da Princesa em breve, pois certamente seu próximo passo seria entrar em contato com os amigos para avisá-los de que está bem.

Mas não encontro nada. Escrevo para ela:

> Olá, Evelyn! Molly recebeu seu convite! Parece que vai visitar vocês no Palácio! Sinto sua falta. Espero revê-la em breve. Me escreva!

Molly arrisca alguns passinhos de dança pela cozinha.

– Eu vou ao Palácio! – ela cantarola. – Eu vou ao Palácio! – De repente ela para de dançar, os olhos arregalados. – Ah, meu Deus, o que vou vestir para ir ao Palácio?

Solto uma risada.

– Provavelmente o uniforme da escola, sua boba! Mas sei que você vai adorar ir lá. Mesmo que eu nunca tenha ido. Pelo menos, não oficialmente. Eles costumam realizar reuniões desse tipo no castelo, em que você pode cumprimentar os membros da Realeza e tirar fotos com eles.

É uma configuração estranha essa que a Família Real Novaena tem, mas ela os mantém protegidos há séculos: temos um castelo grande e imponente no topo da colina de Kingstown, o ponto mais alto de toda a cidade (a maioria dos arranha-céus que compõem os bairros industrial e comercial está fora da cidade propriamente dita). Mas a Família Real mora, na verdade, num palácio flutuante e invisível em algum lugar acima da cidade, suspenso pelo poder mágico da Realeza. Sua própria existência é um símbolo do talento extremo da Família Real e garante sua segurança.

Pelo menos *costumava garantir*. Até que trouxeram o perigo para dentro da casa deles.

– Estou tão nervosa com a ideia de conhecer o Príncipe... – diz Molly, saltando para um dos bancos do balcão da cozinha e se sentando junto a mim.

– Bem, talvez eu possa te dar uma poção venenosa para pingar no chá do Príncipe...

– Sam! – A voz da minha mãe expressa seu melhor tom de advertência.

A familiar onda de raiva começa a se avolumar dentro de mim, mas deixo que ela se desfaça. Pelo menos Molly está disposta a ser cautelosa.

Lanço um sorrisinho para ela, que retribui. Não quero tirar o entusiasmo da minha irmã com mais advertências sobre a verdadeira natureza de Stefan. Mas não posso... não vou... acreditar que ele tenha mudado tão rápido nesse período de tempo.

Quando caio na tentação de querer acreditar que ele é simplesmente um príncipe bondoso, de boa aparência e amistoso com a mídia, tudo o que preciso fazer é fechar os olhos e me transportar de volta àquela caverna escura e gotejante nos subterrâneos da Escola Visir, para voltar a ver seu rosto bajulador ao me forçar a cooperar com a temida Emília Thoth.

– Vamos celebrar todas essas boas notícias com sorvete! – diz minha mãe, dissipando a tensão.

Depois de nos empanturrarmos de sorvete de chocolate com menta, ajudo mamãe a arrumar a cozinha antes de ir para o andar de cima. Preciso falar com Molly em particular. Ela está fazendo sua lição de casa, usando suas luvas mágicas de pelo de unicórnio, um presente da Princesa, para praticar canalização de magia. Minha irmã tem um dom excepcional para fazer magias de cura e já sabe que quer fazer faculdade de Medicina. Sua ajuda com a cura do vovô, depois que as memórias dele foram roubadas, me provou que ela será uma grande agente de cura.

– Posso entrar? – pergunto, depois de bater na porta.

Molly sai de sua escrivaninha e tira as luvas.

– Claro!... Eu não estava fazendo muitos progressos, de qualquer maneira. – Ela franze a testa para uma pequena folha verde num frasco, que se recusa a crescer.

Entro e me sento na cama.

– Posso te dar uma mensagem para você entregar a Evie quando a encontrar?

– Claro! – repete Molly.

Eu lhe estendo um envelope.

– Está selado com uma pasta especial que eu fiz. Só ela vai conseguir abrir.

– Tudo bem – diz Molly.

– E você vai tomar cuidado com o Príncipe, não vai?

– Claro!

– E vai me colocar a par de tudo o que ele disser e fizer e me contar tim-tim por tim-tim qual a aparência da Princesa e como ela está se comportando?

– Você sabe que sim.

– Obrigada, Molly.

– Não fique se preocupando demais e enchendo sua cabeça de caraminholas, Sam.

Caraminhola. Espécie de minhoca conhecida por sua capacidade de mergulhar profundamente na terra. Usada em poções para descobrir segredos enterrados. Muito rara.

– Estou tentando. Mas é difícil evitar. Só vou parar de me preocupar quando ouvir notícias da boca da própria Princesa.

CAPÍTULO CINCO
♥ SAMANTHA ♥

Só um pouco mais para a esquerda. Um pouquinho mais. Agora incline a cabeça. Mais uma vez, agora para o outro lado. Perfeito.

O *flash* da câmera faz estrelas dançarem diante dos meus olhos, mas mantenho a pose, sentindo que estou parecendo cada vez mais uma maníaca diante da câmera, com meu sorriso forçado e olhos esbugalhados. Tento atrair o olhar de Zain para mostrar que estou tirando tudo de letra, mas ele está sendo bajulado por uma maquiadora, ávida por convencê-lo a acrescentar mais alguns encantamentos à sua aparência. Acho que ele está perfeito do jeito que está, mas admito que sou um pouco tendenciosa ao falar do meu namorado.

Queria me sentir tão à vontade quanto ele com esses encantamentos para melhorar a aparência. Meu cabelo castanho foi cortado na altura do ombro e agora emoldura meu rosto redondo, afinando-o um pouco. Eu o coloco atrás das orelhas, depois o puxo outra vez para a frente, depois para trás, enquanto o fotógrafo vai disparando as fotos. Não sei de que jeito meu cabelo fica melhor.

O fotógrafo já esteve aqui meia hora atrás, fazendo uma sessão de fotos comigo na loja. Depois de obter a permissão dos meus pais, passei metade da noite limpando a loja e colocando tudo no lugar. Agora os três andares de prateleiras estão perfeitamente organizados, cada frasco e recipiente de vidro reluzindo de tão limpo. Substituí todos os livros velhos e desgastados das prateleiras pelos volumes mais sofisticados da nossa biblioteca, com encadernação de couro, e me certifiquei de que as lombadas estivessem em ordem alfabética. Acho que isso ajudou a me distrair da minha maior preocupação. Aparecer na TV. Outra vez.

– Você teria uma poção particularmente "atmosférica" para usarmos nas fotos? – Daphne me pergunta.

Daphne, até agora, é tudo que eu esperava de uma produtora e diretora de filmes: tem uma elegância descontraída e um corte de cabelo sofisticado na altura dos ombros que está sempre impecável não importa o que ela faça, seja levantando os óculos de tartaruga até o topo da cabeça ou colocando um lápis atrás da orelha. Tudo graças à magia. O fotógrafo é um sujeito alto chamado Geoff, com uma barba bem aparada e um coque masculino no cabelo. Essas pessoas são descoladas demais para mim.

Franzo o nariz.

– Uma poção "atmosférica"?

– Você sabe, algo bonito. Que faça redemoinhos de fumaça no ar. – Enquanto fala, ela gesticula loucamente com os braços.

Cabelo de Medusa – uma poção que produz espirais de fumaça em forma de serpentes.

O único problema é que a poção é tão tóxica que temos de prepará-la sob uma tenda para que nenhuma serpente escape.

– Eu poderia preparar um pouco de pó de nuvem – sugiro. Se pingar algumas gotas num pouco de água com corante, o pó se ergue do frasco e fica suspenso ao redor da sua boca, como nuvens em torno do pico de uma montanha. Na verdade, essa mistura não serve para nada especificamente, mas o efeito é rápido e se encaixa no pedido de Daphne para que seja algo "bonito".

– Parece perfeito! – aprova Daphne, batendo palmas.

Atravesso a porta que separa a loja do laboratório, com Geoff e Daphne logo atrás de mim. Ainda não vi vovô esta manhã, mas estou feliz que ele não esteja aqui para me ver "fingindo" fazer alquimia. Ainda assim, é divertido brincar com alguns ingredientes e fazer um showzinho para a câmera. Afinal, esta é a minha parte favorita: preparar poções. A alquimia é o sangue que corre nas minhas veias. Nasci para isso. E agora que sou Mestra Alquimista – a mais jovem que Nova já viu desde o meu avô! Também posso fazer o que quiser no laboratório.

Enquanto a poção adquire uma aparência cada vez mais extravagante, Daphne pede que Geoff tire mais algumas fotos.

– Serão perfeitas para promovermos o documentário. Vai ser uma aventura e tanto, Sam! Espero que esteja pronta. – Por fim, ela bate no ombro de Geoff e pede que ele pare com as fotos. – Acho que já basta por hoje.

– Ótimo! – digo, aliviada e com um sorriso no rosto que provavelmente é o primeiro verdadeiro desde o início da manhã. As coisas aconteceram muito rápido desde que recebi a autorização da minha família e Daphne apareceu com toda a papelada. – Vocês dois vão fazer alguma outra coisa hoje que seja tão empolgante quanto isto?

– Deveríamos estar fazendo... – responde Geoff. O fotógrafo e a diretora trocam olhares sombrios.

– Como assim? – pergunto.

– Íamos fazer uma grande sessão de fotos com a Princesa esta tarde, mas ela foi cancelada. – Geoff olha para mim, mas eu baixo os olhos. Sei que acham que devo ter alguma ideia do que está acontecendo, mas a verdade é que... eu não sei de nada!

Os olhos de Daphne se iluminam.

– Talvez ela esteja grávida!

– Acho que não – digo. Odeio a rapidez com que as pessoas tiram conclusões sobre a Princesa.

– Por acaso sabe algo que não sabemos? – Daphne pergunta.

Forço uma risada, esperando que pareça descontraída.

– Não... Apenas conheço a Princesa Evelyn e sei que filhos ainda não são uma prioridade. – Quando fica claro que não tenho nenhuma fofoca suculenta (nem mesmo algo remotamente interessante), eles terminam de arrumar suas coisas.

– Enfim – Daphne diz, encolhendo os ombros enquanto pega um holofote portátil. – Deve estar tudo bem, certo? Ela não pode estar em perigo, senão teriam convocado uma Caçada Selvagem. Tenho certeza de que você seria a primeira a saber se isso acontecesse!

– Isso é verdade! – respondo, sorrindo. *Por que não pensei nisso antes?* Evelyn não pode ter contraído o vírus de Gergon, porque não convocaram nenhuma Caçada Selvagem para encontrar a cura. Eu não tinha percebido quanto esse pensamento estava me pesando nos ombros até me ver livre dessa preocupação. Mas, tão rápido quanto me livro dela, outra diferente ocupa seu lugar. Se a Princesa não está doente, isso significa que ela *de fato* nos afastou da vida dela. Zain e eu trocamos um olhar. É pior para ele do que para mim. Somos amigas só há alguns meses. Mas Evie e Zain são grandes amigos desde a infância.

— Minha mãe diz que ela provavelmente só está muito ocupada com sua nova rotina de recém-casada — justifico.

— É melhor que ela divulgue essas fotos de casamento um dia desses — diz Geoff com uma risada. — Quem quer que seja o fotógrafo, ele vai ganhar uma fortuna!

— Bem, pessoal, vejo vocês amanhã bem cedo! — despede-se Daphne. — Vamos começar o dia sem muito estresse, só com algumas fotos de você trabalhando na loja e fazendo exatamente o que faz todo dia. Depois vamos ao prédio da ZA fotografar seu par, Zain. Sam, não mude nada na sua rotina sem antes nos avisar.

— A menos que parte da minha rotina seja tirar caca do nariz e colocá-la nas poções ou algo assim, certo? — digo.

Ela olha para mim intrigada.

— Não, eu não faço isso!... Foi só uma piada — aviso.

— Ah! — Ela ri, mas é só para não me deixar constrangida. Aliás, desde quando faço piadas sem graça como essa? Espero que o fato de estar na TV não me transforme numa idiota total.

— E seu avô? Vai estar aqui também amanhã?

— Vai... mas não quer aparecer no documentário, se não houver problema.

— Claro que não. O foco é *você*, de qualquer maneira. Você é a estrela, senhorita! Esse documentário vai ficar fantástico! Os dois descendentes de facções rivais: o antigo *versus* o novo. O natural *versus* o tecnológico. Poções sintéticas *versus* poções naturais. Tensão... A tensão é o que move uma história! Mal posso esperar. – Daphne junta as mãos. – Imagine só. "Apresentando: Sam Kemi, a Alquimista *Extra*ordinária." Já terminou de guardar tudo, Geoff?

– Pronto para zarpar! – ele diz com um sorriso.

Eu me despeço de ambos e, quando vou fechar a porta, solto um suspiro de alívio. Esses dois parecem ligados a uma tomada de 220 volts; são muito diferentes do ambiente normalmente tranquilo da loja. Preferimos manter uma atmosfera mais calma. Mas, pelo menos por algum tempo, vamos ter que estar preparados para essa rotina frenética.

– Isso foi intenso! – comenta Zain, me beijando na bochecha. – É melhor eu ir, tenho aula daqui uma hora.

– E tenho que ir para o colégio. Obrigada por fazer isso por mim.

– Está brincando? Vai ser divertido! Daphne parece uma ótima diretora. E cheia de entusiasmo!

– Para dizer o mínimo...

– Ok, vejo você amanhã.

– Até lá.

Nós nos beijamos e eu fico ali observando meu namorado deixando a loja. Minha mente está fervilhando e nem tive tempo para me preparar.

– Eles já foram? – Meu avô entra na loja com as mãos cheias de receitas para serem aviadas, pronto para abrirmos a loja em quinze minutos.

– Mas vão voltar amanhã – alerto.

Ele assente com a cabeça. A maior parte do tempo que passamos juntos na loja ou no laboratório ficamos em silêncio, cada um concentrado na sua poção ou interpretando os gestos um do outro quando necessário. Sei que logo chegará o momento em que não vou mais trabalhar na loja, pois quando me formar planejo ir para a faculdade e assumir um cargo no Departamento de Pesquisa e Desenvolvimento de Poções Natural-Sintéticas da Corporação Zoroaster. Mas, por ora, podemos manter nossa confortável rotina.

Constato que essa é outra coisa que o documentário fará por mim. Vai preservar a memória desses tempos. Nunca se sabe até quando as coisas vão durar – e depois do problema de saúde do vovô apenas um mês atrás, quero me apegar a cada momento.

Também tenho algo para perguntar a ele. O comentário de Daphne sobre a Caçada Selvagem não sai da minha cabeça.

– Vovô, existe a possibilidade de um membro da Família Real estar gravemente doente e mesmo assim não convocarem uma Caçada Selvagem?

Ele olha para mim do balcão, cofiando a longa barba branca.

– Teoricamente, a Caçada Selvagem só é convocada caso um herdeiro real esteja em perigo *mortal* e a linhagem, em risco. Esses são os dois fatores. Mas, se houver outro herdeiro na linha de sucessão, ele certamente pode ficar doente ou se ferir sem que uma Caçada seja convocada.

– E o Chifre de Auden é... capaz de distinguir uma situação da outra?

– Ele nunca errou antes. Mas, por exemplo, se o Rei cair gravemente doente agora, a Caçada Selvagem não será convocada. Todos faríamos o possível para salvá-lo, é claro, mas existe a Princesa para sucedê-lo. – Sob as sobrancelhas grossas, os olhos dele sondam os meus. – Algum motivo para a pergunta?

— Lembra o que eu disse sobre os sintomas que vi na Princesa no dia da minha cerimônia?

— A tosse e o resíduo branco na manga?

Confirmo com a cabeça.

— Certo. Os mesmos sintomas do vírus que, segundo o Príncipe Stefan me mostrou, estava se espalhando por Gergon. Vi com meus próprios olhos. Era tão contagioso que estava drenando o poder mágico de todos os Talentosos gergonianos. Mas, se nenhuma Caçada Selvagem foi convocada em Nova, isso significa que ele não se espalhou por aqui, certo? Acho que estou preocupada à toa.

Meu avô faz uma pausa e o seu silêncio faz com que eu me encolha por dentro. Por fim, não consigo mais me conter.

— Quer dizer, Stefan esperava que, se casando com a Princesa, ele pudesse deter a propagação do vírus. Será que foi isso o que ocorreu? Ele pode ter agido de uma maneira pérfida, mas, no fundo, só ter a intenção de salvar seu povo... — Encolho os ombros. — Se seu plano funcionou e o vírus foi vencido... isso é bom, não é?

— Estou sentindo dúvidas demais numa Mestra Alquimista — diz meu avô. — O que seus instintos lhe dizem?

— Que não foi o que aconteceu. Que algo está errado.

— Então, deixe que eu faça minhas próprias investigações agora. Aviso quando souber de alguma coisa.

— Obrigada, vovô.

Deixo o assunto de lado por ora. Só tenho que esperar Evelyn entrar em contato. Se algo estivesse errado, ela iria me procurar.

Eu sei que iria.

Não iria?

CAPÍTULO SEIS

PRINCESA EVELYN

Seu primeiro pensamento quando ela se sentou na cama é que estava se sentindo muito melhor! Saudável, até. Por fim, algo a curara daquela tosse que a deixava tão esgotada!

Sua memória estava meio vaga – a última coisa de que se recordava era ter visto o rosto do príncipe Stefan quando estava no quarto. Ela se lembrava de ter decidido que, tão logo Sam terminasse o secundário, faria dela a alquimista oficial do Palácio. Ela podia esquecer aquela ideia de trabalhar para a ZA! Mas até o momento, quem tinha a palavra final era o pai de Evelyn. E o Rei ainda preferia que a ZA cuidasse da Família Real.

Mesmo assim, ela estava confusa. Não estava no seu próprio quarto. O aposento em que se encontrava era muito menor e ela não reconhecia nenhum dos móveis. Tirou as pernas da cama, deixando que os dedos dos pés tocassem o tosco tapete de cânhamo no chão. Definitivamente, não era o tipo de tapete que ela escolheria para decorar o próprio quarto.

Andou até a janela. Lá fora, na rua, havia pessoas em toda parte, vestidas com roupas estranhas e de aparência desconfortável, que pareciam de séculos atrás. Pensou em tentar encontrar seu celular para tirar uma foto, mas isso seria uma grosseria.

Então lhe ocorreu. *Claro* que estavam vestidos de maneira antiquada. Ela já não tinha ouvido sobre isso dezenas de vezes? Eles estavam em Gergon! E ela tinha acabado de se casar com o Príncipe. Ela devia estar no país do marido para uma visita de estado. Mas por que não se lembrava da sua chegada? Ou de deixar o Grande Palácio para viajar?

Sobressaltada com a constatação, ela olhou ao redor do quarto à procura do Príncipe Stefan, mas ele não estava lá. Deviam estar em quartos separados, graças a Deus. Alguém na rua notou a silhueta da Princesa na janela e ela acenou, num cumprimento régio.

Mas o gergoniano parou e mostrou o punho para ela, gritando algo em seu idioma nativo que *não* pareceu nada lisonjeiro. Outros começaram a parar também, e a raiva nos rostos da multidão começou a se acumular como nuvens de tempestade. Ela cobriu a boca com um "Oh!" de surpresa.

Aquilo não era jeito de se tratar uma Princesa!

Bem, ela não ficaria presa naquele quarto. Precisava descobrir o que estava acontecendo e não poderia fazer isso se ficasse trancada ali.

Atravessou a porta e encontrou o Rei e a Rainha de Gergon sentados numa longa mesa de jantar abarrotada de pratos com as mais finas iguarias. Também à mesa estava seu primeiro filho, o irmão de Stefan, Príncipe Ilie. Que tipo de palácio estranho era aquele em que a porta dos quartos dava diretamente para a sala de jantar?

— Você não pode ficar aqui! – disse a Rainha, num tom alto e agudo, quando viu Evelyn. A Princesa só a vira uma vez, quando era pequena. Ela tinha estranhado muito quando soube que o Príncipe Stefan não convidaria os pais para o casamento. É verdade que tudo tinha sido organizado às pressas, em meio ao ataque do Baile de Laville, o sequestro de Samantha e a ameaça do seu poder descontrolado. Ainda assim, o Casal Real poderia ter se transportado para a cerimônia, mas Stefan insistiu para que fizessem a cerimônia na ausência dos pais.

Ela deveria ter suspeitado.

Quando conheceu a Rainha gergoniana, a aparência dela lhe lembrara uma harpia, e a impressão não era muito diferente agora. A Rainha também estava vestida com um traje antiquado, mas muito mais sofisticado do que os usados pelos seus súditos na rua. Por cima das várias camadas de tranças do seu cabelo espesso, havia uma coroa de ouro com vários adornos, ornamentada demais para um café da manhã casual.

Evelyn soltou um grito estrangulado quando olhou para as próprias roupas. Por que não tinha verificado antes o que estava trajando? Onde estava com a cabeça? Felizmente, estava vestida decentemente. Franziu a testa ao passar as mãos sobre o tecido de lã preto e pesado do seu vestido. Nunca o tinha visto antes, tinha certeza disso. Conhecia todas as peças do seu guarda-roupa e nunca teria escolhido algo tão deselegante e simplório.

— O que significa isso? – perguntou o Rei, batendo o cabo do garfo na mesa. Com um manto de gola alta e a pele muito pálida, ele mais parecia um vampiro – tinha toda pinta de um regente de Gergon.

Evelyn sentiu o estômago revirar, mas ela já tinha prática no controle das expressões do rosto. Eles eram seus sogros. (Esse pensamento a entristeceu, mas pelo menos a *razão* do casamento era óbvia: ela não tinha se casado por amor, mas por conveniência.) Deveria pelo menos tentar ser educada.

O Príncipe mais velho não pareceu nada feliz. Ele olhou para Evelyn e seus olhos castanhos se estreitaram.

– Isso significa que meu irmão falhou. Ela deveria ter nos tirado desta situação lamentável.

– Ainda não falhou, meu querido Ilie. Devemos confiar em Stefan... Ele tem um plano.

Evelyn já tinha ouvido o bastante.

– Com licença, mas é assim que vocês saúdam sua nova filha e cunhada em Gergon? – ela perguntou, indignada, colocando as mãos nos quadris. – Porque a atitude que demonstram me parece extremamente rude.

– Ah, boca fechada, garota! – disse a Rainha, com um aceno cheio de desdém. Até sua voz, seu sotaque, soava como se fosse de outros tempos. Evelyn se perguntou se a sogra teria aprendido novaeno com literatura de outros séculos.

Os olhos do Príncipe Ilie brilharam ao olhar para Evelyn.

– Você não sabe?

– O quê?

Ele riu, mas não conseguiu expressar nenhum divertimento nessa risada.

– Ora, você só está sonhando!

– Sonhando? – Ela franziu a testa, encarando o Príncipe, esperando que ele explicasse a piada. Depois beliscou o pulso, com força, mas a cena na frente dela não mudou. – Como assim, sonhando? Isso não é...

– Real? Não. Sinto muito. Você ficou presa neste mundo assim como nós. Tudo porque meu irmão tinha um fraco por aquela pirralha e meus pais não tiveram coragem de acabar com ela quando deveriam.

Os olhos da Princesa se estreitaram.

– Quem é "ela"?

– Você vai descobrir em breve. – O Príncipe enfiou uma garfada de comida na boca e fez uma careta. – Será que não poderíamos sonhar com uma comida melhor?

A Rainha só bufou e ergueu o nariz. Isso não incomodou Evelyn. O que a incomodava era quanto todos eles pareciam à vontade naquele estado onírico distorcido.

– Príncipe Ilie – disse a Princesa entredentes. Não custava ser educada –, há quanto tempo vocês estão aqui?

– Meses. Talvez um ano. É difícil calcular o tempo aqui.

– O quê?! – Evelyn sentiu o coração parar dentro do peito. Meses? Mas logo procurou se recompor. – Bem, se isso é um sonho, então lamento, mas não tenho vontade nenhuma de incluir vocês no meu.

– Tendo vontade ou não, eu ficaria aqui se fosse você. É melhor do que... lá fora.

– Prefiro correr o risco – ela rebateu.

Ilie sorriu com tristeza.

– Estaremos esperando. Não se preocupe, Princesa. Temos todo o tempo do mundo.

Ela cerrou os punhos, fechou os olhos com força e, com todo o poder que tinha, tentou fazer a cena desaparecer – e, junto com ela, seus desagradáveis protagonistas.

CAPÍTULO SETE

♥ SAMANTHA ♥

—Sam, pode vir aqui comigo um instantinho?

Desvio o olhar do copo de café, que fitava com os olhos desfocados, perdida em devaneios. Franzo o cenho por um instante, então lembro onde estou. Na loja, alguns minutos antes de fechar. Minha rotina normal é ficar na loja e liberar minha mãe, que então pode pegar Molly na escola e depois levá-la para suas atividades extracurriculares. Se está tudo tranquilo, posso usar esse tempo para fazer a lição de casa, mas muitas vezes estou ocupada demais preparando poções.

– Claro, vovô! – Pego o café, os dedos formigando com o calor, e o sigo até a biblioteca.

– Não se preocupe, já pedi à sua mãe para fechar a loja – ele diz, respondendo à minha pergunta antes de eu formulá-la.

Ergo as sobrancelhas de surpresa quando o vejo tirar do seu gancho habitual a chave da seção de livros raros da biblioteca. Ele estende o braço até a fechadura, escondida atrás de uma das prateleiras da biblioteca. Eu não vou a essa biblioteca oculta desde as primeiras horas da Caçada Selvagem.

Ele acena para que eu o siga e, quando entro, fecha a porta atrás de nós.

– Sente-se – diz ele, indicando uma das grandes poltronas de couro no centro da sala. O couro está tão desgastado em alguns lugares que seu tom castanho original agora está amarelo. Por força de hábito, corro as mãos pelos braços da poltrona, a oleosidade dos meus dedos devolvendo um pouco da cor original.

Óleo de acácia – para tirar marcas e manchas do couro. Também é um carreador perfeito para loções dermatológicas.

A receita do óleo aparece na minha cabeça e faço uma anotação mental para esfregar a poltrona com ele mais tarde.

Meu avô não se senta; em vez disso, vai até a estante de livros e fica na ponta dos pés para pegar alguma coisa na prateleira mais alta.

– Deixe que eu pego pra você, vovô – me ofereço. – Pelo menos esse é um dos benefícios da minha altura. – Salto da poltrona e alcanço facilmente a prateleira. Meus dedos roçam em alguma coisa escondida lá.

– Puxe isso aí – diz ele.

Faço o que ele diz e a prateleira se expande até se transformar numa tela oculta. Ele a puxa para baixo até cobrir as duas prateleiras de livros e eu dou um passo para trás, boquiaberta.

– Ah, viu só? Ainda consigo guardar *alguns* segredos de você... – ele diz com uma risada.

– Isso é incrível!

– Bem, você é uma Mestre Alquimista agora, e isso significa que vou deixar que saiba mais um segredo esta noite. E ele deve permanecer em segredo – nós alquimistas somos muito reservados, você sabe. Seus olhos me fitam sob as sobrancelhas espessas.

Engulo em seco e concordo com um aceno de cabeça.

– Prometo guardar segredo.

– Ótimo. Agora, sente-se novamente.

Afundo na poltrona, sorrindo com expectativa. Não sei que segredo meu avô vai revelar, mas, francamente, a visão de uma tela de invocação escondida já foi uma revelação e tanto para mim. Isso é um lembrete para eu nunca tomar nada como certo nesta casa – e na nossa loja especialmente. Olho para um dos quadros, perguntando-me se ele estaria ocultando um cofre com ingredientes raríssimos.

Vovô tosse alto para chamar minha atenção. Ele está de pé na frente da tela de invocação, com a testa franzida.

– Nunca entendi como essas coisas funcionam – ele resmunga. Eu poderia ajudá-lo, mas não sei o que ele está tentando fazer. – Ah! Lá vamos nós.

Ele dá um passo para trás, revelando três rostos na tela, e a sala de repente se enche de vozes. Todos estão falando ao mesmo tempo. E então percebo que reconheço o rosto do meio: ele está olhando para mim e acenando.

– Ah, olá, sr. Patel! – cumprimento com um sorriso, acenando de volta. É o pai da minha melhor amiga, Anita.

– Olá, Sam! – ele diz. – Tudo bem em casa?

Eu faço que sim com a cabeça. Mas, antes que eu possa dizer alguma coisa, meu avô bate palmas e diz em voz alta:

– Certo! Atenção agora, todos vocês. – As vozes silenciam quando vovô recua e se senta na poltrona ao meu lado. Ele apoia o queixo nas mãos, com os cotovelos nos braços da poltrona. – Obrigado por atenderem ao meu chamado hoje. Deixe-me apresentar a minha neta, a Mestra Alquimista Samantha Kemi.

Um coro de cumprimentos me saúda e eu me sinto atordoada demais para responder com algo mais elaborado do que um tímido "obrigada".

– Sam, seja bem-vinda à sua primeira cabala de Mestres Alquimistas! – diz o sr. Patel. Sorrio de volta para ele. O pai de minha amiga pode não ser o maior alquimista de Nova (esse título quem detém é o meu avô), mas ele trouxe técnicas antigas de Bharat e as adaptou para a sociedade novaena moderna. E escreveu um livro didático sobre o assunto que foi adotado pela faculdade de Zain.

Uma mulher loira usando um batom rosa brilhante responde em novaeno, com um forte sotaque.

– Não chega a ser uma cabala, Bikram. – Ela se volta para mim. – Sou Madame Charron, *Maître d'Alchimie* de Laville. Pense em nós apenas como um grupo de velhos amigos.

– Cada um desses indivíduos me ajudou no passado com uma poção complicada ou quando sua preparação não estava progredindo do jeito que eu gostaria – explica meu avô. – Madame Charron, por exemplo...

– ... erradicou uma variante de catapora-de-fada que tinha infectado seres humanos e estava se espalhando como fogo no palheiro – termino por ele. – *Claro* que sei quem é Madame Charron. Ela é incrível!

A mulher na tela sorri.

– Seu avô está sendo muito modesto – diz o terceiro alquimista. Ele tem uma cabeleira branca, um longo bigode escuro e olhos amigáveis que se enchem de rugas quando ele sorri, mas é o manto branco de gola alta e uma borda azul de seda que o distingue dos outros. Ele deve ser de Zhonguo, onde os alquimistas costumam se vestir assim. – Ostanes nos ajudou muito mais do que nós o ajudamos. Sou o Waidan de Long-shi.

Eu pisco, atônita. Eles não são meros Mestres Alquimistas. São verdadeiras *lendas*! Long-shi é o berço da alquimia e um dos mais poderosos centros do globo em preparação de poções. E Waidan é o título que eles dão aos seus grandes mestres. Para ter esse título, ele teve de abrir mão do seu nome verdadeiro e do contato com a família, dedicando sua vida à arte de preparar poções.

Estou na presença dos gênios do meu ofício!

– Bem, esta noite, precisamos da ajuda de vocês – esclarece vovô. Depois ele se volta para mim, gesticulando para os rostos na tela. – Você não quer contar a eles sobre os sintomas que me descreveu? Prometo que tudo que for falado aqui será mantido em segredo. Neste caso, acho que você vai apreciar a ideia de ter as mentes mais brilhantes pensando sobre um possível diagnóstico.

Mordo o lábio inferior, tentando me lembrar de tudo que Stefan me disse quando eu era prisioneira em Gergon.

– Estou preocupada com a possibilidade de o Príncipe Stefan ter trazido um vírus estranho para Nova. O primeiro sintoma parecer ser tosse, geralmente acompanhada por um resíduo branco que parece pó. Fraqueza nos membros e cansaço também são relatados. Mas o sintoma mais alarmante é a diminuição da capacidade dos Talentosos para fazer magia. Tenho tentado pesquisar sobre o que poderia estar por trás disso, mas não obtive muito sucesso.

– Isso é deveras alarmante! – diz Madame Charron, expressando em palavras exatamente o que sinto. – Em Pays, ouvimos rumores, na nossa fronteira com Gergon, de que existe algo muito errado nesse país, mas não permitem que ninguém entre nem saia de lá.

O sr. Patel coça o queixo.

– Já ouvi falar de certas pragas que enfraquecem temporariamente o poder mágico dos Talentosos, mas nada que o extermine. Você sabe se alguém recuperou a capacidade de fazer magia depois de se curar da doença?

Nego com a cabeça.

– Não tive chance de examinar a pessoa contaminada e não sei se alguém já se recuperou dessa doença. – Essa é a primeira vez que me arrependo de não ter feito mais perguntas sobre o vírus ao Príncipe Stefan, quando estava em Gergon. Mas na ocasião não pensava que a doença um dia fosse chegar a Nova.

– Precisamos exigir que nos deem livre acesso a Gergon, para que possamos investigar isso a fundo – diz o sr. Patel. – Certamente se fizermos uma certa pressão, eles vão nos deixar entrar.

– Acredite, já tentamos fazer contato com todos que conhecemos em Gergon. O silêncio é total. É como se todo o país estivesse incomunicável! – comenta Madame Charron.

– Então vou fazer aqui mesmo, em Nova, toda pesquisa que puder – afirma o sr. Patel.

– Farei a mesma coisa – acrescenta a alquimista de Pays. – Se esse vírus já foi visto um dia, deve haver algum registro, em algum lugar.

O Waidan não diz nada, só olha à distância, pensativo.

– Obrigado, amigos. E, por favor, façam contato de imediato caso encontrem alguma coisa – diz vovô. – É imperativo que investiguemos isso a fundo.

— Sim, obrigada — reafirmo. Em seguida afundo na poltrona. Não sei o que esperar, mas tenho esperança de que algum deles descubra alguma coisa.

— Até a próxima! — diz o sr. Patel.

— *Au revoir!* — despede-se Madame Charron.

Eles se desconectam, restando apenas o Waidan na tela. Ele olha diretamente para mim, seu rosto se alterando aos poucos até ficar vermelho de raiva.

— Quem está infectado em Nova? — ele exige saber.

— É... é... a Princesa — gaguejo, chocada com a sua súbita fúria.

— Ela está em quarentena? — ele pergunta.

— Não sei. Ela não falou com mais ninguém.

Ele se vira na direção do meu avô e a ira em seu rosto se dissipa, dando lugar à preocupação.

— Então você deve vir a Long-shi imediatamente.

— Você sabe alguma coisa? — vovô pergunta.

— Se é o que penso, então pode ser o começo de algo muito grave. Até mesmo mortal. Mas eu não quis dizer isso na frente dos outros, pois diz respeito a um antepassado de vocês...

— Tao Kemi. — Vovô e o Waidan trocam um olhar e um silêncio cheio de tensão paira entre eles. Por fim, meu avô suspira. — Samantha irá.

— Para Zhonguo? — Meus olhos oscilam entre Waidan e meu avô. Estou confusa com a súbita mudança no curso dos acontecimentos.

— Sim — diz vovô. — Eu iria com você se achasse que meus velhos ossos aguentariam a viagem.

Franzo a testa. É verdade que vovô não é o mesmo desde que se recuperou do ataque de Emília Thoth, quando perdeu a memória. Os médicos desaconselharam viagens extenuantes, mas isso não chegou a ser uma preocupação na época, pois vovô nunca teve o costume de viajar.

– Você não tem escolha – ele continua, antes que eu possa expressar qualquer tipo de oposição. – Se quer descobrir o que há de errado com a Princesa, precisa ir. – Ele se volta para o Waidan. – Ela irá procurá-lo assim que for possível.

– Já vou começar os preparativos – o alquimista responde solenemente.

A tela fica escura e vovô se apressa em ocultá-la outra vez.

– O que você acha que o Waidan sabe? – pergunto. – O que Tao Kemi tem a ver com isso? – Tao Kemi foi o último membro da nossa família a ser nomeado Waidan de Long-shi, antes de seu irmão imigrar para Nova. Ele desapareceu quando ainda era jovem, junto com seus diários, por isso não se sabe muito sobre ele.

– É isso que você vai descobrir.

Engulo em seco. *Por mil dragões! Vou para Zhonguo...* Um país que fica do outro lado do mundo, muito além de Pays, do Runustão ou de Bharat. Será o lugar mais distante para o qual já viajei. E é um lugar que sempre quis visitar. Cultivava secretamente a esperança de que vovô me levasse lá um dia. Eu me forço a respirar fundo. Pelo menos, poderemos manter contato durante toda a viagem. E talvez eu possa convencer outra pessoa a ir comigo...

– Levará um dia ou mais para deixar tudo em ordem. Você vai precisar de um visto e um passe para as Selvas. Até quinta-feira de manhã deve estar tudo pronto. E, em vista das circunstâncias, é melhor se transportar para lá. Será muito mais rápido.

Quinta-feira. Daqui a apenas dois dias. Meu cérebro de repente acorda e me dou conta do que estou prestes a fazer.

– E o colégio?

– Você vai perder uma semana de aula, não mais do que isso.

– E o documentário? Eles tiraram as fotos promocionais hoje e queriam começar as filmagens amanhã...

– Vão sobreviver. Podem filmar quando você voltar.

– Mas...

– Samantha Kemi, você é Mestra Alquimista agora e, se o seu palpite está certo, a Princesa pode estar correndo grande perigo. Esse documentário é sobre *você*, portanto eles têm de se adaptar à sua agenda. Agora vamos começar os preparativos. – Ele abre o armário de livros que leva à biblioteca principal e me deixa ali sozinha, com os livros raros e meus pensamentos.

Enfim, não posso deixar de sorrir. Embora tudo tenha acontecido muito rápido, não há dúvida de que quanto mais cedo eu chegar a Zhonguo e descobrir o que está acontecendo, mais cedo poderei trabalhar numa poção para curar o vírus.

Tiro o celular do bolso e verifico as mensagens que enviei para Evelyn, cada uma parecendo mais desesperada que a anterior. **Só quero ouvir uma palavra sua, Evie. Apenas me diga se você está bem.**

Ainda assim, não estou desistindo.

Vou ficar fora alguns dias, escrevo a ela. **Aguente firme só um pouco mais.**

Uma semana. A viagem é de apenas uma semana.

E quando voltar, espero saber com precisão o que há de errado com a Princesa.

CAPÍTULO OITO

PRINCESA EVELYN

Para seu alívio, quando a Princesa abriu os olhos, todos tinham desaparecido e sido substituídos por um espaço sereno em tons de branco e azul.

Se não estava convencida antes, agora estava. Estava mesmo sonhando.

Ela relaxou. Bem, se era de fato um sonho, melhor ainda. Significava que logo acordaria e tudo seria diferente.

Como sempre acontecia em seus sonhos, a sua mente se voltou para sua amiga e guarda-costas Katrina. Mas já não eram pensamentos suaves de admiração ou excitantes faíscas de desejo. Agora ela sentia uma culpa imensa. Especialmente ao se lembrar da última conversa que tiveram – no dia seguinte ao casamento.

– Você... você se casou?

Evelyn podia ver o olhar devastado no rosto de Katrina com tanta clareza como se estivesse em pé diante dela. Então percebeu que estava *de fato* olhando para ela – uma visão quase perfeita evocada pelo mundo dos sonhos. O mesmo corpo alto e forte – esculpido pelo treinamento de guarda-costas –, vestindo o elegante terno da marinha que era o uniforme dela. Seu cabelo acobreado brilhante caía em ondas selvagens em torno dos ombros, agora livres da trança que sempre usava. A única coisa que denunciava a ilusão era que a imagem faiscava, como aqueles antigos programas de televisão dos comuns.

Então ela teve uma visão de si mesma em frente a Katrina. A Princesa ainda detestava ver a própria imagem – isso a lembrava da ocasião em que acidentalmente tinha tomado uma poção de amor. Passara algumas semanas apaixonada pelo próprio reflexo e agora não suportava se ver em espelhos.

– Não tive escolha – explicou Evelyn em sua visão. – Você me viu, Trina! Eu estava fora de controle! Tive que me casar com alguém, do contrário meu poder iria me destruir. O Príncipe é uma escolha tão boa quanto qualquer outra e ele queria se casar comigo imediatamente.

– Eu também queria me casar com você.

– Não torne tudo mais difícil do que já é. Me casar com você não era uma opção. Nunca foi. Você é uma *comum*. Não posso dividir com você o meu excesso de poder...

A dor no rosto de Katrina teve o impacto de uma bofetada na Princesa. A verdadeira Evelyn apertou os olhos e, quando os abriu novamente, a visão da conversa final entre elas desapareceu. Como em reação à mudança em seus pensamentos, a paisagem em volta também se alterou. Agora havia pesadas nuvens verde-acinzentadas sobre sua cabeça, anunciando tempestade. Ela mordeu o lábio com força, para conter a onda da emoção que ameaçava engolfá-la.

Ela tinha que ser forte! Era disso que Katrina gostava nela. Katrina amava Evelyn por ser uma mulher decidida, sempre no controle. Uma futura Rainha.

Bem, uma Rainha tinha que tomar decisões difíceis. Essa era a realidade pura e simples. E se casar com o Príncipe Stefan significava segurança para Nova, felicidade para seus pais, uma nova aliança com uma nação antes inimiga.

Todas essas coisas eram tão incrivelmente, inegavelmente, positivas que não poderiam culpá-la por tomar a decisão de se casar com o Príncipe Stefan. Então, por que sofria com aqueles sufocantes, irritantes, sentimentos de culpa?

As nuvens se acumularam em torno dela como uma mortalha. Tentou afastá-las com os braços, agitando-os freneticamente, mas isso de nada adiantou. Ela afundou na cadeira, deixou a cabeça cair entre as mãos e permitiu que as nuvens a envolvessem por fim.

Ela sabia a razão das nuvens. Fora a maneira como ela lidara com a situação. Não havia nada de "régio" nas suas atitudes. Ela tinha sido covarde. Tinha deixado que o Serviço Secreto de Nova a levasse do Baile de Laville após a explosão, escondendo-a enquanto seu poder crescia dentro dela, a cada dia mais destruidor. Quando o Príncipe lhe propusera casamento, essa lhe pareceu a única saída. Ledo engano! Se ao menos tivesse esperado Samantha antes de concordar em se casar com Stefan! A amiga teria descoberto uma maneira de armazenar seu poder extra, como uma bateria mágica.

Mas, em vez disso, ela tinha aceitado se casar e depois percebido que a fraqueza sumira. Nem tinha procurado saber como Katrina estava se sentindo.

Mas pensar assim era ridículo. Ela era uma Princesa! Precisava acordar, agir como adulta, encontrar Katrina e pedir desculpas. Já estava farta de se sentir fraca. De descansar na cama. De dormir.

Evelyn se levantou e com um movimento do braço empurrou as nuvens de culpa para longe.

– Agora, tenho que acordar! – disse em voz alta, como se a força da sua resolução bastasse para que sua mente subconsciente a obedecesse.

– Acorde! – ela gritou de novo.

Mas nada aconteceu.

As primeiras vinhas rastejantes da dúvida começaram a surgir em sua mente. Imagens dos seus piores medos faiscaram diante dos seus olhos, ameaçando se instalar permanentemente ali. Katrina, virando as costas para ela, cheia de indignação. A loja de Samantha transformada em cinzas num grande incêndio. Os cidadãos de Nova aterrorizados por um inimigo desconhecido.

A Princesa enterrou os dedos nos cabelos, em desespero, e fechou os olhos.

– Não! – afirmou. Ela não deixaria que os pesadelos a aterrorizassem.

– Você pode se juntar a nós aqui dentro. Estará a salvo.

Quando abriu os olhos outra vez, ela viu o Príncipe Ilie segurando aberto um portão de ferro encravado num enorme muro de pedra, como os que se vê ao redor das fortalezas medievais. Através das grades do portão ela via uma cidade fervilhante, cheia de estranhas construções de pedra e pessoas vestidas com as roupas tradicionais gergonianas.

– A salvo de quê? – perguntou, dando alguns passos na direção do portão.

– Dos emissários de pesadelos. – Ele abriu um pouco mais o portão e estendeu uma mão enluvada para ela.

De fato, a atmosfera no interior da cidade murada parecia bem mais convidativa. E muito embora isso significasse que teria de voltar a interagir com a Família Real de Gergon, ela pelo menos não estaria sozinha. Teria companhia dentro desse estranho mundo onírico, enquanto tentava descobrir como acordar.

Um movimento no alto chamou sua atenção, um rastro de fumaça branca. Ela se virou e o que viu quase fez seu coração parar.

Oneiros. *Espectros dos sonhos.*

Ela só tinha visto essas criaturas em livros. Seres que viviam unicamente em sonhos e eram capazes de detectar pensamentos felizes e transformá-los em pesadelos.

– Venha, rápido! – apressou-a o Príncipe. – Eles vão chegar em breve. As muralhas nos mantêm seguros.

Mas Evelyn não se moveu. Os oneiros estavam circulando sobre a aldeia murada quase como se montassem guarda em torno dela. A visão fez um arrepio percorrer sua coluna. Ela não tinha intenção nenhuma de se aproximar daquele lugar murado, onde se agregavam tantas criaturas.

– Não! – disse ela.

– Faça como quiser. – O Príncipe Ilie viu o olhar de determinação da Princesa e fechou o portão na cara dela.

Ela não se importou.

Era a Princesa Evelyn. Membro da Realeza de Nova. E iria lidar com aquele mundo dos sonhos nos seus próprios termos.

Que viessem os oneiros.

CAPÍTULO NOVE
♥ SAMANTHA ♥

—Espere aí, não estou entendendo direito por que preciso anotar a matéria pra você nas aulas da próxima semana... – diz Anita, sentada nas escadarias do nosso colégio. Ela está trançando mais uma vez seu cabelo castanho-escuro, tão comprido que quase chega à cintura. – Ontem você me disse que estava filmando o seu próprio documentário e agora está indo para Zhonguo?

Solto um longo suspiro.

– Eu sei. Mas surgiu outra coisa ontem.

– Uma missão secreta relacionada à alquimia.

– Sim...

– E isso tem a ver com o vírus misterioso e o Príncipe Stefan.

– Exatamente.

– Mas você não pode me contar mais nada.

– Ainda não...

– É um assunto só para Alquimistas Mestres, certo? Mas que vida é essa, Sam?! Zain sabe sobre essa viagem?

— Vou me encontrar com ele mais tarde pra contar. Não queria explicar por mensagens de texto.

Anita assente com a cabeça.

— Melhor mesmo. Sabe que Arjun e eu estamos apenas a um telefonema de distância.

— Eu sei. Obrigada, Ani.

O sinal anunciando o início das aulas toca, então juntamos os livros na mochila e a colocamos sobre os ombros. Logo a seguir, meu celular vibra.

— É melhor eu atender — digo a Anita, ao identificar o código da área central de Nova no visor. Meu coração dá um salto. Pode ser a Princesa com um novo número. — Eu alcanço você.

— Anita acena com a cabeça e se despede, enquanto eu atendo a chamada. — Alô?

— Sam? É Daphne. Ouça, recebi seu e-mail e... embora seja loucura, adorei sua ideia. É brilhante! Tem certeza de que nunca pensou em trabalhar na TV? Não? Deixa pra lá. Ouça, isso me custou muitas discussões, só Deus sabe como os prazos são apertados na TV, mas conseguimos uma autorização e vamos seguir em frente a toda velocidade! Vamos com uma equipe pequena, para poder viajar mais rápido. Podemos fazer quase tudo com magia nos dias de hoje, mas alguns equipamentos são um pouco delicados demais, então vou levar uma operadora de câmera comum. Ela é superprofissional e entende de tecnologia também. A magia não substitui um conhecimento profundo de informática. Nunca me dei o trabalho de aprender sobre essas coisas! De qualquer forma, ela é altamente recomendada, então vai dar tudo certo...

Daphne está falando tão rápido que não consegui dizer uma única palavra até agora.

– Espere... de que ideia você está falando?

– Da sua ideia! De filmá-la voltando às suas raízes em Zhonguo, descobrindo seu passado. Vai por mim, o público vai amar isso. É uma sacada de gênio!

Levo alguns segundos para processar as palavras dela.

– Está querendo dizer que... vocês *não* vão adiar as filmagens?

– Adiar? Está de brincadeira, né? Não vamos ter outra oportunidade como esta! Você viaja na quinta, certo?

– Sim.

– Então vejo você na quinta, com a equipe de filmagem. *Ciao, babe.*

Ela desliga e eu fico encarando o celular sem acreditar. Mas, depois de pensar um pouco, digo a mim mesma: *que mal pode ter?* Faço uma anotação mental para pedir ao meu avô uma autorização do Waidan para que a equipe de filmagem nos acompanhe. Se ele disser que tudo bem, então não vejo por que não possam ir.

O restante das aulas avança a passo de tartaruga, meus olhos consultando o relógio a cada trinta segundos. Tenho tanta coisa para preparar que não vejo a hora de voltar para casa. Estou digitando uma lista de tarefas no meu celular e ela está cheia de coisas como:

– PEGAR KIT PARA PREPARAR POÇÕES... (o que levar???)

– ASSISTIR A VÍDEOS SOBRE COMO DIZER O BÁSICO EM ZHONGUO (não quero parecer uma total ignorante)

– ENCONTRAR MINHAS BOTAS DE CAMINHADA

– BAIXAR DA INTERNET UM GUIA DE VIAGEM DE ZHONGUO OU ENCONTRAR UM NA BIBLIOTECA

Ainda estou adicionando itens à lista quando o sinal finalmente toca e saio voando pela porta. Minha mente está um turbilhão. Tão acelerada que, ao chegar ao parque, quase não percebo quando uma pilha de folhas caídas se espalha pelo ar e passa a assumir várias formas diferentes: um pássaro batendo asas, um cavalo em pleno galope e, finalmente, um coração. Eu apenas assisto, fascinada com as folhas se movendo no ar como confetes vermelhos e dourados, e aplaudo entusiasmada quando finalmente pousam no chão. Então vejo quem é o criador do espetáculo: Zain, com sua varinha estendida como um maestro, orquestrando a dança das folhas.

Ah, esses Talentosos... Sempre se exibindo. Mas mesmo sendo uma comum – alguém sem capacidade de usar magia –, posso apreciar o gesto. E além do mais, já aprendi que existe uma certa magia em ser comum também. Em não ter de depender de nenhum poder externo e confiar na própria capacidade de interagir com as criaturas mágicas e as plantas deste mundo, sem correr riscos. Ser comum é o que me permite ser alquimista e eu não trocaria isso nem por todo o poder mágico do mundo.

– Olá! – diz Zain quando me vê. A maneira como ele olha para mim provoca um calor que faz corar as minhas bochechas, mas, antes que eu possa dizer qualquer coisa, ele me beija com intensidade nos lábios e todos os pensamentos desaparecem da minha mente.

– Olá – cumprimento, ainda um pouco zonza quando nos separamos. Os beijos de Zain fazem isso comigo. Seus dedos se entrelaçam aos meus e nós caminhamos pela trilha coberta de folhas. O clima está fresco, mas não sinto frio. Ao lado de Zain, não sinto nada a não ser calor.

– Sobre o que você queria falar comigo? Ainda está curtindo a ideia do documentário, não é?

– Sim, não é isso. Zain, recebi ontem uma missão relacionada ao vírus.

– Uma missão? Que tipo de missão?

– O tipo que *tenho* que cumprir... Falei com o Waidan de Long-shi.

Zain assobia baixo.

– Como conseguiu fazer isso?

– Vovô.

Zain solta uma risadinha.

– Faz sentido.

– Enfim, descrevi os sintomas de Evie para o Waidan e ele pode ter uma ideia do que está causando isso. Mas tenho que ir até lá pessoalmente para descobrir. Preciso ir a Zhonguo.

Para crédito de Zain, ele encara a notícia com tranquilidade, sem parecer nem um pouco chocado. Acho que passou a aceitar que a vida ao meu lado atualmente *nunca* segue um ritmo normal por muito tempo. – Long-shi... não foi onde descobriram, alguns meses atrás, aquela aldeia soterrada?

Eu franzo o cenho.

– O quê?

– Você nunca assiste aos noticiários? Foi uma história muito interessante de arqueólogos que descobriram um antigo mosteiro de alquimistas soterrado pela lava de um vulcão.

— *Acho* que ouvi alguma coisa a respeito. Mas, então, você pode vir comigo? Pode perder as aulas na universidade por uma semana?

Ele pisca.

— Está falando sério?

— Seríssimo. Realmente vou precisar da sua ajuda lá.

Ele faz uma pausa e o esboço de um sorriso aparece em seu rosto.

— Posso tentar. Acho que dá pra eu ir, sem perder nada importante.

Aperto o braço dele.

— Não está gostando muito dessa faculdade, né?

Ele encolhe os ombros.

— Sei que Sintéticos & Poções é supostamente o curso "perfeito" pra mim, o que eu mais gostei de início. Afinal, é nisso que tenho trabalhado durante toda a minha vida! Mas, para ser sincero, acho que o detesto. É o trabalho do meu pai, não o meu.

— O que você faria em vez disso? — pergunto.

Ele se afasta de mim e enfia as mãos nos bolsos de sua jaqueta.

— Não faço ideia.

Uma brisa fresca envolve o meu corpo, me causando um arrepio. Toco na manga da jaqueta dele.

— Você não precisa já saber tudo.

— Fácil pra você dizer, Mestra Alquimista. Você já traçou os rumos da sua vida e eu estou só seguindo os passos do meu pai.

— Ei! — Paro de andar, indignada. Se alguém sabe quanto foi difícil pra mim conseguir esse título, esse alguém é você, Zain.

Ele remexe o chão de terra com a ponta do tênis.

– Desculpe, não quis ofender. Olha só, Daphne queria que este documentário fosse sobre você. Eu sou só um personagem secundário. Acho que você devia ir para Long-shi sozinha.

– O quê? Não... Não seja teimoso...

– Não estou sendo teimoso – ele me interrompe (na minha opinião, com teimosia).

– Mas eu preciso de você.

– Não, você não precisa... Sam, falo com você mais tarde, ok? Tenho um trabalho da faculdade pra fazer. – Ele gira nos calcanhares e caminha em direção à saída do parque.

Meus pés, por outro lado, parecem enraizados no chão. Sinto como se fosse cair, caso dê um passo. A atitude radical dele fez meu mundo sair do eixo.

Consulto o relógio de pulso. Anita já deve ter chegado do colégio. Pego o celular no bolso e digito o número dela, esperando com ansiedade que atenda.

– Anita?!

– Oi!

– Acho que Zain e eu tivemos a nossa primeira briga.

CAPÍTULO DEZ

♥ SAMANTHA ♥

Dobro uma camiseta com todoo o cuidado e coloco-a na pequena mala de rodinhas que levarei para Zhonguo. Anita está deitada na minha cama – deveria estar me ajudando com os preparativos para a minha viagem, mas está muito distraída, tentando analisar a minha conversa com Zain. Por fim, ela se senta e me olha nos olhos.

– Ele está se sentindo ameaçado. E agora está apavorado e arrependido.

– Ameaçado? Pelo quê?

– Por você, sua boba!

Solto uma risada de escárnio.

– Não, pense no que eu disse – ela insiste. – Veja quanta coisa você já descobriu: sabe o que vai fazer da sua vida e qual é a sua paixão, sem contar que é uma fera no que faz. Tem essa missão de salvar a Princesa *outra vez*, com uma equipe de filmagem que quer transformar tudo isso numa história incrível. E ele não sabe nem o que fazer da vida. Você me disse que ele está na maior dúvida quanto ao curso que escolheu, pensando em desistir da faculdade, sua melhor amiga está totalmente incomunicável, e agora sua namorada incrível não deixa que ele esqueça quanto ela é incrível. Zain só está descontando todas essas frustrações em você. Vai voltar arrependido, você vai ver.

Paro de me arrumar por um instante e me sento com as pernas cruzadas no chão do meu quarto.

— Dragões do céu! Por que tudo é tão complicado?

— Provavelmente porque as pessoas são como as poções, Sam. Só porque temos todos os ingredientes certos, isso não significa que eles vão se misturar como deveriam.

— Hmm, você pode ter razão.

Anita solta uma risada. Mas percebe que não é bem isso o que eu quero ouvir.

— Vocês vão se entender. É a sua primeira briga. Afinal, vocês dois têm uma "química" incrível — ela diz, fazendo aspas com os dedos.

Solto um gemido ao ouvir o trocadilho tosco e lanço um par de meias enroladas na cabeça dela.

— Mas agora chega de Zain! — continua Anita. — Sei que você não pode me contar mais nada sobre a viagem. Então me conte mais sobre o documentário! É tão emocionante que eles queiram continuar filmando mesmo durante a sua viagem...

— Nem me diga! Isso me surpreendeu.

— Não a mim. As pessoas estão desesperadas por qualquer tipo de entretenimento hoje em dia. Você leu um artigo no *Correio Novaense* dizendo que a Princesa traiu o país todo, nos negando um feriado nacional, quando optou por não fazer um casamento grandioso e televisionado? E estão dizendo por aí que não mostrar o vestido de casamento é uma violação aos direitos humanos!

— Mas que bobagem!

— Eu sei. Mas a mídia está desesperada para preencher o vácuo gigantesco que o desaparecimento da Princesa Evelyn deixou. Então, quem entra em ação? Samantha Kemi! A alquimista extraordinária, salvadora da Princesa, amada pelo povo...

— Ok, pode parar já com isso! — Começo a fechar o zíper da minha mala, tentando fazer tudo caber dentro dela. — Mas e se eu não for boa nessa coisa de atuar? Eles querem filmar a minha história com um toque de "realismo", como se eu nem percebesse que as câmeras estão lá. Bem, além das entrevistas "individuais". Para fazer um documentário, é preciso atuar com naturalidade. E se eu for um fiasco total? Lembra o que aconteceu na minha última entrevista de TV? E filmar esse documentário vai ser algo muito mais intenso!

— Você não tem mais nenhum segredo de família profundo e obscuro para revelar, tem?

— Acho que não.

— Então vai ficar tudo bem. O pior que pode acontecer é você odiar a equipe de filmagem. Vão ter que passar semanas convivendo bem de perto, em Zhonguo e aqui. Pode ser irritante.

Mordo o lábio.

— Não tinha pensado nisso.

— Você vai ficar bem. Apesar do seu jeito meio rabugento, é bem fácil conviver com você.

— Você não pode vir comigo?

— O quê? Claro que não! Além do mais, alguém precisa anotar as matérias pra você, esqueceu?

Isso é o que eu mais adoro em Anita. Eu nem preciso perguntar. Ela sabe exatamente o que dizer (e fazer).

— Obrigada — respondo. — Por sinal, como estão as coisas entre você e Jacob? — pergunto com um olhar de malícia. Jacob está em nossa turma de geografia e convidou Anita para sair não muito tempo depois de voltarmos da nossa última aventura, no lago Karst. Tenho certeza de que ele já tinha uma queda por ela muito antes disso, mas levou um tempinho para criar coragem.

— Está tudo bem — ela diz, corando um pouco. Coloco na cama uma calça jeans que estava dobrando. Se ela está constrangida, é porque o caso está ficando sério.

— Vocês estão saindo?

— Já vai fazer um mês que estamos namorando — ela diz com um sorrisinho. — E não faço nem ideia do que comprar pra ele.

— Você precisa comprar algo pra ele?

— Você não comprou para Zain quando fizeram um mês de namoro?

— Bem, tecnicamente a gente nem teve nosso primeiro encontro ainda, então não sei quando faríamos um mês de namoro.

— Que tal considerar aquele dia, no topo da montanha, como o primeiro?

— Hmm, se for assim fizemos um mês de namoro dentro do avião, a caminho do Runustão, tentando rastrear o diário de poções da minha bisavó... Eu não teria como comprar um presente pra ele.

Anita franze a testa.

— Ah, sim, me esqueci disso... E a rapidez com que vocês dois se aproximaram! Você encara bem esse lance todo?

Paro e penso por um segundo.

Rosa-mosqueta e graça de elfo da floresta – para refletir sobre os sentimentos, estabelecer e diagnosticar problemas emocionais, encontrar o remédio necessário.

– Acho que sim – digo com sinceridade. – Quando estou com ele, sinto como se eu pudesse fazer qualquer coisa. Ele me dá essa confiança e nunca sinto que tenho de esconder quem eu sou.

– Isso é bom – Anita sorri.

– Além disso, ele é muito gato! – digo, erguendo as sobrancelhas.

Anita ri e lança um par de meias na minha cabeça. Mas só consigo pensar numa coisa: eu realmente espero que Zain vá comigo para Zhonguo.

Por força do hábito, verifico o celular, mas não há nenhuma nova mensagem.

– Sam? Anita? – A voz da minha mãe soa no andar de baixo.

– Sim? – grito de volta.

– O jantar está pronto. Anita quer ficar?

Levanto as sobrancelhas para ela.

A ideia parece agradá-la.

– Vi seu pai preparando aqueles bolinhos chineses, e os dele são os melhores... – Mas, por fim, ela balança a cabeça, recusando o convite, mesmo quando vejo hesitação em seus olhos. – É melhor eu voltar. Mamãe quer ajuda para esvaziar o sótão antes de irmos para a cama. Ela está num daqueles "surtos de arrumação".

– Mas pensei que sua mãe fosse uma daquelas acumuladoras...

– Exatamente. Esta é a consequência: mega-arrumações duas vezes por ano!

– Ok, boa sorte.

– Guarda um *guioza* pra mim?

– Não garanto! – digo com uma risada.

Trocamos um longo abraço, mas Anita se demora um pouco mais do que eu.

– Não se preocupe, vai ficar tudo bem. Zain vai te procurar e tudo voltará ao normal.

– Obrigada. Realmente espero que você esteja certa.

Uma pequena rachadura na barreira que construí à minha volta ameaça aumentar e deixar que minha amiga veja minhas lágrimas. Mordo o lábio com força para me conter.

Mas Anita vê a verdade. Ela me abraça de novo e tudo o que posso pensar é: *Graças aos dragões, tenho bons amigos.*

CAPÍTULO ONZE

PRINCESA EVELYN

A sensação de formigamento na pele começou no pulso. Aos poucos percorreu o braço, cada pelinho se levantando lentamente. Ela não ousou olhar o que estava causando aquilo. Então se forçou a abrir um olho.

No braço dela havia uma tarântula, tão grande quanto sua mão e preta como nanquim. E a criatura estava rastejando em direção ao seu rosto! Ela queria gritar, mas sua garganta se estreitou e nenhum som saiu da sua boca. Tentou se mover, mas seus músculos não obedeceram. Tudo o que ela podia fazer era assistir, desamparada, enquanto a aranha se aproximava da sua clavícula e assumia uma posição de ataque, erguendo duas patas de trás, as presas estendidas...

Ela estava num labirinto de espelhos. Para onde quer que olhasse, via o próprio rosto devolvendo seu olhar. *Você não me ama?*, diziam os espelhos. *Você não me ama?*

Ela tentou encontrar a saída. De início começou devagar, metodicamente. Seus dedos se estendiam para sentir o que era vidro e o que era uma possível saída do labirinto, seus olhos baixos evitavam olhar o próprio reflexo. Mas a cada volta que dava, mais espelhos apareciam, no chão e no teto, na frente e atrás, seu rosto refletido várias e várias vezes, um milhão de Evelyns encarando-a, seus rostos imitando seu pavor, zombando dela. Ela afundou no chão e tentou fechar os olhos, mas era como se palitos de fósforos os mantivessem abertos e ela não tivesse escolha senão olhar para si mesma pela eternidade...

Kingstown estava ardendo num grande incêndio e ela não podia detê-lo. Só podia fitar as chamas do seu Palácio invisível, assistindo enquanto seus súditos fugiam de suas casas, aterrorizados, chorando a perda dos entes queridos.

O Z do topo da ZA despencava lá do alto, as vigas de aço derretendo sob o calor ardente.

A Loja de Poções Kemi arrasada por um fogo infernal.

A Alameda Real quase indistinguível em meio às nuvens grossas de fumaça negra.

Sua cidade aos poucos sendo destruída.

Era demais para ela suportar.

Estou a salvo aqui dos emissários de pesadelos. Isso é o que o Príncipe tinha dito sobre a cidade murada. Talvez ela devesse ir para lá. Fazer qualquer coisa para se afastar do que sua mente estava criando. Olhou para cima e lá estava ela, do lado de fora dos portões. Tudo o que precisou fazer foi passar através deles para a visão de Kingstown incendiando desaparecer.

Um lampejo cor de cobre chamou sua atenção.

– Katrina? – Evelyn falou o nome em voz alta, afastando-se do portão enquanto olhava para todos os lados, o coração se enchendo de esperança... e felicidade. A visão da cidade em chamas cintilou diante dos seus olhos. – Katrina, você está aí?

Ela pensou numa das primeiras vezes em que percebeu que tinha uma queda por Katrina. Pouco depois da Caçada Selvagem, quando havia desistido do amor para sempre. Mas não era sempre assim? No momento em que se parava de procurar, o amor vinha bater na nossa porta...

Katrina ajudou-a a criar um perfil alternativo e seguro numa rede social para que ela pudesse acompanhar os amigos (como Zain e Sam) sem atrair a atenção da mídia. Ela se lembrou da ocasião em que estava sentada quando Katrina se inclinou sobre ela, para apontar alguma coisa na tela, e a ponta da sua trança roçou no ombro de Evelyn. Ela sentiu o perfume levemente floral do xampu da moça e mudou de posição ligeiramente, para que seus dedos a tocassem. Poderia jurar que nesse momento uma verdadeira corrente elétrica passou entre elas, conectando-as. A lembrança fez Evelyn sorrir.

E fez desaparecer a visão da cidade em chamas. No seu lugar surgiram os oneiros, as mãos brancas e delgadas desenhando círculos no ar, tentando conjurar outra visão ainda mais terrível.

Evelyn apertou os punhos. Ela não precisava entrar na cidade murada do Príncipe Ilie para se proteger.

Poderia cuidar de si mesma.

Tudo o que precisava fazer era se lembrar de quem era e de quem amava.

CAPÍTULO DOZE

♥ SAMANTHA ♥

Na manhã seguinte, eu me levanto bem cedo. O clima na casa é frenético por causa dos preparativos. Daphne pede para que eu não guarde na mala meu kit de poções e espere a chegada da equipe de TV. Isso me deixa nervosa. Gosto de estar preparada e odeio esperar sem fazer nada, pensando na possibilidade de ter esquecido alguma coisa. Tudo o que eu preciso já está dentro da mala e estou sentada na minha cama, pronta para partir.

Zain ainda não deu sinal de vida, nem no celular nem na caixa de e-mails. Ele realmente decidiu não me acompanhar.

– Sam! Eles chegaram! – A voz da minha mãe vem do primeiro degrau da escada.

Engulo em seco. Agora que a coisa está por fim acontecendo, o medo se instala no fundo do meu estômago como folhas numa xícara de chá. Eu gostaria de adivinhar, pelo desenho formado pelas folhas no fundo da xícara, se a minha dúvida é válida ou fora de propósito. Mas os pensamentos não são folhas no chá e não há como saber.

Com um estremecimento, dissipo o devaneio e desço as escadas. Estou no meio da descida quando vejo a "equipe de filmagem" e congelo. Duas pessoas estão olhando para mim: uma é Daphne, a diretora. Mas a outra me surpreende. Por um instante, seu nome me escapa, mas sei que a conheço por causa dos seus lindos e brilhantes cabelos cor de cobre. Ela é a guarda-costas do Palácio, a mesma de quem eu acho que a Princesa Evelyn gostava – antes de se precipitar e aceitar se casar com o Príncipe Stefan. Katrina! Esse é o nome dela.

Quando paro abruptamente na escada, os olhos dela se erguem e encontram os meus. Parecem me enviar um aviso, como se ela não quisesse que Daphne perceba que eu a reconheci. Então ela ergue uma grande câmera – daquelas usadas para filmar documentários – e a apoia no ombro, enquanto Daphne enfeitiça um microfone para fazê-lo flutuar até perto da minha cabeça. Uma luzinha vermelha aparece na lateral da câmera: estão gravando.

Fico imóvel ali, os pés congelados na escada. Depois de alguns segundos constrangedores, Daphne faz um sinal com a cabeça indicando a minha família, que está parada ali em fila, aguardando por mim. Percebo agora que ela quer filmar nossas despedidas. Disparo escada abaixo e começo a distribuir grandes abraços, começando pela minha mãe e meu pai, e depois me virando para Molly. Vovô prefere não sair na filmagem, então vou me despedir dele em particular.

– Corta! Perfeito! – exclama Daphne, fitando um pequeno monitor flutuante na frente dela. – Mas da próxima vez, Sam, não olhe para a câmera enquanto estamos filmando. Queremos que você aja o mais naturalmente possível. Você só vai olhar para a câmera quando estivermos nas entrevistas individuais.

Talvez a gente tenha que filmar novamente essa entrada. Pode voltar ao andar de cima?

Concordo com a cabeça, um calor subindo às minhas bochechas. *Não vou conseguir fazer isso*, penso. Meu coração martela no peito e a minha garganta começa a se fechar. A porta da cozinha se assoma nos fundos, atrás dos meus pais, e corro para ela, passando por eles sem parar.

Minha visão está borrada. Agarro as bordas do balcão da cozinha e fecho os olhos, tentando me concentrar na minha respiração. "Agir naturalmente" não parece nada natural. Não quando se tem câmeras apontadas para você, luzes vermelhas piscando, microfones flutuando sobre a sua cabeça... *Relaxa, Sam!*, ordeno a mim mesma.

Duas batidas altas soam na porta. Eu abro e é a minha mãe.

– Tudo bem com você?

– Sim, tudo bem – digo com um sorrisinho.

Ela coloca o braço em volta dos meus ombros e me puxa para ela.

– Levamos Daphne para a loja e elas estão lá, filmando alguns planos de fundo, então por ora estão ocupadas.

– Obrigada, mãe – digo, feliz por ter um momento só para mim.

– Onde está Zain? – ela pergunta, massageando as minhas costas.

Encolho os ombros.

– Não sei. Tivemos uma briga ontem e achei que hoje ele voltaria a falar comigo. Não sei vai vir... E não sei se vou conseguir fazer isso sem ele.

– Sam, se existe uma coisa que você deveria ter aprendido nestes últimos meses é que pode fazer qualquer coisa que quiser.

Zain é um rapaz adorável, mas você não precisa dele ao seu lado para fazer coisa alguma.

– Mas as câmeras... o documentário... isso não tem nada a ver comigo! – Escondo o rosto entre as mãos. – Pensei que queria fazer isso para ter controle de minha própria história, só pra variar, em vez de esperar que a mídia escreva coisas sobre mim. Zain iria me ajudar a passar por tudo isso.

Com uma leve pressão das mãos, mamãe gira meu corpo para que eu fique de frente para ela. Depois tira minhas mãos do rosto e levanta o meu queixo.

– Você pode fazer as duas coisas – diz ela. – E, se não quer mais fazer o documentário porque prefere não aparecer na TV, tudo bem, isso é uma coisa. Mas, se o que está assustando você é Zain não estar aqui, não vou deixar que desista.

As palavras severas de mamãe, tão diferentes do seu jeito normalmente carinhoso, traz um sorriso relutante ao meu rosto. Na verdade, *quero* fazer esse documentário. As pessoas de Nova já ouviram mentiras demais. Talvez eu tenha a chance de mostrar a elas algumas verdades. E mamãe está certa. Não preciso de Zain para fazer isso.

– Ok.

– Então você vai voltar lá?

– Sim.

– Boa garota! – ela diz, me puxando para um abraço apertado.

Respiro fundo e volto para o ringue.

Daphne me vê imediatamente.

– Aí está você! Acabamos de filmar nossos planos de fundo, então já podemos ir! Ah, espera! Me esqueci de apresentá-la ao novo membro da nossa equipe. Esta supermulher aqui é Katrina Pickard.

Katrina tira a câmera do ombro e estende a mão para mim.

– Prazer em conhecê-la. Mas me chame de Trina. É como todo mundo me chama. – Ela não faz nenhuma menção ao fato de já nos conhecermos.

– O prazer é meu – digo com cautela, entrando no jogo dela.

– Eu a chamo de supermulher porque ela vai fazer o trabalho de dez pessoas. Foi muito difícil encontrar alguém que tivesse os vistos, a documentação e a disponibilidade certos para um trabalho como este. Tivemos sorte!

– Eu... hmm, que bom que você pôde se juntar a nós, Trina.

Ela sorri.

– Tudo bem. Agora, vou colocar um microfone em você. Estes, na verdade, são microfones simples, sem fio, que podem ser fixados em qualquer peça de roupa. Se o colocarmos na sua gola... – O microfone é pequeno e se encaixa no botão do colarinho da minha camisa xadrez. – Isso, ficou perfeito! Que tal se fizéssemos alguns *takes* de você agora, arrumando seus equipamentos para preparar poções?

– Tudo bem – digo. Katrina coloca a câmera novamente no ombro.

Daphne nos interrompe:

– E vá narrando o que está fazendo como se quisesses mostrar aos telespectadores como é a sua loja. Imagine que está oferecendo a eles uma visita guiada. Queremos que descubram a alquimia por si, através dos próprios olhos. Está pronta?

– Normalmente não se tem um roteiro? E se eu disser alguma coisa errada? – Meu rosto deve estar demonstrando todo o meu pânico, porque Daphne se apressa em me tranquilizar.

– Podemos editar tudo depois. Lembre-se, isso é algo que você viveu e respirou durante toda a sua vida. A única diferença é que tem uma câmera aqui agora.

– Ah, sim, e milhões de pessoas assistindo... – resmungo. Então me lembro: é o que quero *fazer*. Respiro fundo. – Tudo bem. Esta é a Loja de Poções Kemi, que está na nossa família há mais de três séculos. Há muita história aqui. – Olho para as estantes cheias de ingredientes – O orgulho e a alegria dos Kemi. Os frascos, garrafas e recipientes contendo os ingredientes estão rotulados e com os estoques completos, mas, se a pessoa não souber o que está procurando, pode parece meio caótico. Como se estivesse tudo misturado. É graças a toda essa arrumação que vovô e eu podemos fazer o nosso trabalho sem precisar levantar um dedo. É impressionante. E sei disso porque meu coração se enche de orgulho sempre que olho para esta loja.

"Não vou levar muitos ingredientes comigo" – continuo. – "Porque eles terão quase tudo em Zhonguo. Mas vou levar alguns presentes especiais de Nova para os alquimistas de Long-shi, coisas que eles não têm lá: uma pérola de sereia e uma rédea *kelpie*.

"Também vou levar muitos livros" – prossigo, parando na frente da minibiblioteca que temos na loja. A biblioteca principal fica atrás, mas eu também mantenho a prateleira daqui abastecida com os livros que ainda quero ler. – "Não consigo viajar para lugar nenhum sem eles, mesmo que Zain tenha tentado me convencer a usar um leitor eletrônico." – Pego três volumes grossos da estante: um guia para a flora e a fauna de Zhonguo, um livro de viagem de um descobridor que se aventurou por esse país e, por fim, um livro de contos de fadas de Zhonguo.

– Corta! Muito melhor! – elogia Daphne. Trina desliga a câmera. – Acho que já temos algo com que trabalhar aqui. – Daphne me lança um sorriso encorajador, que retribuo com outro, sem jeito. Pelo menos alguém acredita nas minhas habilidades.

Minha mãe aparece e me envolve num abraço.

– Cuide-se, querida. E, mesmo que esteja viajando a trabalho, não deixe de se divertir.

– Sua mãe tem razão – diz papai. – Esta é a sua primeira viagem de volta para a pátria dos Kemi. Gostaria de poder levá-la nós mesmos, para lhe mostrar de onde veio a nossa família.

– Eu também – digo com sinceridade. Meu coração se aperta e sei que, se ficar mais um pouco, não vou conseguir conter as lágrimas. Tento me desvencilhar do abraço, mas os braços de minha mãe permanecem em torno de mim – Hmm... mamãe?

– Deixe-a ir, Katie – diz meu pai, gentilmente.

– Sei que não posso mantê-la embaixo das minhas asas para sempre. – Ela me dá um último aperto e, finalmente, me solta. – Molly, por outro lado...

– Ei! – exclama Molly, cheia de indignação, atrás de mamãe.

– É isso mesmo – diz minha mãe, com uma risada. – Você tem pelo menos mais quatro anos de mamãe superprotetora, ok?

– Tudo bem... – diz Molly, revirando os olhos.

– Vamos.

Trina pega minha mala do chão e a leva para o carro. Terminei minha segunda rodada de abraços. Os primeiros foram filmados e não pareceram de verdade.

– Me mande notícias da Princesa – digo a Molly.

– Pode deixar.

Minha última parada é vovô.

– Me mantenha informado a cada passo. O Waidan não pediria que você percorresse toda essa distância se não houvesse uma boa razão. E lembre-se: você não é apenas uma Mestra Alquimista, mas uma Kemi. Se houver qualquer ameaça a Nova que possa ser sanada com uma poção, você vai descobrir. É sempre assim com os Kemi.

– Não se preocupe, vovô. Não vou desapontá-lo.

CAPÍTULO TREZE

PRINCESA EVELYN

Ela tinha descoberto que bons pensamentos mantinham os oneiros afastados, por isso o rosto de Katrina estava sempre na sua mente.

Mas ainda tinha perguntas e apenas uma pessoa a quem poderia recorrer. Ela caminhou diretamente para os portões da cidade e golpeou as barras de metal.

– Saia! – gritou. – Príncipe Ilie, apareça!

Ela já tinha esperado o suficiente. Se não ia acordar, precisava descobrir o que estava acontecendo. E, para fazer isso, tinha que falar com as pessoas que estavam ali havia mais tempo. A Família Real de Gergon.

– Nunca ouviu a lenda da princesa adormecida?

A voz a assustou, mas ela rapidamente se recompôs para não demonstrar surpresa. As regras eram diferentes naquele mundo de sonhos e ela não queria que ele soubesse que a pegara desprevenida. O Príncipe Ilie, irmão mais velho de Stefan, estava do outro lado das barras, muito formal em seu longo fraque preto.

– Já ouvi falar, sim – ela respondeu. – Uma princesa que dormiu durante cem anos. Meu reino não permitirá isso. Há pessoas se esforçando para me acordar, tenho certeza.

– Quem disse que eu estava falando sobre o seu reino? – Ele baixou os olhos, mas ela não confiou nele nem por um segundo.

– Então vocês estão todos dormindo também. Em Gergon.

– Evelyn piscou, tentando processar essa nova descoberta.

– Sim.

– Mas *por quê?* Não entendo.

O Príncipe suspirou com dramaticidade.

– É mais fácil se eu lhe mostrar – ele disse. Tirou uma grande chave do bolso e enfiou-a no buraco da fechadura dos portões.

– Não vou entrar. – Evelyn deu vários passos para trás.

– Não há necessidade. Eu é que vou sair, mas apenas por um instante. Não posso ficar longe da cidade murada por muito tempo. Os pesadelos são terríveis demais. – Ele olhou para onde os oneiros estavam circulando e estremeceu. Depois trancou o portão atrás dele. – Deixe sua mão assim – disse ele, mostrando a palma da mão.

Evelyn hesitou. Mas que escolha tinha? Ela queria saber o que estava acontecendo, por que tinha sido levada àquele estado de sonho, e ali estava alguém que parecia saber. Lentamente, dedo por dedo, ela abriu a mão até sua palma estar virada para cima.

– Você não é apenas da Realeza, mas a herdeira do trono. E, como eu, tem a capacidade de controlar a magia através da pele. O Príncipe estendeu a mão e passou o dedo de leve na palma da mão dela. Ao fazer isso, feixes de luz dispararam da ponta dos dedos dela, rios de luz infundidos com faíscas brilhantes que cintilavam enquanto dançavam nos raios. Lágrimas surgiram nos olhos de Evelyn. Pela primeira vez na vida, ela estava *vendo* a magia. A sua magia. As correntes que tinha sob controle. Isso lhe infundiu poder.

Ou pelo menos era o que ela pensava. Os fios de luz começaram a se retorcer, virando sua mão, fechando seus dedos, até que todos se voltaram na mesma direção.

O Príncipe pareceu triste.

– Eu achava mesmo que isso ia acontecer. Comigo foi igual. Ele abriu a palma da mão e a mesma magia irrompeu dali. Mas, embora a magia irradiasse da ponta dos dedos dele, os raios eram mais fracos, mais finos, apenas faíscas se comparadas com as torrentes de Evelyn, e mais adiante eles se retorciam e se curvavam até se unir aos da Princesa.

– Para onde estão indo? – perguntou Evelyn, os olhos seguindo as correntes de magia enquanto se projetavam para cima e atravessavam as muralhas da cidade mais adiante, onde se juntavam a inúmeros afluentes de magia que partiam de cada habitante do mundo dos sonhos. Dali a corrente de magia fluía para outro lugar: uma torre alta, de pedra escura, bem no centro da cidade.

– Quem vive naquela torre? – perguntou Evelyn.

– Ela. Ela está absorvendo tudo isso. Toda a magia que pode...

A resignação na voz do Príncipe só aumentou a determinação que Evelyn sentia para se fortalecer.

– Como podemos detê-la? Não poderíamos tomar a torre de assalto e recuperar toda a nossa magia?

O príncipe Ilie fez que não com a cabeça.

– Tenho medo de criar um problema pior ainda.

– Qual? – perguntou Evelyn num tom exigente.

A torre de pedra estremeceu, ameaçando ruir a qualquer momento.

– Achamos que ela está prestes a acordar. E, se isso acontecer, terá poder para sugar a magia do mundo inteiro.

CAPÍTULO CATORZE

♥ SAMANTHA ♥

— Comece a rodar! – diz Daphne, quando nos aproximamos do balcão de *check-in* do terminal.

Franzo a testa. Não consigo ver por que o *check-in* no terminal de transporte seria de algum interesse para os telespectadores do documentário. Mas então vejo motivo. De pé, com o cotovelo apoiado no balcão e o cabelo preto tão cheio de magia que até cintila sob o brilho das luzes do terminal, está... Zain.

A surpresa me deixa tão sem ação que lhe dá tempo para avançar na minha direção e me levantar num giro. Depois ele segura as minhas mãos e me beija nos lábios antes que eu possa reagir.

— Consegui, Sam – ele diz, com um sorriso encantador.

— Conseguiu?... Conseguiu o quê? – gaguejo. Meus olhos oscilam entre ele e a câmera.

— Consegui um tempo livre! Vou com você para Zhonguo!

As emoções se digladiam dentro de mim. Estou confusa com essa mudança radical na atitude de Zain! Mas as câmeras estão ligadas e Zain está apertando os meus dedos e olhando para mim com seus olhos surpreendentemente azuis, então me pego sorrindo de volta.

— Mas que ótimo! — digo, tentando injetar o mesmo entusiasmo na voz.

— Corta! — grita Daphne. — Que entrada! Ah, eu sabia que vocês dois seriam um casal incrível na tela!

Quase não registro o que ela está dizendo. Me afasto dele o mais rápido possível, meus olhos buscando Trina para me certificar de que a câmera está de fato desligada. Assim que constato de que de fato está, esbravejo:

— Que droga foi essa, Zain?

— Sam, desculpe. Exagerei ontem.

— E a melhor maneira de me dizer isso é em frente às câmeras? Você não podia ter enviado uma mensagem? Telefonado? Mandado e-mail? Um *tweet*? Qualquer coisa?

— Culpa minha! — diz Daphne, levantando as mãos entre nós. — Liguei para Zain para confirmar alguns detalhes e ele me falou sobre o pequeno desentendimento entre vocês. Eu sabia que iriam resolver as coisas, então achei que poderíamos aproveitar essa tensão no documentário! Sabe como é, não dá pra "encenar" esse tipo de trama dramática...

Olho para Daphne, sem acreditar, e depois para Zain. Por fim ele tem a decência de parecer arrependido.

— Desculpe ter pegado você de surpresa. Daphne não me deixou entrar em contato. Ela disse que iria arruinar a "autenticidade do momento". Você me perdoa?

Sinto que estou esmorecendo. Esta é a nossa primeira briga. Todo mundo consegue superar a primeira briguinha, não é?

— Sim.

– Então, estamos bem? – Ele leva os meus dedos aos lábios e os beija com delicadeza.

– Estamos bem.

– Ótimo!

Abro um sorriso. Agora que o choque de vê-lo já diminuiu, eu me sinto aliviada. Não irei para Zhonguo sozinha.

– Fico feliz que tenha decidido vir. Na verdade, não quero fazer isso sem você, eu já disse.

– Eu sei.

Daphne dá um passo em nossa direção e me irrito ao perceber que ela estava ouvindo o tempo todo.

– Ah, mas que fofo! Simplesmente muito fofo... Todo mundo feliz outra vez? Então, vamos, já é hora de fazermos o *check-in* para o transporte.

Temos de aguardar uma hora no terminal antes que nosso transporte seja anunciado, por isso nos instalamos numa sala de espera confortável. Com exceção de Katrina e eu, quase todos aqui são Talentosos. Eles são os únicos que podem pagar por um meio de transporte tão caro. Enormes telas de invocação se alinham numa extensa parede, enquanto Talentosos parrudos auxiliam os passageiros ao longo das correntes de magia, de um destino a outro. Nesse tipo de transporte, um trajeto que demoraria várias horas de avião pode ser feito em apenas alguns minutos. No entanto, embora os voos sejam mais lentos, eles não só custam menos como têm outra vantagem: não temos que sentir toda a desagradável viagem pelo ar.

Aguardo um instante em que Daphne chama Trina de lado, para planejar a filmagem, e arrasto Zain para o balcão de uma cafeteria ali perto. Preciso de um gole de cafeína antes do transporte, mas também preciso falar com ele em particular. Baixo a voz até sussurrar:

– Você reconheceu aquela operadora de câmera?

Ele franze a testa e olha para trás, por cima do ombro.

– A ruiva? Não, acho que não. Eu deveria?

– Só não fique olhando pra ela! É *Katrina*. A guarda-costas particular da Princesa Evelyn.

Zain arregala os olhos de surpresa.

– Sério? Uau! O que você acha que ela está fazendo aqui?

– Eu não sei. Mas vou descobrir. Não pode ser só coincidência.

Estou prestes a contar a Zain sobre a química que vi entre Katrina e a Princesa, mas concluo que isso não é da nossa conta. Não cabe a mim contar a ele.

– Não fale mais nada, elas estão vindo pra cá. Peça o seu café.

– Vou tomar um *macchiato* de caramelo, por favor – digo ao barista.

– Aí estão vocês! Ah, já vi que temos outro viciado em cafeína, assim como eu! Vou tomar um triplo *latte* sem espuma – Daphne diz para Zain e me segura pelos ombros. – Agora você, nossa pequena *estrela*, vamos arranjar um lugar no canto do salão. Filme algumas pessoas se transportando através das telas de invocação ao fundo, está bem, Trina? Estou pensando em aventura, estou pensando em entusiasmo, estou pensando em *transportar* as pessoas para fora da rotina e para dentro do mundo de Sam. – Daphne me conduz até que eu esteja sentada num pequeno recuo de uma enorme janela atrás de mim.

– O que você quer que eu diga? – pergunto, encabulada.

Um vidro frio pressiona as minhas costas, mas o ar na sala de espera está abafado. Minha barriga está roncando. Eu quero o meu *macchiato*. Todo o meu corpo está desconfortável e, não pela primeira vez, me pergunto que diabos estou fazendo.

– Só conte para onde está indo. Este vai ser o seu momento particular. Totalmente sem roteiro. Uma chance para você se abrir um pouquinho. Deixar que a gente veja um pouco de você. Diga o que se passa na cabeça de Sam Kemi. – Ela pontua cada palavra da sentença final com uma batidinha com o dedo na minha testa. Eu me pergunto se ela vai deixar um pequeno hematoma ali. – Escrevi algumas perguntas em cartões, então sinta-se à vontade para consultá-los, se precisar de inspiração. E, Sam?

– Sim?

– Não precisa se conter. Se ficar muito longo, editamos depois. Quanto mais você falar de coração, mais vai acertar.

– Ok, Trina pode ficar comigo?

Daphne parece surpresa.

– Claro. Por quê?

– Só acho mais fácil falar com uma pessoa do que com as lentes de uma câmera.

– Ok, mas lembre-se de que você vai *ter* de olhar para a câmera. Queremos que isso fique com um ar confessional. Será que consegue?

Engulo em seco, mas digo que sim.

– Ótimo. Tudo bem, vai ficar melhor assim! Trina pode segurar os cartões com as perguntas enquanto você fala. Vou lançar um feitiço em torno de você para bloquear o burburinho do terminal e não deixar que nada interfira na filmagem. – Ela tira da bolsa seu objeto mágico, uma varinha como a de Zain, e com alguns giros do pulso, manipula a energia mágica no ar à nossa volta para erguer uma barreira sonora. Meu primeiro pensamento é: agora que todo o som de fundo foi isolado, dá pra perceber como é *alto* o barulho do terminal de transporte. Meus ouvidos apitam em meio ao silêncio.

Como sempre, Trina coloca um par de fones de ouvido redondos e grandes sobre as orelhas e liga a câmera. A luz vermelha volta a piscar na minha frente, uma distração piscante.

Engulo com força e respiro fundo algumas vezes para me preparar. Olho sobre o ombro de Trina e vejo Daphne indo ao encontro de Zain no balcão da cafeteria e gesticulando freneticamente com os braços enquanto fala. Esta é a minha chance.

– Eu conheço você – digo, olhando além da câmera e direto para a Katrina.

– O que quer dizer? – ela pergunta, mas eu não acredito no seu ar inocente. Seu rosto fica sério e ela se prepara para enfrentar a minha curiosidade. Mas o mais revelador de tudo é que ela desliga a câmera e continua a apontá-la para mim, como se estivéssemos fazendo a nossa filmagem confessional.

– Por que você está aqui? – Eu queria fazer mais perguntas iniciais, mas pelo canto do olho posso ver Daphne olhando para nós. – Eu me lembro de você. No Palácio. Você e a Princesa... – Nem sei como terminar essa afirmação, mas o rubor que surge nas bochechas de Trina confirma minhas suspeitas. – Por que você não está no Palácio? A Princesa está bem?

– Fui demitida do Palácio – diz Trina com os dentes cerrados.

– O quê? Por quê?

– Stefan. Mas isso não é tudo. Antes de me demitirem, também vi que a Princesa estava doente. Ela não parava de tossir, estava fraca; não conseguia se defender dele.

– Eu sabia! – digo. – Ninguém mais acredita em mim, a não ser minha família e meus amigos. Especialmente depois que aquelas fotos da lua de mel foram divulgadas.

– São falsas. Foram adulteradas. Sei disso, porque era eu a encarregada de todos os sistemas de informática dentro do Palácio e vi um memorando dizendo que o Príncipe estava procurando um "editor de fotos Talentoso e experiente". Então, algumas horas depois... Pá! Essas fotos apareceram. Não notou que estão borradas? E só mostram a Princesa com uns óculos de sol gigantescos e um chapéu imenso.

Penso nas fotos que vi no restaurante. Elas não pareceram autênticas aos meus olhos, mas todo mundo estava convencido de que eram. Fico feliz com a confirmação de que não estou imaginando coisas, mas também apavorada quando penso na Princesa. O que está realmente acontecendo no Grande Palácio?

– E *você*, o que está fazendo? Por que vai para Zhonguo? – Trina me interroga. – Até ontem você só ia fazer este documentário em Nova. O que a fez mudar de ideia? Tem a ver com a doença da Princesa, não é? Você descobriu algo, não foi? – Ela olha para mim com os olhos verdes e penetrantes e eu me sinto desnudada sob esse olhar. Meus pensamentos se voltam para o momento, no Baile de Laville, em que ela foi ajudar a Princesa Evelyn, quando ela perdeu o controle do seu poder avassalador.

Foi impressionante! Qualquer um que consiga segurar a barra durante um surto mágico da Princesa tem todo o meu respeito. Mas não necessariamente a minha confiança.

— Como você sabe o que estou fazendo? Andava me espionando? — Fico em pé, não sei o que está se passando, mas de repente não me sinto mais confortável.

Pânico transparece na expressão de Trina e ela faz sinal para que eu me sente.

— Ok, você não precisa me contar nada — ela me tranquiliza. — Sei disso por causa do que acabei de dizer: eu era responsável pelos sistemas de computador do Palácio. Tenho acompanhado seus movimentos porque você não é apenas amiga da Princesa, mas também sua alquimista particular. E você falou sobre seus sentimentos com relação a Stefan. Eu sabia que não iria deixar o país a menos que tivesse uma pista que pudesse ajudá-la. Então, se o seu plano envolve ajudar a Princesa de alguma forma... peço, por favor, que me deixe ajudar você.

Hesito, ainda não totalmente convencida.

— Olhe. — Ela puxa a gola da camisa e ao redor do seu pescoço vejo uma corrente de prata delicada com um anel pendurado. Um anel que eu reconheço. Era da Princesa Evelyn.

— Evie me deu isso. Tudo o que quero é ajudar você a ajudá-la.

Quando olho no fundo dos olhos verdes suplicantes de Trina, sei que não há como recusar seu pedido. E eu preciso de toda a ajuda que puder obter.

— Tudo bem — digo em voz baixa.

— Ótimo! Agora vamos fazer algumas tomadas confessionais para Daphne não suspeitar de nada.

Concordo com um leve aceno de cabeça e respiro fundo.

— Então... Estamos no terminal de transporte internacional de Kingstown, a ponto de ir para... um vilarejo de Long-shi, em Zhonguo. Estou muito... empolgada com essa viagem...

Trina levanta a mão para me interromper, mas eu já tinha parado por mim mesma. Meus ombros afundam e me inclino para a frente, me apoiando nos joelhos. Um gemido alto escapa dos meus lábios.

— Nossa, isso é mais difícil do que eu pensava... — digo, tentando abrir um sorriso tímido, mas provavelmente só conseguindo fazer uma careta nada convincente.

— Não se preocupe — diz Trina. — Respire fundo e comece de novo. Ah, aqui está a primeira pergunta. — Ela me mostra um cartão onde se lê: COMO VOCÊ SE SENTE SE TRANSPORTANDO?

Sinto meus ombros relaxarem quando leio a pergunta: isso é algo que posso responder com facilidade.

— Eu nunca tinha me transportado até este ano. É muito caro para mim.

Trina ergue a mão para me interromper de novo.

— Isso foi ótimo! Ficou muito mais natural. Mas olhe para a câmera quando disser alguma coisa, não para mim.

— Ah, tudo bem, esqueci. — Agarro o parapeito da janela, irritada por ter errado *mais uma vez*. Volto meu olhar diretamente para a lente da câmera, tentando não prestar atenção no meu reflexo invertido no vidro negro e liso. — Eu, na verdade, nunca tinha me transportado até este ano. Sempre foi muito caro para mim. Mas por causa da Caçada Selvagem, tive que me acostumar rápido!

Trina sorri para mim e levanta o polegar, me encorajando. Então ela pega o cartão seguinte. O QUE VOCÊ ESPERA ENCONTRAR EM LONG-SHI?

Paro por um instante. Isso é algo em que tenho pensado muito, mas não tenho ainda uma resposta definitiva. Então me dou conta de que esta tomada deve ter um tom confessional. Decido seguir em frente e ser sincera.

– Não sei o que vou encontrar em Long-shi. Estou indo para lá com a mente aberta. Meu avô me ensinou que os alquimistas sempre se voltam para o passado quando precisam encontrar respostas. Por exemplo, o mosteiro enterrado que acabaram de descobrir. É um dos maiores achados arqueológicos do século passado. Foi onde *nasceu* a alquimia; o lugar de onde vêm meus antepassados. Pode haver respostas ali para perguntas que não sabemos nem sequer formular. Isso é o que me atrai. E se eu me voltar para as minhas raízes, desenterrar o meu passado, posso descobrir o que mais sou capaz de fazer... É como se eu pensasse em mim mesma como o ingrediente de uma poção. – Solto uma risada. – Suponho que eu seja! De certa forma, isso é exatamente o que estou fazendo. Estou investigando a mim mesma. Quero descobrir quais são as minhas propriedades, então posso descobrir exatamente o lugar a que pertenço. Assim como o ingrediente de uma poção.

A próxima pergunta é: E VOCÊ TROUXE SEU DIÁRIO COM VOCÊ?

– Meu diário de poções? Ele está aqui comigo, é claro! – Dou um tapinha na mochila de couro marrom aos meus pés, meu presente para mim mesma depois de fugir das garras de Stefan. – Ele está sempre comigo. Sei que isso é meio *nerd*, mas parte de mim mal pode esperar para colocá-lo na mesma estante que os diários de alguns dos alquimistas mais reverenciados de todos os tempos, e não apenas aqueles relacionados à família Kemi! Estou lendo alguns livros e descobri que existe uma antiga biblioteca em Long-shi onde existem diários de poções de mil anos atrás! Só de estar perto desse tipo de história... Meu Deus! – Não consigo evitar um estremecimento de pura emoção.

Trina faz um sinal com a cabeça e sorri para mim.

– Isso foi ótimo! Obrigada, Sam. Acho que conseguimos o que precisamos. – Ela se vira e levanta o polegar para Daphne.

A diretora deixa cair a barreira de som conjurada por magia.

– Como foi?

– Sam arrasou! – diz Trina.

– Ah, mas que ótimo! Porque o nosso transporte está à espera. Daqui a alguns minutos estaremos em Zhonguo! Isso é tão empolgante! – diz Daphne.

Mas não estou mais ouvindo. Em vez disso, estou observando Katrina, enquanto ela guarda o equipamento de filmagem. A Princesa nunca deixaria que a demitissem, então toda a ideia deve ter partido do Príncipe Stefan.

Pergunto-me o que estará acontecendo entre as paredes do Palácio...

CAPÍTULO QUINZE

♥ SAMANTHA ♥

—Oi, está tudo bem? – Zain pergunta quando entramos num dos carros que Daphne alugou para nos levar a Long-shi. Daphne e Trina estão no outro veículo, junto com o volumoso equipamento de filmagem e de informática que trouxeram com elas. Eu tinha certeza de que não poderia ser tudo para o documentário, mas Daphne soltou uma risada quando comentei. Na profissão dela, ela respondeu, diriam até que estava levando pouca bagagem.

De qualquer maneira, fico feliz que Zain e eu possamos ter algumas horas só para nós, mesmo que seja apenas durante o percurso de carro.

Ainda temos uma longa jornada pela frente. Long-shi está a quilômetros de distância e não se pode chegar lá através de nenhuma tela de transporte, pois eles simplesmente não estão preparados para isso. A aldeia também é cercada pelas Selvas, onde a magia é menos previsível. As Selvas são reservas naturais espalhadas pelo mundo, onde criaturas e plantas mágicas podem sobreviver sem a interferência dos Talentosos. Nos grandes centros urbanos e até nas cidades menores, os fluxos de magia são todos muito bem "amarrados", como fios de cabelo presos numa trança, por isso podem ser usados de maneira previsível. Nas Selvas, a história é outra.

Eu mesma vi o objeto mágico do pai de Zain – um anel – explodir diante dos seus olhos quando ele tentou usar magia na montanha Hallah. É perigoso, então fico feliz por não termos nos transportado para lá.

Sei exatamente por que Zain está perguntando se estou bem. Não consigo me livrar da expressão de preocupação que se instalou permanentemente no meu rosto. Tenho uma sensação, no fundo do estômago, que normalmente só percebo quando uma poção não está dando certo. E ela geralmente significa que estou deixando de notar alguma coisa.

Só não sei o que é...

Tintura de beladona, para enxergar lacunas no conhecimento. Teias de uma aranha-da-persa, para ajudar o cérebro a fazer conexões.

Tento afastar essa sensação. Logo vou encontrar o Waidan e conseguir algumas respostas.

– Sim, só estou ansiosa para chegar a Long-shi – respondo a ele.

– Eu também. Sei que você vai ter conversas com o Waidan das quais não vou poder participar... – Os braços dele estão tensos e me preparo para outra briga. Mas, em vez disso, ele solta um longo suspiro e seus músculos relaxam. – Porque não sou um Mestre Alquimista. Mas estou ansioso para visitar a escavação arqueológica. O lado histórico realmente me interessa. Mal posso acreditar que seremos uma das primeiras pessoas a vê-la! – Seus olhos se iluminam enquanto fala e isso me faz sorrir. – Sei que vamos estar com a equipe de filmagem, mas também vou levar minha própria câmera. Quer ver?

Digo que sim e ele enfia a mão dentro da mochila. Um instante depois, tira dali uma pequena filmadora preta de aparência comum, com uma lente bulbosa.

– É um desses novos drones pessoais que podem operar no modo "siga-me". Veja só, a parte de cima se transforma numa hélice. Posso enviá-la para lugares em que não podemos ver e fazer filmagens aéreas do local da escavação ou algo assim. Talvez me deixem fazer meus próprios vídeos para promover o documentário.

– Isso seria fantástico! – exclamo. – Você devia contar sobre a sua ideia para Daphne.

– Então, nada mais a preocupa? – pergunta Zain, enquanto guarda o drone. – Você só está ansiosa para chegar lá?

– Acho que também estou nervosa com a expectativa de ser filmada o tempo todo.

Ele sorri.

– Com isso você não precisa se preocupar. Parece que nasceu para isso! Mesmo aquela coisinha esquisita que faz com o nariz parece bonita na TV.

– Que coisinha esquisita?!

– Você sabe, aquela mania de esfregar a lateral...

Cubro o nariz com a palma da mão.

– Eu faço isso?

Ele cutuca o meu rosto gentilmente com a ponta do nariz.

– Sim, mas como eu disse, é fofo. Juro.

– Ok – digo, não totalmente convencida. Nunca me importei muito com a minha aparência. Na loja, normalmente estou coberta de poeira. E, uma vez, até fui para a escola com penugens de cisne gigante no cabelo. Cresci supondo que nunca poderia comprar os encantamentos sofisticados de beleza que via nas crianças talentosas e me conformei com isso. Não podemos criar nossos próprios encantamentos. Só podemos comprá-los, muitas vezes a preços exorbitantes. Pelo menos posso simplesmente prender o cabelo num rabo de cavalo e ficar satisfeita com isso. Meu cabelo castanho e grosso é tão liso que quase não precisa de nenhum tipo de tratamento para parecer sedoso e brilhante. Sei que tenho sorte, mesmo que às vezes sinta um pouco de inveja dos cachos loiros e naturais da Princesa Evelyn ou do cabelo ruivo e chamativo de Trina. A grama do vizinho sempre parece mais verde...

Mesmo assim, concordei em fazer esse documentário para poder contar a minha própria história, nas minhas próprias palavras. Mas agora estou começando a me dar conta de que *milhares* de pessoas poderão assisti-lo.

Em casa.

Em *full* HD.

Fecho os olhos e deixo que os meus nervos se acalmem. Não que seja a minha primeira vez na TV. Fui filmada durante toda a Caçada Selvagem e tudo correu bem. Rezo para que tudo corra bem desta vez também.

Olho para Zain. Ele não precisa se preocupar com nada. Sente-se muito à vontade usando encantamentos de beleza. Na verdade, eu só o vi sem eles uma vez: quando estávamos presos na montanha, dentro de uma tenda, preocupados com a possibilidade de não estarmos vivos pela manhã. Ele é uma daquelas pessoas que parece naturalmente preparada para as câmeras o tempo todo.

Coloco esse pensamento de lado por ora e olho pela janela enquanto nos afastamos do terminal. Estou ansiosa para conhecer o país que um dia foi a terra dos Kemi.

Não fomos transportados para a capital de Zhonguo, mas para uma das cidades menores, perto da fronteira de Bharat, chamada Zhen. No entanto, é quase inacreditável que essa não seja a maior cidade de Zhonguo. Tudo o que posso ver pela janela são arranha-céus, a perder de vista: torres de aço reluzentes que botariam no chinelo as do bairro comercial de Kingstown. Não acho que haja lugar como este perto de Nova. As correntes de magia são tão densas que quase posso senti-las atravessando meu corpo dentro do carro.

Se realmente existe um vírus que pode afetar Talentosos... ele provocaria um caos numa cidade como esta.

Depois que deixamos os limites da cidade, entramos numa paisagem montanhosa. Não são as Selvas. São campos cultivados: arrozais e plantações de chá. Tudo muito bem planejado e controlado por mãos humanas. Há uma beleza de precisão quase cirúrgica nas amplas trilhas tortuosas que sobem e descem as colinas. A paisagem é hipnótica.

Minha cabeça tomba, ao me inclinar contra a janela, e só saio do transe quando passamos por um grande buraco na estrada. No momento em que olho para fora, vejo que a paisagem mudou de novo, o céu está se tingindo de violeta-escuro, enquanto o sol desaparece no horizonte.

– Uau! Nunca vi um céu dessa cor antes!

– Acho que é por causa disso – diz Zain, apontando para o para-brisa.

Fico boquiaberta.

É impossível não ver. Bem na nossa frente, há um enorme vulcão, assomando-se na paisagem como um punho triangular perfurando os campos. Parece quase alienígena no horizonte, cercado por nada além de vegetação.

O poderoso vulcão Yanhuo.

O vulcão de Yanhuo, onde os alquimistas descobriram pela primeira vez uma lava tão quente a ponto de poder transmutar um ingrediente sólido em líquido, de modo que pudesse ser integrado a uma poção. Mas qual era mesmo o nome desse ingrediente?

– O pó e as partículas expelidas pelo vulcão fazem com que o pôr do sol tenha esse efeito ainda mais dramático – diz Zain.

Eu mal o escuto enquanto tamborilo os dedos contra a testa.

– Não me lembro do nome desse ingrediente que foi criado pela primeira vez depois de ser derretido com a lava do vulcão Yanhuo...

– Olha no meu tablet, ele está na minha mochila. – Zain aponta para a mochila dele aos meus pés e, com relutância, pego o tablet. Depois de apertar algumas teclas, tenho a resposta.

Dou um tapa na testa com tanta força, que Zain tem um sobressalto no seu assento. Eu o tranquilizo fazendo um gesto com a mão.

– Claro! Não posso acreditar que me esqueci. Penas de *fênix*!

As penas da fênix são um dos ingredientes mais raros do mundo. Meu sonho é usá-las numa poção, mas, além de serem difíceis de achar, são também voláteis e pegam fogo com extrema facilidade.

– Ei, é normal que você não consiga se lembrar de *tudo*. É por isso que temos a internet.

– Nem sempre se pode acessar a internet, mas sempre posso acessar o meu cérebro – rebato, mostrando a língua para ele. Minha memória é o recurso em que mais confio quando se trata de preparar poções. Ela é um dos meus pontos fortes. Quando chegar em casa, vou me dedicar mais aos meus estudos.

– Não falta muito agora – diz Zain, sua varinha encantada servindo como um GPS. Ela está no painel de instrumentos, girando na direção em que devemos ir e de vez em quando nos informa quanto tempo resta de viagem.

Continuamos nos aproximando cada vez mais do vulcão, a sua presença imponente é cada vez mais ameaçadora. Meu estômago se revira de desconforto. Não consigo imaginar como deve ser morar perto de um marco tão monumental: o tamanho do vulcão é uma lembrança do poder da natureza. De repente, coloca em perspectiva tudo o que sei sobre Talentosos e comuns. Posso ter minhas poções e Zain pode ter sua magia, mas ainda não somos nada em comparação com o poder imenso da natureza.

– Acho que marquei um vídeo sobre o Yanhuo como favorito – diz Zain. – Deve estar na primeira página do meu tablet.

– Encontro a página a que ele está se referindo e a voz de *sir* Malcolm Renfrew, um dos mais populares apresentadores de documentários sobre natureza em Nova, ecoa no carro.

"Embora o vulcão Yanhuo seja considerado 'ativo', a última erupção conhecida ocorreu há mil anos, por isso pode-se dizer que ele está adormecido. A erupção foi devastadora, soterrando cidades próximas sob as cinzas ou rios de lava. Embora algumas cidades tenham sido reconstruídas, foi só quando um morador da região caiu dentro de um túnel esculpido pela lava e encontrou um antigo pilão rachado e um almofariz semelhantes aos usados pelos tradicionais alquimistas – uma descoberta inusitada na encosta de uma montanha – que historiadores e arqueólogos perceberam a verdadeira extensão do que estava escondido sob a lava. Desde essa descoberta inicial, uma aldeia inteira foi escavada, o que os especialistas agora acreditam ser o antigo mosteiro alquímico de Long-shi. As escavações ainda não estão concluídas.

"De acordo com documentos históricos desta época, aldeões Talentosos que viviam perto do mosteiro culparam os alquimistas comuns pela erupção, alegando que, em sua busca por novos elixires, eles perturbaram e irritaram os deuses.

Segundo o documentário, os poucos alquimistas que sobreviveram foram reunidos para serem executados. Mas, quando uma epidemia surgiu como resultado da nuvem de cinza residual, foram os alquimistas sobreviventes que ajudaram os aldeões a se curar e a começar a reconstruir suas vidas. Então eles foram perdoados e tiveram permissão para continuar seu trabalho. O lugar é agora um dos centros mais preeminentes de alquimia, com alquimistas e aldeões vivendo em harmonia e o vulcão adormecido desde então. No entanto, segundo alguns caçadores de aventuras que ousaram escalar as encostas rochosas do vulcão, a lava ainda pode ser vista borbulhando no fundo da caldeira mais alta. O vídeo mostra uma vista aérea do vulcão: uma paisagem desolada, cinza, marrom e cor de ferrugem. Mas eu não preciso ver isso num vídeo, basta olhar pela janela.

– Chegamos – avisa Zain, chamando minha atenção de volta para a estrada. Nós nos inclinamos para a frente em nossos assentos, enquanto passamos por baixo do portal ornamentado da cidade de Long-shi, um arco pintado de vermelho brilhante com detalhes dourados. Vejo a escultura de uma serpente enrodilhada numa das colunas, o símbolo universal dos alquimistas.

Sinto lágrimas inundando meus olhos, mesmo contra a minha vontade. Estamos no berço da alquimia. É estranho, mas tenho a sensação de que estou voltando para casa.

CAPÍTULO DEZESSEIS

♥ SAMANTHA ♥

Estendo os braços ao sair do carro, sentindo a coluna estalar quando flexiono a cintura e alongo o corpo para ambos os lados. Tínhamos entrado, por um portão, num complexo de prédios nos arredores da cidade de Long-shi e estacionado num pátio muito bem cuidado, cercado por três edifícios baixos, com Daphne e Trina atrás de nós. Por sobre o telhado de uma das construções, assoma-se o vulcão Yanhuo. Agora que estamos mais próximos, posso ver com mais nitidez seu pico coberto de neve. Parece até que estou vendo fumaça espiralando da boca do vulcão, mas pode ser apenas um acúmulo de nuvens.

– Pare de esticar tanto o pescoço ou você vai ficar ainda mais alta – brinca Zain.

Solto uma risada.

– Acho que não seria possível. – Já estou com um metro e oitenta, alta até demais para o meu gosto. Não escondo que só nos últimos meses aprendi a aceitar minha altura. Andar com os ombros encolhidos não favorece a aparência de ninguém.

Pode ser apenas minha imaginação, mas quase sinto a maravilha que é esse lugar penetrando nos meus ossos. Um lugar que é como se fosse a minha casa. A cidade de Long-shi é moderna e despojada, mas há pequenos detalhes que me fazem lembrar que estamos, na verdade, em Zhonguo. Os telhados, por exemplo, têm uma curva ascendente nos quatro cantos e, nos beirais, pequenas figuras de animais, ricamente esculpidas, dançam numa fileira única: tigres sucedidos por leões, com dragões e unicórnios e garudas também. A rua principal que atravessa o centro da cidade é guarnecida, em ambas as extremidades, por portões vermelhos brilhantes, com decorações ornamentadas com filigranas douradas.

O complexo é a morada dos Waidan. Um dos prédios serve de moradia e os outros dois são dedicados à Alquimia: um laboratório e um depósito de suprimentos.

– Uau, esse lugar é tão... relaxante – diz Zain, respirando fundo.

– Tem razão. É lindo! – exclamo. No pátio há um jardim de pedras num dos cantos, com uma fonte borbulhante, com a água caindo entre as pedras e derramando-se dentro de um laguinho, mais abaixo. Carpas alaranjadas, grandes e brilhantes, nadam preguiçosamente no laguinho, emergindo às vezes para buscar comida na superfície.

– Ah, olá, Samantha! Vocês chegaram! – diz uma voz atrás de mim.

Dou meia-volta. Mesmo que eu não conhecesse o Waidan antes da conversa pela tela de invocação, seria muito fácil reconhecê-lo. Ele está usando as mesmas vestes tradicionais, longas e brancas, com um barrado de fita azul-celeste que eu vi em retratos antigos dos alquimistas de Zhonguo.

— Olá, Waidan — digo devagar, vacilando em todas as sílabas. Sinto que estou massacrando as frases básicas do idioma local que aprendi pela internet. Inclino a cabeça como vovô me ensinou. — Estou muito feliz em conhecê-lo pessoalmente.

O Waidan sorri e me cumprimenta com um aceno de cabeça.

— É um prazer conhecê-la também — ele responde em novaeno.

Minhas bochechas ficam vermelhas de vergonha, pois tenho certeza de que ele sabe que meu zhonguoano não vai muito além disso.

— Waidan, quero que conheça meu namorado, Zain Aster. E esta é a equipe do documentário de que meu avô falou: Daphne Golden, a diretora, e Katrina Porter, nossa operadora de câmera.

— Vocês são bem-vindos ao meu humilde lar e laboratório. — Seus olhos se fixam na varinha embaixo do braço de Zain e na de Daphne, que ela está usando no momento para manter um grande microfone acima de nossas cabeças. — Nós temos muito que conversar, mas, primeiro, quero que conheçam a minha equipe — ele continua. Três pessoas entram no pátio, saídas do prédio do laboratório. — Estes são Mei, Dai e James. Eles são todos aprendizes aqui nos Laboratórios de Poções de Jing.

— Prazer em conhecê-los — digo com um sorriso, e desta vez trocamos apertos de mão.

— O prazer é meu — diz Mei. Ela sorri para mim. — Ouvimos muito sobre você, é claro. Gostariam de visitar nossas instalações?

– Ah, eu adoraria, mas... – Olho para o Waidan com expectativa. Estou ansiosa para ouvir o que ele tem a dizer sobre o vírus. Todo o resto pode esperar.

– Conheçam o laboratório primeiro – diz o Waidan. – Vou ao encontro de vocês no final. Tenho algumas providências a tomar.

Concordo com um aceno de cabeça.

– Então, um passeio seria ótimo – digo a Mei.

– Fantástico! Primeiro, eu gostaria de saber se você está com dificuldade para me compreender.

Eu franzo o cenho.

– Não, de maneira nenhuma. Você fala novaeno como uma nativa.

Mei se volta para Dai e eles trocam um "toca aqui". James, entretanto, cruza os braços e demonstra um ar irritado.

– Não ligue pra ele – diz Mei. – Acabou de perder uma aposta. Temos trabalhado numa poção de tradução há meses e vocês são os nossos sujeitos nesse experimento. Mas parece que acertamos no inseto!

– Acho que você quer dizer que acertaram "na mosca"... – corrige-a Zain.

– Ah! Viram só? A poção ainda não está perfeita! – intervém James. Mei revira os olhos e joga os cabelos longos e pretos sobre o ombro. Ela já me cativou pela simpatia.

– Essa poção é incrível! – digo. – Vocês se importariam em me dizer quais são os ingredientes?

– Claro que não – diz ela, quando entramos no laboratório. – O ingrediente principal, evidentemente, são escamas de peixe-babel. Temos alguns na lagoa ali fora. O maior desafio, na verdade, foi fazer com que esse ingrediente interagisse com o cérebro para produzir traduções precisas para um determinado idioma.

Peixe-babel – segunda a lenda, quem capturasse e comesse um peixe-babel, enlouqueceria e falaria em "línguas" durante horas. Descobriu-se que essas "línguas" eram idiomas e as escamas agora podem ser usadas em poções para tradução.

– Uau! Já ouvi falar de escamas de peixe-babel sendo usadas em poções para ajudar alguém a ler ou ouvir em outro idioma, mas não falar. Se vocês de fato conseguiram, isso é absolutamente incrível. Essa poção poderia valer uma fortuna!

Mei olha de mim e para Zain, depois de volta para mim.

– Precisamos realizar muitos mais testes primeiro – diz ela, esquivando-se.

– Claro – concordo. Eu provavelmente também não daria muitas informações se estivesse na presença do herdeiro de um enorme fabricante de sintéticos. Zain pode não estar no negócio agora, mas seu pai reserva uma cadeira para ele na mesa de reuniões da diretoria.

O laboratório é muito mais moderno do que eu esperava, com tablets na frente de cada estação de trabalho e sofisticados sistemas de ventilação por todo o teto. Mas também há equipamentos mais tradicionais: bancadas em madeira escovada e grandes recipientes de argila sobre fogareiros. É bom ver que ainda usam materiais naturais, como fazemos em nosso laboratório em Kingstown, mas nossas instalações ainda parecem muito mais... medievais do que as deles. Há também enormes barris de aço inoxidável, cheios de poções carreadoras de água-de-rosas e leite-de-lua, e seus ingredientes são armazenados em refrigeradores hermeticamente fechados. Quase desmaio de inveja quando vejo seu banco de dados eletrônico, com a lista de ingredientes em estoque, incluindo símbolos que avisam automaticamente os Coletores quando os estoques estão baixos. Os laboratórios de Jing são uma mistura de tecnologia com tradição e um modelo para o laboratório dos meus sonhos.

A câmera de Trina captura todos os meus suspiros e emoções, e fico feliz com isso. Se o documentário também puder mostrar a Nova que a Alquimia tem seu lugar na era moderna, isso não vai ser nada mal.

– Acho que você vai querer ver isso – diz Mei, de pé na entrada da sala seguinte.

Sigo ansiosamente seus passos e quase caio de joelhos quando entro. Estamos na biblioteca.

Ela tem apenas um andar, mas o espaço reservado para as prateleiras parece ter quilômetros: um labirinto de estantes com portas de vidro, organizadas por século. Deve haver centenas de diários de poções aqui.

– Além de ser aprendiz de Waidan, também sou o bibliotecário oficial dos Diários de Poções dos Laboratórios de Jing – explica Dai, com um sorriso. – O diário mais antigo desta biblioteca tem mil anos. Você o apreciará especialmente. Foi escrito pelo último Kemi que recebeu o título de "Waidan".

Todo o meu corpo estremece de emoção. Um diário dos Kemi de mil anos atrás! E quem sabe que outros tesouros estão escondidos dentro dessa biblioteca! Eu me pergunto como deve ser ter tantos diários num único lugar; é preciso um bibliotecário para classificar todos eles. Com seus cabelos espetados com gel e tingidos de azul, e tatuagens aparecendo sob a gola do jaleco branco, Dai não parece muito um bibliotecário típico. Mas ele usa óculos de aro redondo, o que, suponho, pode-se considerar parte da indumentária tradicional de um "bibliotecário".

– Se você vier comigo, vou te mostrar, porque será muitíssimo interessante para você.

Eu o sigo através do labirinto de estantes de vidro, enquanto Zain me segue de perto.

– Como vocês preservam os diários da ação do tempo? – pergunta Zain. – Têm que usar luvas especiais?

– Na verdade, o toque dos dedos é melhor do que o das luvas.

– Sério? – Zain parece cético. – Mas a oleosidade dos dedos com o tempo não pode estragar o papel?

– Isso ainda não aconteceu. Na verdade, se você usar luvas, é menos provável que repare na firmeza com que está pegando o papel e mais provável que o rasgue, causando mais danos a longo prazo.

– Ah, entendi – diz Zain. – E as variações de temperatura? Faz bastante frio aqui nesta região.

Olho para Zain, surpresa. Eu não sabia que ele tinha tanto interesse pela preservação de livros. Ele pisca para mim.

– Procuramos manter a temperatura do cômodo controlada, assim como a umidade. Mas esses diários estão aqui para serem utilizados; não é do interesse de ninguém que esse conhecimento fique trancado a sete chaves. É por isso somos gratos a visitas de Alquimistas internacionais como Sam Kemi. Especialmente aquelas da sua estirpe – ele me diz, fazendo uma leve reverência com a cabeça.

Um rubor sobe às minhas bochechas.

– Vocês devem ter diários de outras famílias bem antigas aqui também.

– Claro! Mas o diário dos Kemi é o mais antigo que temos.

– O que aconteceu com os outros, mais antigos do que este? – pergunta Zain. – Há um mosteiro aqui de dois mil anos atrás, então deveria haver outros diários mais antigos... Ainda não foram descobertos?

– Quase tudo o que havia no mosteiro original de Jing, sobre o vulcão, foi destruído na erupção. Até hoje estamos fazendo escavações, mas é um trabalho lento. Papel e fogo, bem... é uma combinação bem inflamável...

Zain é persistente.

– Então, como o diário de Tao Kemi foi preservado? Ele não era o Waidan na época da erupção?

– O diário estava guardado dentro de uma câmara de pedra selada que a lava não destruiu. Na verdade, acreditamos que essa câmara já tivesse sido enterrada no momento da erupção.

– Por que teriam feito isso? – pergunto.

Mas Dai continua andando sem responder à minha pergunta. Zain e eu nos entreolhamos enquanto o seguimos pelo labirinto.

Paramos em frente a uma estante de vidro muito mais bem guardada do que as demais. Posso detectar linhas vermelhas finas e tremulantes indicando sensores de movimento, além de câmeras apontadas na nossa direção. Apostaria o restante do meu prêmio da Caçada Selvagem que existem ali encantamentos mágicos de proteção que eu não posso ver.

Zain tira a pergunta dos meus lábios:

– O que está guardado ali que exige um sistema de segurança tão reforçado?

O rosto de Dai adquire uma expressão sombria.

– Há alguns meses, quando a descoberta foi anunciada pela primeira vez, tivemos uma enxurrada de visitantes na aldeia. Por causa das escavações, vieram muitos jornalistas, mas também muitos Coletores e alquimistas. Alguns com boas intenções, apenas interessados na história, e outros que não passavam de caçadores de tesouros, tentando ver o que poderiam saquear para vender no mercado negro. No dia em que encontramos o diário, alguém tentou roubá-lo. Não tiveram sucesso, mas conseguiram vandalizá-lo. Roubaram uma das páginas.

– Está brincando! – exclamo, indignada. Não posso acreditar que alguém faria isso com um livro tão antigo.

– Infelizmente, é verdade. Essa é a razão por que vocês só podem vê-lo através do vidro, sem chegar mais perto.

Tento esconder a decepção no meu rosto. Eu adoraria poder tocar o diário. Seria quase como retroceder no tempo e trazer a história de volta à vida.

– Ele foi o último Waidan Kemi do mosteiro de Jing – revela Dai.

Concordo com um aceno de cabeça, mostrando que a informação não é nova para mim. É uma das razões pelas quais meus ancestrais se mudaram para Nova. Nossa família queria estabelecer nossa própria marca como alquimistas, em vez de sermos forçados a desistir do nosso nome.

Tiro meu diário de poções da mochila, sentindo sua capa macia de couro encerado, e colocando-o na estante, bem ao lado da caixa onde o de Tao Kemi é mantido. Então dou um passo para trás, cheia de orgulho. Este é um momento que eu nem sabia que estava esperando viver um dia. Uma conexão com um passado do qual conhecia tão pouco! Agora, sinto-me ansiosa para saber mais! Minha sede de conhecimento só foi parcialmente saciada. Há tantas leituras para se fazer neste mundo! Quero absorver tudo.

Uma lágrima rola pela minha bochecha enquanto sinto o peso de todos esses diários. E o meu, tão pequeno e fino ao lado deles... ainda não merece estar ali. Preciso conquistar o meu lugar nessa estante. Pego meu diário de volta e recoloco-o na mochila, onde ele deve ficar por ora.

– Corta! – diz Daphne. – Isso foi fantástico, Sam! Um momento realmente tocante e um fechamento perfeito para o primeiro episódio. Nos dê mais desses momentos cheios de emoção, por favor!

CAPÍTULO DEZESSETE

♥ SAMANTHA ♥

— Senhorita Kemi? – a voz do Waidan ecoa pela biblioteca. – Estou pronto para recebê-la agora.

Assinto com um leve aceno. Assim que me viro para sair, Zain pega a minha mão.

— Vai me contar tudo depois?

— Vou contar o máximo que puder. Prometo. – Posso sentir os olhos de Trina seguindo meus movimentos e aceno com a cabeça para ela também.

Zain hesita, sem largar a minha mão. Mas então me deixa ir.

— Confio em você – diz ele.

— Desculpe, mas isso não pode fazer parte do documentário – digo para Daphne. Tiro o microfone da minha gola e passo-o para Trina. De certa forma, gostaria que pudéssemos filmar o que vai acontecer a seguir. Isso faz parte da minha história, mas, por enquanto, terá que ser uma parte secreta. Não quero rumores desnecessários sobre a Princesa antes que eu realmente saiba o que está acontecendo.

Daphne franze o cenho, mas eu não lhe dou espaço para protestar. Ela parece pensar melhor e faz um gesto com os braços, indicando o laboratório.

— Vamos fazer mais algumas tomadas de Zain em ação — ela diz, já encarnando outra vez seu papel de diretora.

Enquanto isso, vou até onde o Waidan está, com Mei no meu encalço. Passamos por uma estufa onde estocam ingredientes para as poções e faço uma anotação mental para voltar lá depois e ver o que cultivam ali. Parece que estamos numa parte mais administrativa do edifício, com portas que dão para pequenos escritórios. Paramos do lado de fora de uma das salas, com a placa WAIDAN na porta.

Assim que atravesso a porta, Mei agarra meus braços e os força para trás das minhas costas, me derrubando no chão antes que eu possa pensar em impor qualquer tipo de resistência. Giro a cabeça para o lado apenas a tempo de evitar bater o queixo contra o chão e acabo com a bochecha pressionada contra o carpete áspero.

— Você está trabalhando para ele? — o Waidan exige saber. Tudo o que posso ver são os seus tradicionais chinelos de seda bordados.

Tento me levantar, mas o joelho de Mei está enterrado nas minhas costas.

— O que está querendo dizer? — pergunto com a respiração entrecortada e estremecendo de dor.

— Diga! Você está trabalhando para o Príncipe Stefan?

— Príncipe Stefan? Não! Eu o odeio. Só quero saber se a minha amiga... se a Princesa está em apuros.

— Você está aqui para roubar segredos do mosteiro de Jing?

– Não!

– Você faria uma poção de verdade para provar?

– Claro!

Passamos vários segundos em silêncio antes que eu pareça passar no teste. A pressão sobre a minha coluna diminui e já não sinto meus braços sendo puxados para trás.

– Solte-a – diz o Waidan, por fim. – Acredito nela. – Mei larga as minhas mãos.

Fico de pé, o sangue fervendo nas veias. O rubor aumenta nas minhas bochechas, especialmente na que ficou pressionada contra o chão. Encosto a palma da mão nela.

– É assim que vocês tratam seus colegas alquimistas? Meu avô ficaria indignado!

– Peço desculpas, mas não podíamos deixar que tentasse escapar – diz o Waidan, com uma expressão sombria no olhar. Ele se reclina na sua escrivaninha, de repente parecendo tão velho quanto o meu avô – se não mais. Seu rosto está vincado de preocupação e até sua túnica parece muito mais larga em torno do corpo magro. – Foi um "colega alquimista" que começou todo esse problema, diga-se de passagem.

Tento reprimir as lágrimas de choque e de dor.

– O que está querendo dizer com isso?

É Mei quem responde.

– Foi um alquimista que roubou a página do diário de Tao Kemi sobre o qual Dai lhe contou. Conseguimos detê-lo antes que pudesse roubar o diário todo, mas...

– Ele conseguiu o que queria – concluiu o Waidan.

– Sim. Pelo seu modo de vestir, suspeitamos que o ladrão estava sob as ordens do Príncipe Stefan de Gergon. É por isso que precisamos ter certeza de que você não está trabalhando para ele. O Príncipe, afinal, agora é um membro da Família Real de Nova – continua Mei.

– Juro que só quero descobrir o que há de errado com a Princesa e se a epidemia em Gergon é uma indicação do quanto o vírus é contagioso e capaz de pôr toda a população de Nova em perigo. Que página foi roubada? – pergunto.

– Esse é o problema – diz o Waidan. – Não sabemos exatamente. Só conseguimos ler as páginas seguintes, que descrevem alguns efeitos colaterais de um vírus. E são os mesmos sintomas que você descreveu: tosse, fraqueza e diminuição do poder nos Talentosos. Acreditamos que devem ter roubado a fórmula que desencadeou esse vírus. Estive monitorando as notícias e conversas *on-line* para ver se há algum sinal de uma doença com sintomas semelhantes. Enviamos mensagens para Gergon, mas não conseguimos descobrir se foram afetados. Quando você ligou para saber sobre os sintomas da Princesa, temi o pior... que talvez o vírus tivesse se espalhado por Nova.

– Que vírus poderia ser esse? – pergunto, mas a minha voz é quase um sussurro.

– Agora que você está aqui, pode ajudar a responder a essa pergunta – diz o Waidan.

Esfrego a articulação do meu ombro. Ainda está dolorida.

– Isso se eu quiser – resmungo.

– Mas você deve fazer isso, pela sua Princesa – diz Mei.

– Sim, eu sei! – rebato. – Mas não estou me sentindo de muita serventia neste momento, com os braços nessas condições! – O Waidan ignora minha explosão e reclina-se na sua mesa, apoiando o queixo nas mãos. – Tao Kemi era um homem muito discreto. Sabemos disso com base em outros materiais que encontramos no local. Mas graças às nossas investigações, temos motivos para acreditar que ele tenha deixado uma pista dessa história no mesmo cômodo em que encontramos o diário. Amanhã, vamos levá-la até lá.

Nego com a cabeça.

– Não.

– Mas...

Ergo os olhos para encontrar os do Waidan, sem deixá-lo terminar a frase.

– Não, não vou esperar até amanhã. Já estou aqui. Quero ir agora.

Ele me olha com igual intensidade, mas eu não baixo o olhar. Meu estômago se contrai e sinto como se estivesse desrespeitando o grande alquimista, mas, se a Princesa Evelyn está infectada com um vírus mortal, então não posso perder mais tempo. Depois do que parece uma eternidade, ele assente com um leve aceno de cabeça.

– Mei, pegue o carro.

CAPÍTULO DEZOITO

♥ SAMANTHA ♥

— Espere!

Estanco no lugar ao ouvir o chamado, minha perna já a meio caminho do banco de trás. Trina saiu voando do laboratório e agora corre na minha direção. Derrapa ao chegar ao carro e coloca a mão na porta, me impedindo de fechá-la.

– Se estiver indo a algum lugar, me deixe ir com você. Se for pelo bem da Princesa, quero ajudar. Por favor.

Seus olhos estão cheios de determinação, e eu não penso duas vezes antes de responder.

– Claro, vamos lá.

Deslizo no banco, dando lugar para ela se sentar. Ter uma ex-guarda-costas do Palácio ao meu lado não pode ser má ideia, e minha bochecha esfolada é uma lembrança disso. Sei que posso confiar em Trina. Alguém que se preocupa tanto com a Princesa Evelyn nunca a trairá.

Mei olha para nós, do banco do motorista.

– Não podemos levar Talentosos. A magia reage de modo imprevisível nas Selvas e não podemos correr o risco...

– Ela não é Talentosa. E vai conosco.

– Deixe-a ir – diz o Waidan ao lado de Mei. Trina fecha a porta traseira e Mei arranca, cantando os pneus.

– Onde estão Daphne e Zain? – pergunto a Trina. Sinto uma pontada de remorso por deixar Zain para trás, mas Daphne iria complicar as coisas. Não posso confiar nela.

– Ela estava filmando algumas tomadas só com Zain. Vi você andando em direção ao carro e corri para alcançá-la. Não estou aqui pelo documentário. Estou aqui para ajudá-la. E nossa! Parece que você está precisando. – Ela se aproxima e toca o ponto dolorido na minha bochecha. Trina se vira para o Waidan.

– O que vocês fizeram?

Coloco a mão no braço de Trina.

– Está tudo bem. Não está doendo.

– Essa mulher não faz parte da equipe do documentário, não é? – pergunta o Waidan.

– Ela faz, mas também.... não faz. – Eu me esforço para explicar.

– Fui membro da equipe de segurança comum da Princesa Evelyn – diz Trina, levantando o queixo.

– Segurança comum? – pergunto. Nunca a ouvi descrever seu posto dessa maneira.

– Os sistemas de informática da Princesa. Ela tem poder mágico mais do que suficiente, então não precisa de guarda-costas para sua proteção física. Mas precisa de tecnologia contra invasões, prevenção contra *hackers* que possam invadir os seus dispositivos, esse tipo de coisa. Foi assim que nos conhecemos. Ela queria assistência para configurar uma página particular na Connect para que pudesse manter contato com seus amigos... como você e Zain.

– Sempre me perguntei como ela se virava com isso – reflito. Fico tocada ao saber que Evie fazia tudo isso por mim. Eu não deveria duvidar que a nossa amizade fosse verdadeira.

– Aos poucos a nossa amizade se aprofundou. Eu sabia que a Princesa e eu, nossa... nós... sempre seríamos muito amigas. Mas nunca confiei naquele Príncipe bajulador. Você parece ser a única pessoa em Nova que sabe quem ele realmente é e fala isso em alto e bom som. – Trina se inclina para chegar mais perto, de modo que só eu escute o que tem a dizer: – Eles me demitiram antes que eu me desse conta do que estava realmente acontecendo no Palácio. Não sei se a Princesa é a única que foi infectada ou se ela já contagiou o restante da Família Real. Não tenho como verificar. Mas eu estava monitorando suas aparições na TV, suas mídias sociais e o que as pessoas estavam dizendo a seu respeito. Quando localizei todas essas informações, por meio das minhas notificações em alguns bancos de dados do governo, que mostravam você preenchendo formulários para conseguir passes de emergência para as Selvas de Zhonguo, deduzi que isso tinha a ver com a Princesa. Você não sairia de Nova a menos que fosse para descobrir uma cura. Por isso tive que descobrir um jeito de vir com você.

Arregalei os olhos.

– Tenho até medo de pensar em quanto é possível descobrir por meio da internet.

– Não estou sendo modesta quando digo que sou a melhor. Por sorte aprendi um pouco sobre filmagem no ensino secundário e pude fingir que sabia os procedimentos básicos. E com minha formação em tecnologia consegui editar um vídeo usando os recursos mais sofisticados que conhecia. Além disso, incrementei meu currículo para que ficasse *realmente* bom aos olhos de Daphne Golden.

Assenti com a cabeça.

– Acho que você nunca falou tanto sobre si mesma desde que nos conhecemos!

Ela se reclinou novamente no banco, por fim relaxando os ombros.

– Acho que não sou de falar muito.

Ela está certa. Vê-la mais solta agora, em comparação com sua postura normalmente rígida, me faz sorrir – e depois sinto meu coração se apertar quando percebo que é porque sinto falta da minha amiga e Coletora Kirsty. Trina é uma barra de ferro, enquanto Kirsty é um chicote. A primeira é forte e robusta, a outra é flexível. Me conhecendo, eu *deveria* preferir a forte e robusta. Mas preciso da flexibilidade de Kirsty para fazer meu cérebro funcionar. É por isso que formamos uma dupla tão boa. É também por isso que Evelyn precisa de alguém como Trina. Ela lhe dá estabilidade, normalidade e uma sensação de conforto no seu mundo tão insano, único e estranhamente protegido.

– Provavelmente é por isso que ela gostou de você – penso em voz alta. – Está sempre cercada de tanto barulho... Vi vocês duas juntas, no Palácio de Laville. Você a mantém tranquila. É como... um oásis de paz para ela.

Trina sorri com tristeza.

– Obrigada por dizer isso, Sam.

Tiro o meu diário da mochila. Preciso acionar o meu lado científico. Testar minhas habilidades de Mestra Alquimista. Abro o diário onde fiz um rascunho de tudo que sei sob o título "O VÍRUS".

– Me diga tudo que você viu dentro do Palácio. Como a Princesa estava agindo? Como Stefan estava agindo com ela?

Trina franziu o cenho, depois fechou os olhos, como se estivesse tentando se lembrar.

– Não me deixavam ver muita coisa, mas o Príncipe estava se mostrando muito simpático e amistoso até o dia do casamento. Foi depois disso que as coisas mudaram. Após o casamento, era como se ele andasse pelo Palácio com uma nuvem de tempestade sobre a cabeça. E o mais estranho é que começou a dar a Evelyn algum tipo de comprimido toda noite.

– Ah! – Voltei algumas páginas do diário onde eu tinha escrito algo sobre o comprimido que Emília Thoth criara para o Príncipe Stefan. – Por um tempo, isso impediria que ela transmitisse a doença a outras pessoas, então poderia interagir com elas.

– Isso faz sentido. Mas aí descobri que o Príncipe tinha rompido meu contrato com o Palácio. Bem, digo "descobri" porque apareci para trabalhar um dia e não deixaram que eu me transportasse para o Palácio flutuante. Foi a maneira de aquele Príncipe covarde me dizer que eu está demitida.

– Sei. – Aperto os punhos de raiva. Já preenchi várias páginas com anotações, mas não descobri nada novo sobre o vírus, ou sobre o quanto é perigoso. Espero que haja respostas nesta aldeia.

Trina pega a minha mão.

– Você está fazendo mais por ela do que qualquer outra pessoa em Nova. E é por isso que meu lugar é ao seu lado.

As lágrimas ameaçam fluir em meus olhos, mas eu as reprimo. Preciso estar concentrada. Focada.

O carro sobe cada vez mais por uma estrada sinuosa até a base do vulcão, através de uma floresta esparsa, com as árvores lutando para crescer no árido solo vulcânico. Passamos pela fronteira das Selvas, embora ali não haja nenhum posto de guarda. As únicas pessoas que vão até a aldeia, no final das contas, são o Waidan e sua equipe autorizada de escavação. Trata-se da única estrada, por isso ele insere nossos passes num leitor de cartões e uma cancela se abre, permitindo nossa passagem.

– Estamos muito perto agora – diz o Waidan.

O meu primeiro pensamento é que o nome "mosteiro" não é o mais apropriado. O lugar é enorme. Entramos por um portão de pedra no que parece ser uma aldeia circular – toda parede que encontramos é curva. Quanto mais nos aprofundamos no interior do mosteiro, mais tenho a impressão de que ele é composto de uma série de círculos concêntricos, quase como se fosse um labirinto. Os baixos edifícios de pedra são uma sombra pálida de amarelo, as paredes se estendendo em direção ao céu aberto.

– Os prédios já tiveram telhados – diz Mei –, mas eram feitos de madeira e se desintegraram com o fluxo de lava. – Ela estaciona em frente a um dos prédios, que tem uma placa advertindo sobre a presença de cavidades escondidas sob o solo. Está escrito em caracteres zhonguoanos e no alfabeto novaeno, e é por isso que a placa chama a minha atenção.

– Por aqui – diz o Waidan. – Dei alguns dias de folga à equipe de escavação, por isso temos o lugar só para nós enquanto tentamos resolver esse mistério.

Do lado de fora, protejo meus olhos com o braço, antes de pegar os óculos de sol na mochila. Já percorremos cerca de um quarto do caminho até a encosta do vulcão e o sol está muito quente, especialmente quando seus raios refletem na pedra.

De repente, sinto um calor abrasador no tornozelo. Grito e salto para trás, quase me chocando contra Trina.

– O que é isso? – grito. Na minha frente há um lagarto, mas o réptil está sendo consumido pelo fogo. Suas escamas são pretas e vermelhas como o magma, e ele está engolfado em chamas amarelo-alaranjadas.

O Waidan aparece do nosso lado do carro de repente, brandindo um saco de cânhamo. Ele pega um punhado de pó do saco e joga no lagarto. O pó solta um chiado e o lagarto esfria imediatamente, ficando todo preto. Depois corre para longe, na direção de uma fenda no chão, e minha respiração volta ao normal.

– Lagarto-de-lava – diz o Waidan. – É uma das várias criaturas raras que descobrimos aqui e que estavam na lista dos animais em extinção ou, em alguns casos, supostamente já estão extintos.

– Você está brincando! Isso era um lagarto-de-lava?

Lagarto-de-lava – criatura supostamente nascida do próprio fogo. Uma pequena porção da sua cauda pode manter um fogo aceso durante vários dias ou semanas.

– E esse era só um filhote – acrescenta Mei.

Repreendo a mim mesma. Os lagartos-de-lava são criaturas incríveis, quase como mascotes dos alquimistas. Não pensei que me comportaria como um bebê ao ver um pela primeira vez.

– Ah, não se preocupe tanto! Você foi esperta de encará-lo com cautela. Pode ser pequeno, mas seu fogo queima tanto quanto qualquer outro, e é um fogo diabolicamente difícil de apagar. Cuidado com o lugar onde pisa – avisa Mei.

– Pode deixar.

– Nós temos muitas criaturas incomuns por aqui, como aquele lagarto-de-lava. Alguns dos registros mais antigos de Coletores mencionam que eles conseguiam coletar penas de fênix na caldeira do vulcão. Então é bem possível que uma fênix já tenha vivido na caldeira. No entanto, desde que nasci, ninguém jamais viu uma.

– Sério? – Paro e olho para o topo do vulcão, onde uma nuvem de fumaça paira o tempo todo no céu. Ver uma fênix seria o máximo! Elas são, de longe, minhas criaturas mágicas favoritas. Isso faz com que o vulcão pareça ainda mais misterioso e intrigante.

– Ele está mais ativo ultimamente – Mei diz ao Waidan, referindo-se ao vulcão.

– Vamos verificar os monitores sísmicos quando voltarmos.

– Vocês conseguem prever se o vulcão vai entrar em erupção? – Katrina pergunta, incapaz de esconder o alarme da voz.

Mei assente com a cabeça.

– Temos sensores enterrados no chão, a uma grande profundidade, e monitoramos a atividade sísmica num raio amplo ao redor do Yanhuo. Mas um vulcão nunca é totalmente previsível.

Estremeço apesar do calor e olho mais uma vez para a fumaça sinistra. Então procuro deixar esses pensamentos de lado. Estamos andando agora sobre a melhor prova do poder incrivelmente destrutivo de um vulcão. Se estivéssemos em algum estado de perigo iminente, o Waidan e sua equipe não nos deixariam chegar até aqui.

Passamos por mais ruínas que, segundo Mei nos explica, foram um dia a sede dos monges alquimistas, pequenas celas onde cabiam apenas uma cama e uma pia. Parte de mim quer parar, examinar e fazer perguntas, mas isso pode esperar. O Waidan nos conduz através de um labirinto de trilhas estreitas, até chegarmos a uma porta emoldurada de ambos os lados por duas pedras deformadas.

– Estas pedras eram esculturas de um dragão e de uma fênix – diz o Waidan. Se eu apertar os olhos, posso ver o que ele quer dizer, distinguir o corpo curvilíneo e vigoroso de um dragão e o bico longo e pontiagudo de uma fênix. Deveriam ser estátuas impressionantes na sua época. Uma placa semelhante a que vi antes está postada sobre o umbral dessa porta: CUIDADO: PISO COM RISCO DE DESMORONAMENTO.

Depois de atravessarmos a porta, percebo que esse cômodo tem uma janela grande que enquadra perfeitamente a cimeira do vulcão.

– Uau, essa é uma visão e tanto! – digo.

– Esta é a antiga residência de Tao Kemi – diz Mei. – Ele foi o último Waidan a morar aqui. Se você olhar pela janela, pode ver uma parte do mosteiro que não foi escavada ainda. Aquelas teriam sido os locais onde moravam os servos do Waidan.

Olho pela janela e tudo o que posso ver é uma enorme faixa de lava endurecida.

– Você quer dizer... que havia casas embaixo disso? – pergunto a ela.

– Isso mesmo. Quando encontramos essa casa, sabíamos que era especial, e é por isso que começamos nossas escavações imediatamente. Olhe tudo aqui, mas pise com cautela. Há uma caverna embaixo deste andar e, apesar de termos tomado todo o cuidado para tornar o chão seguro, existe o risco de que ele desmorone.

Escolhendo com cuidado onde piso enquanto ando ao redor de onde seria a sala de estar, sigo Mei e o Waidan até o antigo quarto de Tao Kemi. Ali existe uma plataforma de pedra acima do chão que deveria fazer as vezes de cama. Uma brisa quente envolve os meus tornozelos. Há um enorme buraco no chão do quarto e ar quente está subindo por ali.

– Nós... temos que ir até lá? – pergunto.

– Há uma salinha embaixo deste quarto; é onde encontramos o diário de Tao Kemi. Lá só há espaço para duas pessoas. – Ele olha para Katrina e Mei.

– Vamos ficar aqui e guardar a entrada – diz Mei.

Katrina franze o cenho.

– Existem outras saídas?

Mei balança a cabeça.

– Esta é a única.

– Entendi. Sam, vou estar aqui se precisar de alguma coisa.

Assinto com um leve aceno de cabeça. Me sinto mais tranquila sabendo que Katrina está me dando cobertura.

O Waidan se volta para mim.

– Diga-me, Samantha Kemi, você já refletiu sobre por que esse lugar é o berço da alquimia? Zhonguo é um país imenso. Mas, por algum motivo, essa área atraiu o interesse dos homens e mulheres que se tornariam os primeiros preparadores de poções.

Paro por um instante, pensando em todas as razões pelas quais eu me interessaria por um lugar como este. Está longe de se uma terra hospitaleira... mas talvez isso faça parte do seu fascínio.

– O fogo – deduzo, antes que possa pensar sobre isso muito bem.

O Waidan me avalia com uma sobrancelha levantada.

– Muito bem. Por que o fogo?

– Os alquimistas estão interessados no equilíbrio, mas, para criar equilíbrio, às vezes é necessário forçar uma mudança. Isso requer muita energia: calor ou frio intenso, na maior parte das vezes. Imagino que não exista fogo mais ardente do que o de um vulcão. Ele dá acesso ao centro do planeta. O calor do próprio planeta... Se existe um lugar capaz de propiciar "combustível" para a alquimia, certamente é este.

O Waidan assente.

– Esta terra tem muitas propriedades únicas. Mas o aspecto mais singular deste vulcão reside muito abaixo dos nossos pés. No fluxo de lava que desaparece no centro da terra. Os antigos alquimistas acreditavam que a lava poderia transportar a magia pelo mundo, e que, na verdade, era uma encarnação física dos fluxos de magia no ar.

– Uau! Mas são apenas pedras fundidas, cristais e gás, certo? – digo com uma risada.

O Waidan não responde, mas me corrige com um olhar severo.

– Algumas das maiores poções do mundo foram criadas aqui. Muito tempo antes da Escola Visir ou mesmo da Loja de Poções Kemi – diz ele. – Algumas fórmulas se perderam nas areias do tempo. Mas outras sobreviveram... mesmo sob o peso de um dos piores desastres naturais da História. E embora milhares de anos já tenham se passado.

– Está querendo dizer... que vocês descobriram uma *poção* aqui?

– Isto é o que ainda não podemos mostrar ao mundo, porque não fomos capazes de entendê-la. Você, no entanto, é uma descendente do homem que a criou e também uma Mestra Alquimista. Eu e minha equipe não tivemos tanta sorte, mas talvez você tenha.

O chão rochoso sob os meus pés estremece. Não é simplesmente o efeito das palavras de Waidan, é um rugido do vulcão!

Mas, em vez de parecer alarmado, o Waidan fecha os olhos.

– O vulcão sabe alguma coisa. Ele ficou adormecido durante centenas de anos, mas agora está mais ativo do que nunca. Venha por aqui.

Sigo-o até a câmara abaixo do antigo dormitório de Tao Kemi. Está quase totalmente escuro ali até que ele acenda um candeeiro na parede, com um fósforo.

– Quando percebemos a existência desta câmara, não foi preciso escavar – diz ele. – Ainda estava perfeitamente intacta quando a descobrimos.

Não consigo acreditar nos meus próprios olhos. O lugar em si não tem nenhum adorno, a não ser um par de ganchos de ferro na parede, para pendurar outros candeeiros. No centro, porém, há o que parece um lago de águas rasas. Um lago de mil anos, mas ainda assim tão cintilante e cristalino como se tivesse se formado ontem.

– O que é isso? – pergunto, quase sem fôlego pelo assombro. Meus olhos estão bem abertos, absorvendo toda a cena. Eu me ajoelho na borda do laguinho, minha mão se estendendo para tocá-lo. Recolho a mão no último instante. Isso vai contra meus instintos de alquimista, mergulhar a mão num líquido desconhecido. No entanto, algo no lago chama a minha atenção.

Minha mão pousa sobre um dos ladrilhos de pedra à beira do lago, decorado com personagens de Zhonguo. Meus dedos contornam seus entalhes, cujo significado eu gostaria de conhecer.

— Aí está escrito "Kemi" — diz o Waidan, respondendo à minha pergunta silenciosa. — Inicialmente, pensamos que fosse apenas uma inscrição para identificar o construtor desta câmara, mas agora achamos que pode significar algo mais. Vá em frente e toque a água. Nós já a submetemos a muitos testes e, até onde sabemos, não representa nenhum perigo.

Assinto com a cabeça e respiro fundo, estendendo a mão até tocar a superfície do laguinho. A ponta do meu dedo rompe a superfície cintilante e ofego ao sentir como a água é fria. Estranhamente, em vez de ondular em volta da ponta do meu dedo, a água parece se acumular mais em torno dela. O líquido se levanta quando afasto a mão, até se erguer diante dos meus olhos, uma cachoeira invertida. Estou simultaneamente fascinada e aterrorizada.

— Meu Deus!... — exclama o Waidan. Ele cai de joelhos ao meu lado, suas vestes brancas se espalhando em torno dele. — Já ouvi falar de tal coisa, mas nunca pensei que a testemunharia. Magia líquida. Seu toque deve tê-la despertado. O lago deve ter sido encantado para reagir ao sangue dos Kemi.

Meus olhos se arregalam. Se isso é realmente magia... então tudo que me foi ensinado está errado. Ela não é invisível. Pode se tornar tangível! O que eu pensava que eram os limites das possibilidades eram apenas os limites da minha imaginação.

Afasto a mão, mas a água permanece na vertical, como uma tela, e reflete a imagem do vulcão atrás de mim. Não, espere, não pode refletir a imagem. Estamos abaixo da superfície. Ela está nos *mostrando* algo.

— Este é Yanhuo! Que magia é essa? — pergunta o Waidan, seus olhos fixos na tela aquosa. A imagem muda e agora mostra um extenso complexo de edifícios de paredes curvas, com telhados de cobre dourados, projetados numa série de círculos concêntricos ao lado do vulcão. — Eu nunca vi nada disso... Esse deve ser o mosteiro de Jing! Mas como ele foi um dia.

Os telhados não eram de madeira, mas de cobre.

À medida que a imagem se aproxima, vemos monges vagando pelas ruas estreitas entre as construções, todos vestidos assim como o Waidan atualmente — as vestes brancas e longas, com a barra de seda azul. A cena muda para a casa em que estamos agora, terminando num dos cômodos que os arqueólogos pensavam que fosse um quarto. Mas descobrimos agora que era mais como um laboratório — e a plataforma acima do chão não era uma cama. Era uma mesa. Há um homem no cômodo, as costas arqueadas sobre uma tigela, o seu bigode preto e fino é tão longo que ultrapassa a borda do queixo, como uma linha desenhada com tinta.

— Ele é... Tao Kemi?

— Deve ser — diz o Waidan, mas ele se interrompe quando caracteres zhonguoanos aparecem na margem superior da tela aquosa. O Waidan se apressa em traduzi-los à medida que vão desaparecendo e sendo substituídos por outros. — "Estou prestes a terminar a maior poção que já preparei. A coroação de anos de contínua dedicação. Todo o resto ficou de lado. Tudo está focado nesta poção."

Mordo o lábio. Tenho tantas perguntas, mas também posso sentir a tensão na voz do Waidan. Será que as palavras do meu ancestral se referiam à *Aqua Vitae*? Será a poção que arruinou a carreira da minha bisavó e quase arruinou a minha? Pergunto-me se é a maldição da família Kemi procurá-la.

A cena muda e é substituída pela imagem de uma mulher, seu rosto redondo e pálido brilhando tanto quanto a lua quando ela ergue os olhos negros na nossa direção e sorri.

– "Esta é a mulher que eu amo" – traduz o Waidan. – "O nome dela é Lian. Uma mulher tão bela que poderia levar nações à ruína, e com uma inteligência ímpar. Por ela, eu moveria estrelas para se alinharem com os desejos dela."

– "Mas ela tem apenas um desejo. É uma comum e seu sonho é ser capaz de manipular o elemento da magia, assim como o restante da sua família. Essa é uma tarefa impossível."

O rosto da mulher se dissolve na água, substituído mais uma vez pela cena de Tao em seu laboratório, preparando poções. Falhando. Levantando as mãos com exasperação. Vejo a passagem do tempo pela janela do seu quarto e o Yanhuo começando a expelir fumaça.

Ao meu lado, o Waidan estremece quando lê a próxima frase.

– "Mas consegui."

A escrita desaparece e, no lugar, surge a imagem de Tao descendo para a aldeia. O alquimista se encontra com a bela Lian, que a princípio parece irritada com ele. Ela sacode a cabeça, contrariada, e se afasta. Mas então Tao lhe mostra uma caixinha de madeira. Ajoelha-se aos pés dela e abre a caixa, revelando um delicado frasco de vidro soprado, do mesmo rosa pálido de uma flor de cerejeira. Ela o retira da caixa, com seus dedos longos e elegantes, solta a rolha e bebe a poção. No instante seguinte, tira da manga um galho fino de madeira – uma varinha – e aponta para uma flor num canteiro a poucos metros. Com um maneio do seu objeto mágico, ela arranca a flor do galho e ela se desloca no ar, aproximando-se dela. Pega a flor entre os dedos e então se atira nos braços de Tao Kemi.

– Não... – Meus olhos estão me pregando uma peça... Deve ser só uma história fictícia. Uma lenda. Não pode ser algo que de fato aconteceu. Então a poção que Tao estava criando não era a *Aqua Vitae*?

No final das contas, era algo mais inimaginável do que uma poção capaz de curar todas as doenças. Era uma poção para conferir o poder da magia a uma pessoa comum.

– Não pode ser... – A voz de Waidan denota tanta descrença quanto a minha. Os caracteres aparecem novamente na tela e o Waidan se apressa em lê-los. – "Obtive sucesso. Mas tive de pagar o preço."

A cena muda para mostrar Lian e Tao em pé, ao lado da cama de uma senhora idosa. A mulher se inclina para a frente e tem um violento acesso de tosse, deixando um revelador resíduo branco nas mãos e nos lençóis. Então ela desaba na cama e o brilho dos seus olhos desaparece. Lian pressiona seu rosto contra o ombro de Tao, soluçando.

– "Uma doença assolou a aldeia. Um mal terrível que se espalhou como fogo de dragão. No mosteiro, nada pudemos fazer. Não havia uma cura."

Cenas de grande tristeza são exibidas na tela aquosa à minha frente, as famílias sendo destroçadas. Mas então surge a próxima fase. Posso vê-la se formando na minha frente como nuvens de tempestade se acumulando no céu. Raiva. Todos queriam encontrar alguém em quem pôr a culpa.

– "Logo ficou claro que a doença tinha um alvo específico. Os Talentosos. Cada talentoso que conhecia Lian percebeu seu poder mágico diminuindo e depois transmitiu a doença a outros Talentosos que encontraram. E foi assim que o vírus que drenava o poder mágico se espalhou pela aldeia. Os Talentosos me culparam. Eles não estavam errados. Pois a cada Talentoso que enfraquecia, Lian tornava-se mais forte. Eu tinha perturbado o equilíbrio natural."

O ato inconsequente de Tao acabou por atingir o mosteiro, exatamente a câmara em que estamos. Lian e Tao estão sentados praticamente no mesmo lugar em que estou agora ajoelhada, na beira da lagoa.

– "Fugimos para o mosteiro. Lian me implora para encontrar um antídoto para a poção. Aquele não era o poder que ela queria. Desejava apenas fazer as flores desabrocharem e luzes aparecem no céu. Queria apenas ser como o resto da família."

Há uma pausa enquanto Tao Kemi parece mergulhar em pensamentos.

– "E o que dizer da cura? Posso ter uma fórmula, mas não tenho esperança de conseguir os ingredientes necessários a tempo, nem material de escrita para registrá-la em meu diário. Tudo o que posso fazer é descrevê-la em voz alta na esperança de que um futuro Kemi possa ouvi-la em tempos de necessidade. O ingrediente principal é a chama da fênix. Uma chama de tamanho suficiente para restaurar Lian ao seu estado original e devolver a magia que ela absorveu. Mas conseguir o suficiente para isso agora é quase impossível, por isso existem outros ingredientes que podem ajudar a ampliar as propriedades até de uma chama diminuta."

Assim que o Waidan traduzi essas palavras para mim, arrasto a minha mochila até onde eu estou e a agito até deixar meu diário cair de dentro dela. Pego uma caneta, tiro a tampa com os dentes, apressando-me a anotar cada ingrediente enquanto o Waidan fala.

– "A natureza prepara sua vingança. Estamos sentados aqui agora, deixando esta história escrita em magia, um alerta para meus descendentes. Não perturbem o equilíbrio, pois assim causarão a sua própria destruição. Hoje à noite, Lian e eu diremos adeus ao mundo mortal."

De repente, a tela de água se desfaz e a superfície volta a ser lisa como um espelho. A impressão é de que a história continuaria, mas Tao parece ter sido interrompido.

– Yanhuo deve ter entrado em erupção... – o Waidan conclui. – Enterrando Tao e Lian e, junto com eles, o segredo do que fizeram.

Sinto um nó na garganta quando penso que os dois ficaram presos no mosteiro enquanto o fogo, a lava e as cinzas do vulcão os sepultavam. Lian pode ter sido a causa da diminuição do poder mágico dos aldeões Talentosos, mas o preço que ela e Tao pagaram pelo seu erro foi terrível. Parte de mim queria que Tao tivesse destruído seu diário e, junto com ele, a fórmula da poção para tornar Talentosa uma pessoa comum. Mas outra parte do meu ser – a alquimista orgulhosa que existe dentro de mim

– sabe que Tao Kemi nunca teria feito essa escolha. Apesar das consequências, a poção foi a coroação de anos de trabalho árduo e determinação, e ele não conseguiria jogar tudo fora. Qual a única salvação agora? Olho para os meus garranchos na página do meu diário. A fórmula para o antídoto de uma poção que eu não tinha nem ideia de que podia existir.

Meu cérebro está dando voltas para processar o que acabei de ver, enquanto tenta encaixar as peças do quebra-cabeça. À medida que vou chegando a uma conclusão, o sangue gela nas minhas veias, fazendo todo o meu corpo estremecer. O sentimento de que algo está errado. De que algo impossível pode ser verdade.

O Waidan me fita nos olhos.

– Você entende o que isso significa?

Eu me forço a assentir, embora a minha mente pareça separada do meu corpo, flutuando acima da realidade.

– Significa que o vírus de Gergon não é um vírus. É uma pessoa.

CAPÍTULO DEZENOVE

♥ SAMANTHA ♥

— Preciso voltar para Nova! — Fico de pé num salto. *O que estou fazendo sentada aqui?* Tenho que alertar o Palácio de que alguém está drenando todo o poder dos Talentosos. Meus pensamentos se atropelam enquanto tento encontrar uma maneira de entrar no Grande Palácio e exigir uma audiência. *Será que eles vão me ouvir? O Príncipe Stefan vai me deixar entrar?* Mas não importa. Se eu for com Zain, com Daphne, o Palácio vai ter que nos ouvir.

— Espere! — diz o Waidan. — Pare. Pense.

— Não há tempo para isso!

Mas o Waidan me corrige com um olhar feroz.

— Samantha Kemi, você é uma Mestra Alquimista. Não tire conclusões precipitadas. Você precisa pensar. Examinar todas as possibilidades. E encontrar a solução. Se for verdade que uma pessoa, alguém comum que agora é Talentoso, é a fonte do problema em Gergon, quem poderia ser essa pessoa?

O Waidan está certo. Preciso respirar e pensar sobre isso. Eu me obrigo a mergulhar profundamente em minhas lembranças do tempo que passei em Gergon. O Príncipe tinha os sintomas – então ele não poderia ser a fonte. Além disso, ele sempre foi Talentoso, a vida inteira, como todos da Família Real. Tem que ser alguém comum.

Os pensamentos estão passando pela minha mente a mil quilômetros por hora. Quase posso ouvi-los enquanto passam, zumbindo no meu ouvido. *Zum! Zum!*

Mas esse ruído não são os meus pensamentos... Vasculho a sala com os olhos freneticamente, checando cada canto. Finalmente o vejo, pairando na entrada, afastando-se da sala. Um drone.

– Zain? – grito, perseguindo o drone. Ele gira para se afastar de mim, e eu diminuo o ritmo para subir a escada íngreme para fora do porão. – Trina! – grito, esperando que ela tenha ficado por perto. – Pegue o drone!

Tenho um vislumbre do seu cabelo vermelho flamejante, enquanto ela corre para capturar o drone. Estou subindo a escada o mais rápido possível, meus pés golpeando o chão de pedra.

– Cuidado! – grita o Waidan atrás de mim. Assim que ele grita, eu tropeço quando um dos meus pés afunda no chão. Então sou empurrada para trás por um par de mãos fortes, e afastada do buraco que está se abrindo rapidamente. Trina.

Batemos contra uma das paredes, a salvo.

– Obrigada – consigo dizer, ofegante, meu coração batendo forte no peito.

– Venha – diz ela, me ajudando a me firmar sobre os pés e liderando o caminho de volta para fora, através do labirinto de ruas. Podemos ver o drone ainda, prestes a desaparecer numa esquina à nossa frente.

Irrompemos no pátio externo do mosteiro, onde as ruas se alargam. De pé, segurando o drone, está Zain – e atrás dele, Daphne.

Estou prestes a repreeendê-lo por enviar o drone para o mosteiro sem permissão, mas o olhar em seu rosto me detém. Ele caminha na minha direção, os braços abertos, os olhos brilhantes com lágrimas reprimidas. Zain não chora com facilidade. O pânico aperta minha garganta.

– Sam...

Paro de andar na direção dele. Não tenho certeza de que quero ouvir o que ele tem a dizer.

– Você tem que voltar para a cidade. Algo aconteceu no Palácio.

– No Castelo de Nova?

Zain nega com a cabeça.

– Não, não no castelo, no Palácio flutuante.

– Mas isso é impossível... O Palácio flutuante é impenetrável. Nunca houve um ataque bem-sucedido na residência oculta dos Reis. Então me dou conta. – Oh, Deus, Molly está lá! – Consulto o relógio e tento calcular de cabeça a diferença no horário. Estão várias horas atrás de nós. – Ela já deve ter voltado.

Não sei como é possível, mas o rosto de Zain fica ainda mais pálido.

– Ela estava lá na ocasião. Não temos certeza do que aconteceu ainda...

– E a Princesa? – Trina pergunta atrás de mim.

O silêncio de Zain é a pior resposta que ele poderia dar.

Pulo no banco da frente do carro ao lado de Zain, e Daphne e Trina entram atrás. Mei e o Waidan voltam para o 4×4 com o qual viemos.

— Desculpe pelo drone — diz Zain. — Quando as notícias chegaram, não conseguimos encontrar você em nenhum lugar do complexo. Você não deixou avisado para onde estava indo.

— Eu estava com pressa — digo, na defensiva.

— Deduzimos que você estaria aqui, então viemos o mais rápido possível. Mas este lugar é enorme. Só usei o drone para nos ajudar a localizá-la mais rápido.

— Tudo bem — digo. — Por favor. Vamos embora logo. — Sei que Zain quer me perguntar mais sobre o que descobri, mas não tenho vontade de compartilhar nada ainda. Envolvo meu corpo com os braços, abraçando-me. A viagem sinuosa montanha abaixo parece duas vezes mais demorada do que a subida.

Quando chegamos, sigo Zain enquanto ele corre pela parte residencial do complexo até um grande espaço comunal onde uma TV está ligada. Dai e James estão lá, sentados e inclinados para a frente. Seus olhos estão colados na tela, onde um novo noticiário está passando ao vivo. Irrompo no salão, quase colidindo com o encosto do sofá.

— *...Dizem que haverá um pronunciamento do Palácio a qualquer momento agora, mas, Phillip, o que você acha que isso significa para o futuro de Nova? E quem você acha que pode ser o responsável?*

— O que aconteceu? — pergunto a Dai, enquanto os apresentadores continuam a falar.

— Tudo não passa de especulação até agora, mas não parece nada bom. Estão apenas esperando o pronunciamento oficial...

Solto um longo gemido. Então me volto para Zain.

– Eu deveria ligar para minha mãe e meu pai...

– Já tentei. Seu avô me disse que eles foram ao castelo de Nova para tentar obter respostas, então vão ligar para você assim que souberem de alguma coisa. Veja, as manchetes novamente.

Desvio a minha atenção de Zain e me concentro na tela.

– *Pessoal, estamos trazendo mais notícias de última hora* – diz o apresentador. – *Um grupo de escolares se envolveu num incidente dentro do Palácio flutuante de Nova. Ainda não sabemos a condição dos alunos, mas fomos informados de que estão todos vivos e em segurança... Esperem um segundo, vamos agora para o Palácio, onde o Príncipe Stefan está pronto para fazer um pronunciamento.*

– Príncipe Stefan? – sussurro para ninguém em particular, mas meu mal-estar é cada vez maior. Estou surpresa, e assustada, ao não ver o Rei nem a Rainha, pois são eles que normalmente fazem esse tipo de anúncio.

A tela mostra um púlpito vazio do lado de fora do Castelo de Nova, o novo brasão de Nova na parede atrás. Tirando isso, o cenário é sombrio: não há arranjos de flores nem bandeiras de grandes dimensões ao fundo. Após um breve momento de expectativa, o Príncipe aparece repentinamente na tela, passando pela parede atrás do púlpito com o brasão. É uma exibição casual do seu novo poder – o poder que recebeu de Evelyn no dia do casamento. Vê-lo me faz enterrar as unhas na parte de trás do sofá de couro. Ele está vestido com um uniforme militar: um traje azul-marinho bem cortado, com botões dourados polidos até parecerem espelhos. Uma fina faixa de ouro se aninha em seus cabelos loiros e espessos: o príncipe está *realmente* tentando lembrar ao público de Nova que ele faz parte da Família Real agora. E se está preocupado ou nervoso, está conseguindo esconder isso muito bem. Há força em seus olhos listrados de tigre. Determinação.

— *Cidadãos de Nova* — ele começa, sua voz clara e (Deus! Como eu o odeio!) poderosa. — *Hoje, tenho notícias terríveis para a nossa nação. Esta manhã, um vírus perigoso e extremamente contagioso disseminou-se pelo Palácio. Esse ataque ocorreu durante uma visita real de escolares locais à minha esposa, a Princesa Evelyn. O grupo de jovens estudantes Talentosos que estava presente também foi afetado pelo vírus. Conseguimos conter os sintomas mais graves por ora, mas estamos mantendo as pessoas afetadas — inclusive a Princesa — em quarentena até encontrar uma cura adequada.*

"*O Rei e a Rainha também foram colocados em quarentena enquanto nos apressamos para controlar a propagação desse vírus terrível.*" — Uma lagriminha no canto do olho é a única demonstração de respeito que ele dá à Família Real, antes de voltar seu olhar intenso para as câmeras.

"*Este foi, obviamente, um ataque direcionado e coordenado contra a Princesa e seus visitantes Talentosos. Enquanto os médicos do Palácio, em parceria com a Corporação Zoroaster, estão fazendo todo o possível para ajudar aqueles que foram contaminados, o povo de Nova pode ter certeza de que também estamos à procura da justiça. Eu, pessoalmente, não descansarei até que os responsáveis por esse ataque hediondo estejam atrás das grades ou tenham sido banidos de Nova para sempre.*"

Ele desaparece da tela com outro lance de magia e os apresentadores de TV retomam a palavra, repetindo e interpretando o pronunciamento do Príncipe. Em alguns instantes, trazem especialistas para avaliar o que seria esse "vírus".

Ainda não tenho notícias dos meus pais.

– Você está bem? – pergunta Zain.

– Não posso esperar mais. Não importa o que o meu avô disse, preciso ligar para meus pais. Existe algum lugar onde eu possa fazer essa ligação? – pergunto ao Waidan. Ele aponta para o corredor do escritório, onde posso usar o Skype no meu laptop. Zain tenta me seguir, mas peço que espere ali. Felizmente, ele parece entender e me deixa sozinha na pequena sala.

Depois de algumas tentativas, consigo me conectar. Minha mãe parece desesperada, seu rosto tem rastros de lágrimas secas e rugas profundas.

– Sam, graças a Deus!

– Vou voltar agora mesmo – digo, quase interrompendo-a. – Tenho certeza de que posso conseguir um transporte...

– Não! – diz uma voz fora da tela. Minha mãe move o computador para enquadrar papai. Ele parece tão perturbado quanto a minha mãe, enquanto esfrega as sobrancelhas com os polegares. Seu cabelo está mais grisalho do que jamais foi – com a Caçada Selvagem, o Tour Real e esse ataque, este ano tem sido estressante para meu pai, para dizer o mínimo.

– Por que não? – pergunto.

– Você precisa ficar onde está. É muito perigoso voltar para cá.

– Muito perigoso? – O pânico surge na minha voz.

– Ouvi todo tipo de boatos de que o Príncipe vai colocar sanções nos comuns. E até notícias de comuns sendo atacados por Talentosos na rua. Você está mais segura aí.

Engulo em seco e aperto os punhos sob a mesa de escritório, onde meu pai não pode ver.

– Acabei de ver o pronunciamento do Príncipe.

Meu pai assente com um leve aceno de cabeça e um olhar taciturno.

– Estávamos assistindo também, para o caso de divulgarem novas informações.

– E Molly? Ela está bem?

– Não sabemos – diz mamãe, com a voz trêmula. – Tudo que nos dizem no Palácio é que ela está de quarentena, pois estão preocupados com a possibilidade de o vírus se espalhar. Eles nos asseguraram de que têm os melhores médicos e os melhores preparadores de poções sintéticas da ZA.

– Deram alguma informação sobre seus sintomas?

– Eles quase não nos dizem nada! – Papai faz um gesto exasperado com os braços.

Surpreendentemente, mamãe é quem está mais calma. Ela franze a testa em concentração.

– Parecem semelhantes aos que, segundo você, a Princesa tinha na sua cerimônia. Uma tosse, o pó branco...

Mordo o lábio. Se for esse o caso, então é cada vez mais provável que o flagelo tenha se espalhado de Gergon para Nova. *Mas quem poderia ser a fonte?*

Enquanto estou perdida em pensamentos, vejo minha mãe e meu pai sendo afastados da tela e vovô aparecendo no lugar deles.

– Me diga o que você descobriu em Long-shi – exige ele.

De início sinto dificuldade para reproduzir o que vi dentro do mosteiro de Jing e a história de magia líquida que vi no lago. Mas, quando começo a contar a vovô, a história jorra dos meus lábios: tudo, desde como Tao Kemi criou a poção para tornar uma pessoa comum Talentosa até a fórmula da cura cujo ingrediente principal é a chama da fênix, e que agora está registrada no meu diário de poções. Ela age sobre todos os sintomas.

A expressão do meu avô continua praticamente impassível enquanto conto a história, embora eu possa dizer pelo movimento ocasional de suas sobrancelhas que ele está ouvindo atentamente.

– É por isso que *tenho* que voltar a Nova, vovô – digo. – Preciso confirmar que se trata da mesma poção, para não fazer a cura errada. – É a única opção. Não vou correr o risco de fazer nada errado. A vida da minha irmã está em risco.

– Conte novamente sobre o lago – diz vovô. – Descreva-o para mim.

Faço cara feia, mas o obedeço, descrevendo todos os detalhes de que consigo me lembrar. Porém, não consigo ver a relevância que aquilo tem para que eu volte a Nova.

– Incrível! Queria estar aí para vê-lo com meus próprios olhos – diz ele. Poucas vezes vi meu avô tão admirado. Então, seu comportamento muda novamente, o assombro substituído pela determinação. – Você pode voltar lá?

– Eu... Eu acho que sim.

– Vá, agora mesmo.

– Mas por quê? Não entendo.

– Pode haver outra maneira de levá-la ao Palácio. Só precisamos torcer para que Tábita responda.

A tela fica escura.

Tenho que confiar nele.

CAPÍTULO VINTE

PRINCESA EVELYN

As lições dos livros de História voltaram à sua mente. Contos de princesas mergulhadas num sono conjurado por magia, às vezes adormecidas há centenas de anos. Às vezes pela eternidade. Apenas deitadas ali, esperando que um príncipe vá salvá-las. Isso era algo sobre o qual ela sempre se perguntava quando ouvia essas histórias. Sobre o que sonhavam essas princesas adormecidas? Viviam décadas em seus sonhos, só para acordar do seu estado letárgico e começar a viver outra vez?

Talvez isso fosse imortalidade. Viver centenas de realidades que nunca realmente aconteceram.

Esperando... mas por quem ela estava esperando? Que soubesse, ninguém fazia ideia de que ela estava dormindo. Certamente, o Príncipe mantinha em segredo o fato de ter lhe dado aquela injeção. Ela nunca deveria ter deixado que ele entrasse em seu quarto.

Não, não haveria nenhum Príncipe Encantado em sua história.

Será que poderia haver uma "Princesa" Encantada?, pensou ela. *Ou pelo menos... uma guarda-costas?...*

Você acabou com essa possibilidade, lembrou a si mesma.

Não, ninguém viria salvá-la. Então, a única solução era ela mesma se salvar.

Primeiro, tinha que entender as regras. Soltou um suspiro profundo e abriu a palma da mão. Desta vez foi mais fácil conjurar a visão da magia por conta própria. Ela ofegou quando os feixes de luz se espalharam mais uma vez pelos seus dedos em diferentes direções. Ainda assim, podia perceber a pressão sobre sua magia, sentir-se atraída em direção à torre da cidade murada. Mas ali, longe da cidade, ainda conseguia resistir.

Mas os cidadãos de Gergon, dentro da sua cidade murada, não podiam. Os oneiros queria aterrorizá-la com seus pesadelos, fazendo-a procurar a "segurança" da cidade. Seus bons pensamentos ainda eram poderosos o suficiente para afastá-los... por enquanto.

Mas, a cada segundo que passava, ela se sentia um pouco mais fraca. Um fio da sua magia seguia em direção à torre. Por mais que tentasse, não conseguia mudar seu fluxo. Precisava descobrir quem estava sugando os fluxos de magia.

A segunda pergunta que tinha era: havia quanto tempo ela estava ali?

Quantos dias tinham se passado desde que o Príncipe a havia obrigado a dormir? Essa pergunta atormentava Evelyn, pois o Príncipe Ilie parecia ter dado a entender que estava nesse estado havia meses. Será que ela estava esse mesmo tempo ali? Talvez fosse simplesmente uma ilusão.

– Olá! – gritou uma voz, interrompendo os pensamentos da Princesa.

Num instante, a Princesa pôs abaixo as paredes do seu quarto onírico e se viu num espaço completamente branco. E o que viu não era mais um sonho, mas um pesadelo. Ela imediatamente procurou os oneiros, mas não havia nenhum à vista. Na frente dela estava um grupo de garotinhas que não tinham a mesma aparência ondulante das pessoas com as quais ela costumava sonhar. Eram recém-chegadas ao mundo dos sonhos. E como não estavam vestidas com roupas antiquadas, isso significava que eram recém-chegadas de *Nova*.

Uma das meninas entrou na frente das outras e Evie a reconheceu.

– Molly? – O nome saiu da sua boca antes que ela pudesse se conter.

– Princesa! – A palavra saiu quase como um sussurro, mas o medo no rosto de Molly desapareceu, substituído por um sorriso aliviado. – Pessoal, está tudo bem! A Princesa está aqui. Vai ficar tudo bem. Logo vamos voltar para casa.

Ela estava falando com um grupo de crianças – estudantes, pela aparência asseada dos uniformes escolares –, todas da mesma idade.

– Podem me explicar o que está acontecendo aqui? – perguntou Evie, abrindo seu melhor sorriso para não alarmar essa Molly onírica.

As outras crianças se reuniram atrás de Molly, que assumiu a liderança. Ela não era tão diferente da irmã mais velha, afinal de contas. As outras estavam olhando para a Princesa com os olhos arregalados e um ar de assombro que beirava o terror. Molly demorou um instante para responder, a expressão séria e concentrada.

– É meio estranho. Fomos convidadas para ir ao Palácio conhecer você e o Príncipe Stefan pessoalmente. Era como... uma visita oficial à Realeza.

– Então eu estava... acordada? – Evelyn sentiu-se meio idiota ao fazer essa pergunta, mas a realidade era que ela não sabia.

– Hum, bem, ninguém viu você, Princesa... Faz um tempão que você não aparece em nenhuma transmissão de TV.

Ao ouvir as palavras de Molly, Evelyn sentiu o sangue gelar nas veias.

– Ninguém me viu? E há quanto tempo isso acontece?

Molly piscou.

– Desde o seu casamento. Vimos algumas fotos suas na lua de mel, mas ninguém viu você pessoalmente.

– Na lua de mel? – Evelyn franziu a testa. – Mas eu não deixei o Palácio em nenhum momento. Estava muito mal para viajar.

– Isso é o que Sam temia. Então é verdade...

– O Príncipe deve ter forjado as fotos. – Evelyn se reclinou na cadeira que ela própria tinha feito em seu sonho. Então se levantou novamente e, no mesmo instante, a cadeira desapareceu.

– E por que vocês estão aqui? São mesmo reais? – De uma maneira muito incomum para uma Princesa, ela andou até Molly e cutucou com força a menina no braço.

Molly se encolheu e deu um passo para trás.

– Ei! Claro que somos reais!

Nesse instante, as outras estudantes ao redor começaram a entrar em pânico. O barulho dentro do sonho aumentou, enchendo de estática os ouvidos de Evelyn, as vozes das crianças clamando pelos pais, por ajuda, por qualquer coisa.

Evelyn sabia que tinha que assumir o controle da situação, do contrário nunca conseguiria saber a fundo o que estava acontecendo. Havia também a questão dos oneiros. Ela não queria que chegassem perto de Molly e das outras crianças. Afinal, elas eram suas súditas. Não iria deixar que fossem levadas para a aldeia de Gergon.

Ela iria construir um lugar só para elas ali. E as manteria seguras.

– Diga-me do que você se lembra – disse a Princesa, colocando o braço gentilmente em volta dos ombros de Molly. – Do que consegue se lembrar do dia de hoje. – Ela imprimiu à voz seu tom mais nobre e sentiu os ombros de Molly relaxarem.

Molly fechou os olhos.

– Acordei esta manhã e, no mesmo instante, entrei em pânico, sem saber o que vestir. Então mamãe veio e disse que, na verdade, tínhamos sido instruídas a usar o uniforme da escola, como Sam tinha previsto. No início, eu não queria, mas depois percebi que fazia todo o sentido. E, além do mais, eu ficaria mais tensa ainda se tivesse que decidir o que vestir. Íamos nos encontrar na escola, por isso mamãe me levou bem cedo. Foi quando encontrei o grupo.

– E todo mundo que foi ao Palácio está aqui? Não está faltando ninguém?

Molly virou o pescoço para os dois lados.

– Sim, está todo mundo aqui. Exceto os professores.

Evelyn estranhou, depois pediu a Molly que continuasse.

– O Palácio providenciou um ônibus especial para nós. Foi emocionante, porque nenhuma de nós já tinha visitado o Palácio. Nem os nossos professores. E todo mundo estava superempolgado para conhecer você pessoalmente. Ouvi nosso professor Rosetta dizendo que essa era a prova da nova era que o Príncipe Stefan estava anunciando. Uma era em que os Talentosos teriam a posição que merecem na sociedade ou algo assim. Mas ele só disse isso porque é o nosso professor de Artes Talentosas.

– Entendo – disse Evelyn. – Então vocês presumiram que eu estivesse no Palácio. – Essa era uma coisa que ela tinha que confirmar. Não era comum que cidadãos comuns do povo fossem convidados para ir ao Palácio flutuante, embora não fosse um fato sem precedentes. Na verdade, era algo que ela sempre pensara em instaurar quando fosse Rainha.

– Ah, sim, a carta dizia que iríamos encontrar você e o Príncipe. Quando chegamos ao castelo, saímos do ônibus e fomos levadas ao Palácio, uma a uma, pela tela de invocação. Foi incrível! O Palácio é tão lindo! Eu me lembro de todas aquelas velas flutuantes no corredor e aquela escadaria de mármore imensa que leva a vários andares. Encontramos o Príncipe na entrada, tiramos algumas fotos com ele e fizemos um *tour* pelo Palácio com um guia. Depois acabou. Íamos voltar para casa. E... – Molly de repente perdeu o fôlego e lágrimas brotaram nos seus olhos. Ela cobriu o rosto com as mãos. – Foi tudo culpa minha.

A Princesa Evelyn voltou a colocar os braços sobre os ombros da menina.

– O que foi culpa sua?

– Comecei a ficar preocupada porque não tínhamos visto você e o convite dizia que iríamos vê-la. Além disso, Sam tinha me dado uma carta para entregar a você e a mais ninguém. Eu não queria decepcionar a minha irmã. Ficamos sozinhas por um instante na entrada do Palácio, enquanto esperávamos o transporte para casa, então pensei em tentar encontrar você. Corri de volta para o corredor e abri uma porta dupla marrom e...

– O que você viu? – Os olhos arregalados de Evelyn traíam a sua expectativa.

Molly engoliu em seco.

– Era um salão de festas imenso. Mas muito estranho, porque, contra a parede do fundo, havia uma cama com dossel. Você estava deitada nela, toda coberta. Não havia ninguém por perto, por isso andei até a cama e... tentei acordar você. Você estava dormindo profundamente. Então toquei a sua mão e coloquei a carta ao seu lado e foi como se eu tomasse um choque elétrico. Quando voltei para o grupo, o Príncipe estava lá. Perguntei a ele o que havia de errado com você. Por que você estava dormindo. Achei que ele iria ficar bravo comigo, mas não pareceu ter ficado com raiva. Ele pareceu... entrar em pânico.

"E então eu tive um acesso de tosse. Minha amiga Bethany pegou a minha mão..." – Molly olhou em volta até que seus olhos se detiveram no rosto de uma das suas coleguinhas, uma garota de pele morena cuja testa estava coberta de suor.

– O que aconteceu, Bethany? – Evelyn perguntou.

– Bem, peguei a mão de Molly e, quando vi, eu estava tossindo também. Era uma tosse muito ruim – Bethany disse.

– Como se estivesse cortando nossos pulmões ao meio – acrescentou Molly.

– E então se espalhou – continuou Bethany.

Evelyn podia imaginar a cena: as crianças em fila e a tosse saltando de uma para outra como uma infestação de pulgas.

– Eu estava no final da fila – disse Molly. – E podia ver o Príncipe. Ele gritou para alguns criados e eles vieram até nós e nos deram um copo de suco para aliviar a tosse. Claro que todas bebemos. Então Bethany desmaiou. Eu não me lembro de mais nada até acordar aqui.

– E o Príncipe? Como ele estava? Qual era a expressão em seu rosto?

Molly franziu a testa.

– Ele parecia bastante assustado. O rosto dele ficou muito estranho, meio acinzentado.

O coração de Evelyn se apertou. A história confirmava suas suspeitas: o vírus que a infectara, fosse qual fosse, era contagioso.

Molly olhou para ela, os olhos arregalados de medo.

Recomponha-se, Evelyn! Ela não poderia deixar que aquelas crianças que tinha ido visitá-la entrassem em pânico. Quem quer que fossem – se fossem reais ou apenas um sonho –, ela tinha um dever e esse dever era proteger seus súditos.

– Certo – disse a Princesa, juntando as mãos. – O fato é que vocês vieram aqui para me conhecer, e eis aqui a sua oportunidade. Que tal se todas nós pensarmos com bastante força em como é o Palácio? Talvez possamos recriá-lo aqui.

As meninas pareciam aterrorizadas, mas concordaram com um aceno de cabeça, satisfeitas em ter uma tarefa em que se concentrar. Molly foi uma das primeiras a fechar os olhos e, quase imediatamente, surgiram as velas flutuantes que iluminavam os corredores do Grande Palácio.

– Perfeito! – Evelyn gritou. – De que mais vocês se lembram?

De repente, havia um luxuoso tapete vermelho aos seus pés, decorado com padrões geométricos dourados. Acima apareceram paredes de mármore, sem uma única peça branca e brilhante fora de lugar.

Uma janela apareceu acima delas, inundando seus pés com luz natural. Evelyn começou a se sentir cada vez mais em casa. Ela sorriu para o grupo de estudantes.

– Agora, que pessoas vocês veem? Quem está por perto?

Imediatamente, um grupo de guarda-costas surgiu, embora suas características fossem um pouco confusas, como se as crianças não conseguissem conjurar seus rostos, apenas os traços mais significativos. Evelyn reconheceu a cabeça particularmente quadrada de um dos seus guarda-costas e a longa bengala que era o objeto mágico do novo secretário do Palácio. O Príncipe Stefan também apareceu, numa poça de luz. Suas características estavam mais definidas – afinal, o rosto dele estava em todos os noticiários e jornais, então era mais familiar para as crianças –, mas sua forma tinha o aspecto brilhante daqueles com quem ela tinha sonhado, não daqueles que viviam no sonho com ela.

Ela não conseguia descobrir por quê. Era um enigma que a deixava intrigada.

Outra coisa estranha:

– Essas são realmente todas as pessoas que vocês viram?

Molly e as outras meninas olharam para o grupo de pessoas ondulantes, então assentiram com um lento aceno de cabeça.

– Nosso professor ficou em outra sala.

– Você não viu ninguém com esta aparência? – Ela pensou em Renel, facilmente reconhecível pelo seu nariz adunco, e uma versão ondulante dele apareceu instantaneamente.

Não houve nenhum sinal de reconhecimento no rosto de nenhuma das crianças. Isso não fazia sentido. Se tratava-se de uma visita real oficial, Renel deveria estar lá.

– E o que me dizem desta pessoa? – Ela engoliu em seco, parando um instante antes de conjurar uma imagem de Katrina em sua cabeça. Os cabelos ruivos e brilhantes de Katrina e o seu corpo esguio apareceram ao lado dela, e a atenção de Evelyn foi momentaneamente cativada pela visão dos olhos verdes penetrantes da moça.

– Ah, conheço essa moça! – disse Molly.

Evelyn ficou tão aliviada que achou que seu coração fosse explodir.

– Você a viu no Palácio? Como ela estava? Estava bem?

Molly balançou a cabeça.

– Não, não no Palácio. Eu a vi em casa. Lembro-me do seu incrível cabelo ruivo... Eu sempre quis ter um cabelo assim.

– Em casa? Você quer dizer... ela entrou na loja de poções Kemi? Evelyn franziu o cenho. Não conseguia pensar numa razão para Katrina ter visitado um alquimista, mas provavelmente havia muitas coisas que ela não sabia sobre a guarda-costas.

– Não, não na loja. Ela veio em casa para ajudar a filmar o documentário de Sam. Era ela quem manejava a câmera.

A expressão no rosto de Evelyn mudou.

– Ah, deve ter sido outra pessoa, então. Essa moça não é uma operadora de câmera. Ela é uma das minhas guarda-costas.

Agora foi a vez de Molly franzir a testa.

– Tenho certeza de que era ela. Tenho certeza porque ela tinha uma sarda em forma de estrela no nariz. Mas não poderia ter sido uma das suas guardas, pois ela era uma comum. Não estava carregando nenhum tipo de objeto mágico.

– Tenho guardas comuns também – disse Evelyn, com um sorriso distante. Se essa moça tinha uma sarda em forma de estrela e o cabelo ruivo... talvez fosse de fato Katrina. Mas por que ela estaria com Samantha e não no Palácio? A menos que... Evelyn estremeceu com uma sensação de frio, como uma gota de água gelada caindo na nuca. A menos que, enquanto ela estava presa naquele mundo de sonho, Stefan tivesse aos poucos demitido todos no Palácio que significavam algo para ela.

Ela tinha que sair daquele mundo onírico.

E quanto antes.

CAPÍTULO VINTE E UM

♥ SAMANTHA ♥

—Molly está bem? – é a primeira pergunta de Zain, quando fecho a porta do escritório.

– Não sabem – respondi, balançando a cabeça. Está de quarentena no Palácio e não vão deixar que meus pais a vejam. Estou tão preocupada... Disseram que os preparadores de poções sintéticas da ZA estão procurando uma cura. Você acha que consegue descobrir o que está acontecendo?

– Claro! – Zain tirou o celular do bolso.

– Tenho que falar com o Waidan – digo a ele.

– Pessoal, talvez vocês queiram dar um pulinho aqui – diz Trina, aparecendo na porta da sala de estar antes que Zain tivesse a chance de ligar. – O Príncipe vai fazer outro pronunciamento.

Zain e eu trocamos um olhar e depois corremos para a frente da televisão, onde o Príncipe está se preparando para a transmissão. Ele limpa a garganta, coloca as mãos em ambos os lados do púlpito e faz uma pausa, antes de olhar diretamente para as lentes da câmera. Prendo a respiração.

Tenho que admitir: ele é impressionante. Lembro-me de quando o conheci, no Baile de Laville. Ele apareceu inesperadamente para me escoltar até o salão e me encantou com seus olhos de tigre.

Eu tinha até *beijado* o Príncipe.

Ok, tinha sido apenas para colocar uma folha de veneno em sua boca, mas ainda assim o beijei. Eu conhecia sua verdadeira natureza. Ele era um homem desesperado para preservar seu poder, mas igualmente desesperado por salvar sua reputação. Seu orgulho e o da sua família vinham em primeiro lugar, não importava que consequências isso teria para outras pessoas.

Orgulho e poder. Uma combinação letal.

A voz do Príncipe Stefan prende minha atenção e me atrai para ele, como um distorcido cabo de guerra.

— *Bom povo de Nova. Esta é a segunda vez que estou me dirigindo a vocês hoje e queria ter notícias melhores. Mas ainda assim são novidades e prometi que os manteria informados. A equipe de segurança do Palácio tem trabalhado em tempo integral para encontrar a origem da doença... e nós temos uma resposta!* — Ele respira fundo, seus olhos se fechando por um instante. Quando abre os olhos de novo, causa ainda mais impacto.

— Ele é bom mesmo — diz Trina ao meu lado. — Tenho que admitir.

— *Acreditamos que este tenha sido um ataque orquestrado pela APC, a Associação Pró-Comuns. Estamos examinando provas encontradas na cena do crime agora e viremos a público assim que decobrirmos mais. Este é um assunto muito sério. Estamos enviando mensagens urgentes a cada pessoa Talentosa de Nova que possa estar correndo o risco de contrair o vírus e aconselhando-as de forma* específica sobre os passos a seguir. Pedimos que não ignorem essas mensagens e sigam as instruções. Também estamos alertando a APC – e, na verdade, todas as pessoas comuns de Nova – de que descobriremos quem é o responsável. E ninguém vai ter permissão para sair de Nova até que isso aconteça.

Quando a transmissão termina, estou aturdida.

– O que, em nome dos Kelpies, ele está fazendo? Está delirando! Certamente ninguém vai acreditar que a APC está por trás disso. E o que quer dizer com "Ninguém vai ter permissão para sair de Nova?".

– Não faço a menor ideia – diz Trina. – Seria muito difícil implementar uma operação assim...

Os celulares de Daphne e Zain vibram ao mesmo tempo. Minha cabeça se desloca para olhar para Zain e encaro seu ombro enquanto ele abre uma mensagem.

ATENÇÃO: CIDADÃO TALENTOSO DE NOVA
SE ESTÁ FORA DO PAÍS, PEDIMOS QUE SE TRANSPORTE DE VOLTA PARA NOVA IMEDIATAMENTE. SUSPENDA QUALQUER VIAGEM PLANEJADA PARA O EXTERIOR. SE SEGUIR ESTAS INSTRUÇÕES, PODEREMOS MANTÊ-LO SEGURO DA PROPAGAÇÃO DO VÍRUS APC – PALÁCIO REAL DE NOVA

Cubro a boca com a mão.

– Eles estão chamando o vírus de APC, mas por quê? Zain, você não pode voltar! Vai colocar seu Talento em risco.

Meu namorado franze a tal ponto a testa que suas sobrancelhas quase se juntam. Mas ele balança a cabeça e olha para mim.

– Não, claro que não... – Seu telefone vibra em sua mão novamente. – Tenho que atender – diz ele. Posso ouvir a tensão em sua voz e a preocupação abafada de seu pai na linha. – Estou aqui, estou bem – eu o ouço dizer, enquanto desaparece na sala vizinha.

O rosto de Daphne está branco como uma folha. Está claro que ela acabou de receber a mesma mensagem de texto. Quando termina de ler, começa a juntar suas coisas, colocando na mochila seu laptop e equipamento de filmagem.

– Mas Daphne, você não pode ir... e o documentário? – pergunta Trina.

– Eu... em outra ocasião – ela responde, de modo truncado. – Quero ficar, Sam, juro. Mas as instruções do Palácio são muito claras.

– Espere só um segundo – digo. Zain entra na sala, seu rosto sombrio. Não consigo pensar no que isso significa no momento. – Zain, você usou o drone para me encontrar no mosteiro, certo?

– Hum, sim... – Ele olha para mim e não sei muito bem aonde quero chegar com essa linha de raciocínio.

– Quanto você filmou? Se conseguiu filmar o que vi... então posso lhes mostrar e vocês podem julgar por si mesmos se devem ou não retornar a Nova. Ao menos assistam ao vídeo antes de se decidir.

Daphne hesita, então concorda com a cabeça.

– Ok, vou assistir.

– Ótimo! Espero conseguir convencê-la a ficar.

Trina corre para pegar um laptop. Pegamos o cartão de memória do drone e o conectamos ao laptop. O último arquivo está no alto da lista. Clicamos duas vezes nele e não posso dizer se fiquei aliviada ou desapontada: ele só mostra as últimas sentenças da minha conversa com o Waidan e nada da história contada pela magia líquida.

"Você entende o que isso significa?", diz o Waidan na tela.

"Significa que o vírus de Gergon não é um vírus. É uma pessoa."

Eu olho para os rostos de Daphne e Zain enquanto eles estão assistindo. Posso ver a avalanche de emoções percorrendo Daphne, mas ela por fim sacode a cabeça, afastando o choque.

– Sabe quem é essa pessoa misteriosa? – pergunta.

– Não – admito. – Mas tenho a fórmula da cura. Fique e me filme enquanto a preparo! – Eu a sinto se afastando mesmo enquanto tento trazê-la para junto de nós.

– Sinto muito, Sam. Mas mesmo que você *pudesse* ter a fórmula da cura, não sabemos quem está por trás isso. Não posso desobedecer ao Palácio. – Em segundos, ela está no celular outra vez. – Oi, pode me arranjar um transporte de Long-shi? – eu a ouço dizer. Depois ela se vira de costas, com a mão tampando o alto-falante do celular. – Rápido, guarde as câmeras, vamos partir esta noite – diz a Trina.

Mas Trina põe as mãos nos quadris e balança a cabeça.

– Vou ficar aqui. Ao lado de Samantha.

Daphne a encara por um segundo, depois dá de ombros.

– Você quem sabe. Estou indo embora.

Eu me volto para Trina e a olho nos olhos. Ela aponta para algo atrás de mim e me volto a tempo de ver Zain entrando na sala, com o celular desligado na mão. Rezo para que Zain não tome a mesma decisão de Daphne.

– Meus pais ligaram – ele diz, a voz soando distante.

– Sim, ouvi seu pai na linha. O que disseram? Sabem o que há de errado com Molly e os outros?

– Preciso ir pra casa – ele diz.

Dou um passo para trás.

– O quê? Mesmo depois de ver o vídeo?

– Sinto muito, Sam.

– Mas a solução está *aqui*. Você sabe.

Ele me olha com tristeza.

– Olha, se eu voltar, posso ser seus olhos e seus ouvidos em Nova. E posso ajudar a equipe da ZA. – Como Daphne, ele também começa a guardar suas coisas num ritmo frenético. – Meu pai disse que o Príncipe não estava brincando quando ameaçou fechar as fronteiras. Já há boatos de que os terminais de transporte estão sendo bloqueados em todo o país, e eles vão restringir as viagens de avião logo em seguida. Ninguém vai poder entrar nem sair de Nova. Não prefere que eu esteja em Nova, para ficar de olho em Molly e na Princesa? E depois que você encontrar a cura, vai precisar de alguém que tenha acesso ao Palácio.

– Vai correr o risco de perder seu poder mágico? – pergunto, os olhos arregalados de surpresa.

– Sam, se você vai estar aqui, preparando a poção para curar a epidemia, sei que não tenho com que me preocupar. – Ele olha dentro dos meus olhos. – Sei que você vai conseguir. – Ele me puxa para ele e me beija com voracidade. Embora meu coração esteja cheio de medo por ele, minha razão sabe que será *de fato* melhor se ele estiver em Nova, onde pode me manter a par dos acontecimentos. Zain pega sua mochila. – É melhor eu ir.

Tudo que consigo fazer é acenar com a cabeça.

– Se cuide – ele diz.

Tão logo Zain deixa o cômodo, saio à procura do Waidan e agarro a manga de suas vestes. Sei que se trata de uma grande falta de etiqueta, mas não estou nem um pouco interessada em parecer educada.

– Por favor, meu avô disse que tenho que voltar ao lago mágico dentro do mosteiro.

O Waidan concorda e tira um molho de chaves do bolso da túnica.

– Pegue o carro, vou ficar aqui e fazer uma pesquisa para tentar encontrar uma chama de fênix. Não temos nenhuma aqui, como sabe.

– Você faria isso? – pergunto.

– Claro! Faríamos mais para ajudar Gergon se pudéssemos, e agora precisamos ajudar Nova antes que o problema atinja escala global e saia do controle. Toda a minha equipe está à sua disposição.

– Obrigada – agradeço, com lágrimas nos olhos. Mas antes que eu possa dar um passo, Katrina salta na minha frente e pega as chaves da mão do Waidan.

– Eu dirijo – ela diz.

Concordo com um sinal de cabeça. Vou precisar de toda a ajuda possível.

CAPÍTULO VINTE E DOIS

PRINCESA EVELYN

A Princesa concluiu que tinha de ser sincera com as meninas.

— Não posso explicar exatamente o que está acontecendo — ela disse, observando os rostinhos cheios de expectativa. — Porque, na verdade, nem eu mesma sei.

A decepção em suas feições partiu seu coração.

Não era a resposta que elas queriam. Mas a Princesa não sabia como dizer a verdade, que não sabia por que tinham feito todos dormirem. Tudo que sabia era que ela tinha de proteger as crianças de quem quer que quisesse roubar seus poderes mágicos, e também tinha de controlar os oneiros.

— Pessoal, ouça — ela disse, batendo palmas. — Quero que vocês fechem os olhos por um instante, peguem seu objeto mágico e imaginem a corrente de magia percorrendo seu corpo. Sei que normalmente não podem vê-la, mas aqui vocês podem.

Molly fechou os olhos primeiro, depois Brithany e o restante das estudantes as imitou. Um segundo depois, uma corrente de magia partiu das mãos enluvadas de Molly em direção ao céu. Os olhos dela se abriram.

– Uau! – exclamou. Sua voz cheia de assombro fez com que outras crianças abrissem os olhos também.

Era uma visão impressionante. Rios de magia partiam dos objetos de cada criança – varinhas, luvas e anéis – e flutuavam em diferentes direções. Mas um fio de cada fluxo se unia ao rio de magia que levava à torre misteriosa dentro da cidade murada.

Quem quer que fosse, estava drenando o poder das crianças também.

Ela rezou para que, em algum lugar lá fora, no mundo real, alguém estivesse tentando descobrir como deter o responsável por isso.

– Obrigada, meninas. – Evelyn fechou o punho e a magia das crianças desapareceu no ar. Mas, embora não pudessem mais vê-la, a Princesa podia apostar que ainda podiam senti-la, assim como ela. Uma leve vibração nas veias. Sua magia pessoal – que estava sendo lentamente roubada delas.

Uma ideia ocorreu à Princesa. Ela fixou os olhos azuis glaciais em Molly.

– O que a sua irmã estava fazendo quando você foi para o Palácio? – perguntou.

– Ela ia viajar para Zhonguo.

Evelyn sentiu sua pele já pálida perder a pouca da cor que ainda lhe restava.

– Samantha está fora de Nova? Ela sabe da minha doença?

Molly deu de ombros.

– Ouvimos boatos, e você conhece Sam. É como um cão atrás de um osso quando fareja alguma coisa. Bem, isso é o que eu acho – acrescenta Molly apressadamente. – Ela não me conta muita coisa. Mas Zain está com ela. E também as pessoas que estão filmando o documentário sobre ela.

– Queria que houvesse um modo de enviar uma mensagem à sua irmã – disse Evelyn. Ela estava aborrecida e mais ainda por se sentir assim. Sam estava fora do país. Será que sabia que alguém estava roubando sua magia? A magia de todos os Talentosos?

– Tenho certeza de que ela já está voltando – disse Molly, como se lesse a mente da Princesa. – Quer dizer, todo mundo deve estar se perguntando o que aconteceu conosco.

– Isso é verdade – concordou Evelyn.

– Minha mãe e meu pai devem estar surtando! – comentou Bethany.

– Quero a minha mãe... – choramingou outra estudante. A tristeza da garotinha contagiou as colegas e Evelyn percebeu que tinha de fazer alguma coisa para distrair as crianças ou elas acabariam ficando histéricas. Não havia tempo para ataques de histeria. Precisavam trabalhar juntas.

– Vamos lá, pessoal – disse Evelyn. – Podemos lutar contra isso. Quem quer se juntar ao esquadrão de ataque da Princesa?

Molly levantou a mão no mesmo instante, junto com o resto da classe.

– Estão dizendo que é um vírus APC – disse uma voz que a Princesa reconheceu. Ela olhou para trás e viu Renel em pé ali, no mundo dos sonhos. Ele não foi o único a aparecer. Evelyn reconheceu vários assistentes de Renel, os cozinheiros do Palácio, alguns membros da equipe da limpeza e os professores de Molly.

– Ah, não! – lamentou ela. – Você também!

— Receio que sim, Vossa Alteza — disse Renel. — Está se espalhando por todo o Palácio. Stefan mal consegue controlá-lo. Ele está convencido agora de que a única maneira de impedir que o vírus se propague ainda mais é colocar a mente dos infectados em quarentena e nossa magia em estado de dormência. A ZA estava desenvolvendo uma poção de sono avançado com base na fórmula que o Príncipe Stefan trouxe, mas ainda não há o suficiente para todo mundo.

Evelyn engoliu em seco.

— É assim que ele está chamando? Um vírus?

Renel franziu a testa.

— O que Sua Alteza quer dizer?

Mas havia muitas pessoas por perto para explicar.

— Molly, Bethany, vocês podem vir aqui um instante? — Ela chamou as duas meninas de lado. — Estão vendo todas essas pessoas novas? Precisamos trabalhar juntos para nos manter seguros. Vocês já ouviram falar dos oneiros?

— São eles que causam pesadelos... — Bethany respondeu, o terror transparecendo na voz.

— Todos aqui estamos sonhando, o que significa que também podemos estar vivendo um pesadelo. Mas podemos detê-los. Estão vendo este corredor do Palácio que vocês já projetaram ao nosso redor? Se disserem a todos para que continuem imaginando o Palácio, preenchendo-o com todos os bons pensamentos de que podemos nos lembrar, podemos criar um lugar seguro para todos nós. Vocês podem fazer isso?

Molly cerrou os dentes e Evelyn viu a determinação em seu olhar.

— Sim, Princesa.

As duas garotas correram para informar os outros sobre como fortalecer o palácio dos sonhos. Foi só então que Evelyn pôde ficar um instante sozinha com Renel.

– Não é um vírus – disse ela.

– Como assim?

– É uma *pessoa*. Alguém está intencionalmente drenando o nosso Talento. Mantendo-nos neste estado de suspensão... Este mundo de sonhos... retarda o processo. Isso significa que não podemos ser drenados da nossa magia completamente.

– Como Vossa alteza sabe disso?

– Conheci o outro Príncipe de Gergon aqui, quando cheguei.

– Ora... ora... – Renel acariciou a barba.

– Ele me mostrou o que estava acontecendo. Há uma torre no centro de uma cidade murada onde estão vivendo os cidadãos de Gergon no sonho. Quem quer que esteja naquela torre está sugando a magia. Contanto que fiquemos fora da cidade murada, podemos amenizar o roubo da nossa energia, mas os oneiros são poderosos e terríveis. A menos que tenhamos força para combatê-los, eles nos empurrarão na direção da cidade.

– Por que os habitantes de Gergon não saem de lá? – perguntou Renel. – Poderíamos trazê-los para cá?

Evelyn fez que não com a cabeça.

– Eles desistiram. Têm muito medo dos pesadelos. É mais fácil ficar na cidade.

Renel franziu a testa.

– Bem, em Nova a propagação por enquanto está limitada ao Palácio, mas basta que uma pessoa afetada saia da cidade para que a doença se espalhe por todo o país.

– Como o Príncipe se atreve a culpar a APC, quando sabe muito bem que a doença teve origem em Gergon! – disse a Princesa.

Renel assentiu com um leve aceno de cabeça.

– Comuns e Talentosos sendo jogados uns contra os outros. Nunca vi nada mais hediondo.

Isso, vindo de Renel, que talvez fosse o Talentoso mais esnobe deste mundo, significava que Stefan havia ultrapassado todos os limites.

Evelyn mordeu o lábio inferior e olhou para o palácio onírico sendo lentamente construído em torno deles. Já era alguma coisa, mas não o suficiente. Quanto mais esperassem, mais difícil seria bloquear os pesadelos causados pelos oneiros. Ela olhou nos olhos de Renel e apertou as mãos em punho.

– Não podemos ficar sentados aqui, esperando alguém do mundo exterior nos ajudar. Temos que descobrir quem está naquela torre. E depois descobrir como deter essa pessoa.

CAPÍTULO VINTE E TRÊS
♥ SAMANTHA ♥

Katrina é muito mais veloz na direção do que o Waidan, e sou arremessada contra a porta do carro cada vez que ela faz uma curva na estrada sinuosa da montanha. Seguro firme, com as duas mãos no teto, e cerro os dentes quando vejo o carro se aproximando perigosamente do acostamento e do despenhadeiro profundo mais adiante.

Tenho um milhão de perguntas se atropelando no meu cérebro, mas há pessoas que sabem mais do que eu e tenho que confiar nelas. Meu avô é *definitivamente* uma delas. Telefono para ele do carro enquanto Trina dirige, e ele rapidamente me passa instruções sobre o que devo fazer quando chegar à lagoa mágica. Tenho que repetir algumas instruções em voz alta para assegurá-lo de que entendi tudo e Trina me lança um olhar preocupado. Não consigo pensar nisso agora. Os planos dele parecem malucos, mas têm de funcionar.

Afasto qualquer dúvida da cabeça, junto com minha preocupação com Molly e a vontade imensa que tenho de que Zain estivesse ao meu lado. Preciso manter o foco. Se conseguir entrar no Palácio e ver Molly e a Princesa, posso verificar por mim mesma se estamos de fato enfrentando o mesmo problema que flagelou os aldeões de Long-shi mil anos atrás.

E depois posso perguntar ao Príncipe se ele sabe quem é a fonte da doença em Gergon.

Passamos pelo antigo portal e Katrina para o carro. Leva um instante para eu perceber onde estou, mas então me lembro de que passamos o antigo teatro no caminho. Depois que me localizo, corro pelas trilhas tortuosas de que me recordo: a moradia dos monges, a estação de pesagem e os estábulos.

Chegamos à antiga casa de Tao Kemi. Entramos e a mesma sensação de temor e inquietação me causa arrepios. Sinto a pulsação da magia nas paredes e isso é perturbador precisamente porque *não deveria* haver magia nenhuma ali. Tao rompeu a ordem natural das coisas em benefício da mulher que amava e depois pagou pelo seu erro com a própria vida.

Esfrego os braços, tentando afastar a sensação desagradável, e entro depressa nas habitações dos monges, contornando os novos buracos abertos no chão, até chegar ao porão escondido. O lago parece inócuo, suas águas plácidas e serenas ocultando segredos além de qualquer medida.

– Que lugar é este? – pergunta Trina.

– É um poço de magia líquida – explico. – Quando toquei a água, ela trouxe à tona uma história que Tao Kemi deixou registrada aqui.

– Caramba! Queria saber que outros segredos este lugar esconde.

– Um deles meu avô me contou pelo telefone no carro. Ele disse que posso usar este lugar como uma espécie de transporte para o Palácio.

Trina arregalou os olhos.

– O quê?

– Eu sei. Parece loucura.

Olho para a lagoa com novos olhos. Já ouvi falar de vários tipos de tela de transporte, testes iniciais que ficaram conhecidos pelo *grande* número de falhas. Seria o equivalente a viajar num dos primeiros carros já fabricados: emocionante, mas superperigoso. Especialmente se não houver ninguém do outro lado nos esperando. Não se trata de algo apenas perigoso. Trata-se de algo impossível! Uma palavra que, ultimamente, temos usado muito.

– Meu avô explicou assim: o vulcão liga todos os fluxos de magia do mundo, então ele funciona como uma tela de transporte moderna. Exceto pelo fato de que é *muito* mais perigoso. Ninguém tentou fazer isso pelo menos nos últimos mil anos, então, não sabemos se vai funcionar.

– Puxa! Você acha que o Waidan sabe? – pergunta Trina.

– Provavelmente, sim. Mas sou a única que conseguiu ativar a mensagem escondida de Tao. – Olho para os ladrilhos no chão, onde está escrito "Kemi", e sinto uma determinação tomar conta de mim. – Só tenho que ver se a magia vai funcionar comigo novamente. – Passo o meu celular para Katrina, tiro os sapatos e as meias e deslizo devagar até a borda do laguinho.

– Espere! Você não acha mesmo que pode viajar até o Palácio usando esse lago mágico, acha?

– O meu corpo não, mas a minha mente aparentemente pode. Se houver alguém do outro lado para me receber.

– E quem será? O Príncipe Stefan não quer você no Palácio. Acha que os comuns estão por trás disso.

Eu balanço a cabeça.

– Está fazendo perguntas demais, Trina. A essa altura, acho que tenho de confiar no meu avô. Apenas... me observe, ok? Se eu começar a afundar, ou qualquer coisa estranha acontecer, você me puxa para fora.

Trina flexiona os braços.

– Sou treinada para reagir a esse tipo de situação. Não vou deixá-la afundar, Sam.

– Acho que não há muito mais a fazer além disso... Engulo em seco e, depois de respirar fundo, entro no lago, mergulhando lentamente o corpo todo dentro da água mágica. A água me rodeia, me envolvendo em seu estranho calor. Sinto a pele nua dos meus pés e tornozelos formigar. Levanto a palma da mão acima da superfície e o líquido escorre pelos meus dedos, um pouco mais viscoso do que a água normal, pingando lentamente de volta no poço.

Automaticamente, inclino a cabeça para trás, boiando na água. Não estou convencida de que ela vá me sustentar, mas, quando levanto as pernas, sinto-a de fato me sustentando e flutuo como um pato de borracha na superfície.

Agora, tudo o que tenho a fazer é repetir as últimas instruções de vovô. Fecho os olhos e repito as palavras: "Chamando Tabitha. Tabitha de Nova. Responda, por favor".

Tabitha? Sei que conheço esse nome. *Mas de onde?* Só faço o que meu avô mandou e continuo a repetir as palavras

De repente, o líquido que me cerca se torna sólido. Estou presa na água. Meu corpo instantaneamente fica tenso e entro em pânico; quero agitar os braços e as pernas, mas eles não se movem. Não consigo virar a cabeça. Abro os olhos e olho freneticamente para a direita e a esquerda. A água parece normal. Mas tudo o que sei é que não consigo me mover.

– Tente relaxar – diz Trina, sua voz soando de longe, muito além da borda do laguinho.

Relaxar? Ela quer que eu relaxe? Não é possível. É...

O cenário em frente aos meus olhos se altera. Já não consigo ver o teto empoeirado e as paredes de pedra. O mundo explode e se transforma diante dos meus olhos e, quando tudo se aquieta novamente, parece que estou de pé dentro do Palácio. É uma sala em que já estive antes: uma pequena suíte próxima ao quarto da Princesa.

– É você? – reverbera no meu crânio uma voz feminina um pouco rude.

– Espere, quem está aí? – Estou tão confusa... Estou dentro do Palácio ou ainda flutuando no poço?

– Ah, ótimo, é você. Venha, espero que isso ajude a explicar as coisas.

Sinto minha visão girar ao redor da sala, parando na frente de um espelho.

– Ah, meu Deus! – digo, mas a boca no espelho não se move. Isso é porque estou olhando pelos olhos da Rainha-mãe. *Ela é Tabitha. Mas é claro! Só meu avô seria tão ousado a ponto de chamá-la pelo primeiro nome.*

O rosto enrugado, mas determinado no espelho faz uma careta.

– "*Ah meu Deus! É Sua Majestade*" seria muito mais apropriado.

Solto um gemido ao ver como fui grossa, mas a Rainha-mãe parece não ter tempo para desculpas. Ela se afasta do espelho.

– Temos de sair daqui. Se o Príncipe nos encontrar, estamos numa grande encrenca.

– A situação está muito ruim? – pergunto.

– Estou preocupada. Muito preocupada.

O medo que vem me consumindo piora um pouco mais. Da última vez que a Rainha-mãe ficou muito preocupada a ZA estava prestes a administrar a cura *errada* à Princesa, durante a Caçada Selvagem.

– O que você precisa ver? – ela me pergunta.

– A Princesa e Molly. Preciso descobrir como elas estão para poder preparar uma poção de cura.

A Rainha-mãe concorda com um sinal de cabeça, depois atravessa a parede do quarto, que dá num longo corredor.

– Você, menina, era a única que via o Príncipe como ele de fato era. Não acredito que a APC esteja por trás disso. As mudanças começaram quando minha neta se casou com ele. Olhe o estrago que esse sujeito fez em Nova. – A amargura transparece em suas palavras. – Espero que você possa detê-lo. Os Kemi nunca nos decepcionaram.

– Sua Majestade, se não se importa que eu pergunte, como vocês têm feito para que o vírus não se propague?

– Também não ando em muito boa forma – diz ela, como se sufocasse um acesso de tosse. – Então fiquei nos meus aposentos nos últimos dias. Não quero acabar como o resto. Mas, quando Ostanes entrou em contato, soube que tinha que ajudar.

– A senhora sente que sua magia está enfraquecendo? – pergunto.

A voz da Rainha-mãe adquire um tom de alarme.

– Como sabe disso? Pensei que era só porque estou ficando velha.

Para mim, é cada vez mais provável que se trate da mesma poção que Tao Kemi criou.

A Rainha-mãe faz uma parada abrupta diante de uma porta dupla toda ornamentada.

– Eles estão aqui – diz ela. – Tiveram que usar cômodos com portas, pois um dos sintomas do vírus é diminuir nossos Talentos.

– A Princesa Evelyn me disse uma vez que muitos dos cômodos usados pela Família Real não tinham portas, porque a magia deles é tão forte que não precisam delas. Podem atravessar paredes.

Ouço o barulho de uma porta se fechando atrás de nós. Sem perder tempo, entramos no cômodo.

– Oh, não! – exclamo. Mesmo a Rainha-mãe parece chocada. Através dos olhos dela, vejo sua mão tapando a boca.

Entramos num enorme salão que um dia parece ter sido um salão de baile. Há três lustres enormes no meio do cômodo e as paredes são cobertas por um requintado papel de parede adamascado. Agora o salão é um hospital improvisado. Há pelo menos trinta camas ali, cada uma com uma criança, coberta até o pescoço. Todas estão de olhos fechados. Nenhuma está gemendo ou se contorcendo de dor ou chorando.

Os olhos da Rainha-mãe examinam as crianças deitadas até que eu veja os longos cabelos castanhos de Molly, presos em tranças. Tento correr até ela, então me lembro de que estou presa dentro do corpo da Rainha-mãe.

– Ali! A senhora pode ir até a minha irmã, por favor?

A Rainha-mãe assente com a cabeça, depois anda até a cama. Inclina-se sobre minha irmã adormecida, afastando as cobertas presas com firmeza sob o colchão.

Ela coloca a mão em sua testa.

– Ela está muito quente – diz a Rainha-mãe. – Mas a expressão dela é de quem está simplesmente dormindo.

– Não é um sono normal – digo. A respiração de Molly está superficial demais. E, embora aparentemente a expressão esteja serena, quase posso ver a batalha que ela está travando interiormente, devido à leve tensão nos músculos do rosto. *Eu vou te salvar, Molly*, penso, enquanto olho para ela através dos olhos da Rainha-mãe.

A Rainha-mãe se afasta da cama. Cobre a boca para abafar um violento acesso de tosse e, quando puxa a manga do vestido, posso ver o pó branco sobre o rico tecido.

– Não posso manter você aqui por muito mais tempo. Além disso – a voz dela baixa para um sussurro –, o Príncipe vai procurar por mim. Ele quer me colocar nesse estado letárgico também.

Ouço um grito alto vindo do canto mais distante e o Príncipe Stefan irrompe no salão. Atrás dele, atravessando as amplas portas duplas, vem seu contingente de guardas, com as varinhas em punho, prontas para operar sua magia.

– Lá está ela! – grita Stefan, olhando para a Rainha-mãe com a intensidade de um laser. – A senhora precisa me deixar colocá-la no sono encantado – ele continua num tom de voz mais normal. – É a única maneira de mantê-la segura.

– Nem sobre o meu cadáver! – grita a Rainha-mãe.

– Não a deixem sair! – diz o Príncipe aos guardas.

Sinto um empurrão. A Rainha-mãe está tentando me mandar de volta.

Grito em sua mente antes que ela tenha chance de se livrar se mim completamente.

— Espere, diga uma coisa ao Príncipe por mim!

A Rainha-mãe anda pelo cômodo até ficar de frente para o Príncipe. Com as mãos, ela levanta uma barreira mágica que rebate a magia dos guardas, impedindo que ela a afete.

— Príncipe Stefan, tenho uma mensagem para você. É de alguém que pode ajudar a deter a propagação do vírus.

— Guarde-a para si. Não há ninguém que possa detê-lo.

A Rainha-mãe repete as palavras que eu digo a ela.

— Príncipe Stefan, sei que não é um vírus que está causando isso. Sei que *uma pessoa* está sugando o poder dos Talentosos. Alguém que um dia foi comum. Diga-me quem é e eu posso reverter isso. Posso salvá-los e a todos que foram afetados.

O Príncipe fica imóvel por um instante, cada músculo do seu corpo tão tenso que me pergunto se ele foi atingido por um feitiço paralisante. Então seus olhos brilham e ele ergue seus olhos de tigre. Embora eu saiba que ele está olhando para a Rainha-mãe, parece que está olhando diretamente para mim.

— Quem está falando por você? – pergunta. – Ninguém está sugando o poder dos Talentosos! É um vírus espalhado pela APC! Guardas! Temos um intruso no Palácio! Prendam a Rainha-mãe!

— Você pode ter conseguido esconder o que estava acontecendo em Gergon, Stefan – digo através da boca da Rainha-mãe. – Mas não vai conseguir esconder aqui em Nova. Deixe-me ajudá-lo.

– Não! – insiste o Príncipe.

– Minha magia está enfraquecendo – diz a Rainha-mãe para mim. – Tenho que mandar você de volta. – Ela tenta me afastar mais uma vez e, depois disso, a última coisa que vejo é a barreira mágica se desfazendo. A Rainha é atingida pelos feitiços dos guardas e desaba no chão.

Eu me vejo outra vez no meu corpo, a água fria provocando em mim um choque térmico que eu não esperava; todo o calor da água se foi. Arquejo, desesperada para respirar, sorvendo tanto ar de uma só vez que ele abafa o grito na minha garganta. Trina me puxa pelo braço e, com um único impulso poderoso, me arrasta para a borda de ladrilho.

Caio de joelhos, tossindo para expelir o líquido, que tem gosto de lama. Nada que já provei tinha um gosto tão ruim.

– O que você viu? Descobriu o que há de errado com a Princesa? – pergunta Trina, num tom de voz desesperado.

Chá de mel e capim-limão, uma poção para ajudar a acalmar a tosse. (Isso é fácil. O que temos que fazer é muito, mas muito mais difícil.)

– Sim. Ela está mergulhada num sono encantado. É definitivamente a mesma causa do que aconteceu aqui um milênio atrás. Tenho que ligar para o meu avô outra vez.

Trina me passa o celular.

Felizmente, ele atendeu no primeiro toque e seu rosto apareceu na tela.

– Vovô, funcionou! – comemoro. – Consegui ver *dentro* do Palácio.

– Fantástico! O que descobriu?

— São os mesmos sintomas que Tao Kemi descreveu. E Stefan está colocando as pessoas afetadas para dormir. Você tem alguma ideia de por que ele está fazendo isso?

— Você disse que, na história contada por Tao Kemi, a pessoa Talentosa morreu depois que seu Talento foi completamente drenado. O sono pode retardar a drenagem do Talento. Deve ser assim que ele está mantendo todo mundo vivo em Gergon.

Balanço a cabeça, sem acreditar, a mente girando. Isso é muito maior do que qualquer coisa que já enfrentei.

— Stefan não me disse quem era a fonte. Será que ele não sabe? Mas deve haver alguém, como Lian na história, que esteja causando tudo isso.

— Você não deve se preocupar com isso agora. Tem que se concentrar na cura.

— Sim. Eu me pergunto se o Waidan fez algum progresso e descobriu onde encontrar a chama da fênix. — Estremeço e só então me dou conta de que minha roupa está encharcada.

— Vi uma toalha no porta-malas do carro — diz Trina. — Vou buscar. Você vai ficar bem? É só um instante.

Assinto com a cabeça. Então mudo de posição e me sento encostada à parede, com o celular na mão.

— Vovô, mais uma coisa. A Rainha-mãe... no último minuto, foi atingida por vários feitiços paralisantes. Sua magia falhou na última hora. Não sei se ela... — Não consigo terminar a frase. Quando fecho os olhos, só vejo o vestido da Rainha fumegando. O olhar no rosto de Stefan, toda sua expressão contraída de raiva.

Vovô solta um suspiro indicando que ele compreende. Torço para que ela tenha conseguido sobreviver. Mas já estava doente e com a imunidade baixa...

De repente, tudo fica mais real. Já é a segunda vez este ano que a vida de membros da Realeza está em jogo. Mas sempre conseguimos uma solução a tempo.

Talvez não agora.

– Vovô, aconteceu... alguma coisa entre você e a Rainha-mãe?

Quando ele franze as sobrancelhas, quase consigo ver a mente do meu avô trabalhando, enquanto ele calcula quanto dessa história pode me contar. É o silêncio dele que confirma isso mais do que qualquer outra coisa.

– Já... faz muito tempo – ele diz, por fim.

– O que aconteceu?

– É a mesma velha história – ele diz, um sorriso pesaroso no rosto. – Éramos muito jovens. Muito arrogantes. E achávamos que seríamos capazes de romper o tabu. Mas uma pessoa Talentosa com sangue real não poderia se casar com um comum. Essa foi a única barreira que não conseguimos ultrapassar, um mundo de opiniões e preconceitos que não tivemos coragem de vencer. Talvez um dia alguém consiga fazer o que eu e Tabitha não conseguimos.

– Mas, primeiro, precisamos salvar os Talentosos.

– Exato. Agora me diga, onde você poderá arranjar algumas chamas frescas de fênix, e bem rápido?

CAPÍTULO VINTE E QUATRO

PRINCESA EVELYN

Onde era a sala de jantar daquele lugar? Ela estava com tanta fome! Tudo o que queria era se sentar, fazer uma bela refeição e relaxar. Mas sua barriga roncava e ela sentia um buraco no estômago. Pareceu ouvir pessoas comendo e conversando, o tilintar de talheres contra a louça, mas, cada vez que chegava em algum lugar, não via nada além de mesas vazias, sem uma única migalha que pudesse mordiscar. *Deve haver muita comida na cidade murada*, pensou. *Eu deveria ir para lá...*

– Afastem-se! – Molly gritou, suas mãos enluvadas abertas, mandando para longe os oneiros que cercavam Evelyn. – Pegue aquele ali! E aquele outro! – Cada criança usava seu objeto mágico para afugentar os oneiros. Bethany apontando uma varinha, outra criança usando um anel, e com a união de seus poderes elas conseguiam mandá-los embora, num turbilhão de nuvens brancas.

– O que aconteceu? – Evelyn estremeceu e sua fome voraz instantaneamente sumiu.

Molly parou, o rosto corado pelo esforço, a respiração ofegante.

– Os oneiros estavam todos em cima de você.

– Obrigada por detê-los – agradeceu a Princesa, tremendo ao pensar que quase tinha sucumbido. Ela achava que tinha um pouco mais de tempo, mas os oneiros eram simplesmente fortes demais.

– Hmm, tem mais uma coisa.

– O quê? – O olhar de Molly foi suficiente para deixá-la apreensiva. – Molly?

– Bem, achamos que existe uma razão para haver mais oneiros agora do que antes – A garotinha balançou nos calcanhares. – O Rei e a Rainha estão aqui.

– Eles estão? Onde? Tenho que falar com eles...

– Eles não conseguiram fugir dos pesadelos provocados pelos oneiros, então se refugiaram na cidade murada. É o único lugar onde conseguem algum alívio. Os nossos professores e todas as outras pessoas que você viu do Palácio os seguiram, inclusive aquele senhor com um nariz de águia. Todos os adultos se foram. Nossa classe não conseguiu ter bons pensamentos suficientes para afugentar todos os pesadelos. Com todas as pessoas novas que chegaram, parece que há mais oneiros agora.

– Meus pais foram para a cidade murada? Isso é ruim. Muito ruim. – Significava que só restara o Príncipe Stefan no Palácio. Ela fez uma pausa. – E a Rainha-mãe? Também veio pra cá?

Molly fez que não com a cabeça.

– Não a vi. – O rostinho da menina estava pálido.

Ela era a única esperança que lhe restava. A avó de Evelyn era forte. Quem sabe tivesse conseguido o que mais ninguém tinha e resistido?

Podia haver outra razão mais sombria para explicar o fato de a avó não estar ali. Mas Evelyn não queria nem pensar nisso. Colocou essa possibilidade de lado e voltou a prestar atenção em Molly.

– Então, quem ficou aqui?

– Só você, eu e o restante da minha classe.

Evelyn piscou, tentando visualizar a cena. Ela e vinte garotinhas de 13 anos de idade contra os oneiros – e mais quem estivesse na torre. Ela se preocuparia com o Príncipe Stefan depois que pensasse numa maneira de acordar daquele sono encantado.

– Muito bem, meninas – disse, forçando um sorriso. – Os pesadelos teriam me vencido se não fossem vocês. – Ela puxou Molly para um grande abraço.

– Ai, meu Deus! Ai, meu Deus! – exclamou Molly.

– O que foi? – perguntou a Princesa, assustada.

– Eu acabei de abraçar a Princesa! – disse a menina, numa vozinha aguda. Evelyn não pôde deixar de rir. Então Molly ficou séria outra vez. – Estamos prontas para ajudá-la, Princesa. No que for preciso.

Evelyn assentiu com a cabeça.

– Precisamos entrar na cidade murada por conta própria e descobrir quem está naquela torre. E depois vamos fazê-la vir abaixo.

Bethany olhou para a Princesa com uma expressão confusa.

– Mas não tem como entrar lá, só pelo portão de ferro.

— Não vamos por esse caminho — disse Evelyn. — Porque não queremos ficar presas lá. — Ela não sabia até que ponto a pessoa na torre tinha controle sobre os habitantes da cidade, mas nem queria descobrir. — Como vocês afugentaram os oneiros que estavam atrás de mim?

— Só encontramos um jeito — disse Bethany. — Usamos nossos pensamentos positivos para lançá-los sobre os oneiros como se fossem feitiços. Nossa magia não parece funcionar do mesmo jeito aqui, mas, se eu apontar a minha varinha para os oneiros e pensar em algo bom, como dar a primeira mordida num bolo de chocolate cremoso, parece que funciona.

Molly concordou com a cabeça.

— Acontece o mesmo comigo. A única diferença é que uso as luvas e penso ao mesmo tempo que estou montada num unicórnio.

— Isso é perfeito! — exclamou Evelyn, juntando as mãos. — Ok, temos que agir rápido, antes que mais gente chegue ao mundo dos sonhos. E também tive uma ideia. Vocês confiam em mim?

Todas fizeram que sim com a cabeça e o coração de Evelyn se encheu de orgulho pelas suas jovens súditas.

O grupo de estudantes acabou se revelando uma maneira segura de transitar pelo mundo dos sonhos, pois, como eram muitas, era fácil erguer uma barreira de proteção contra os oneiros, formada por bons pensamentos. Não muito tempo depois, elas estavam deixando o Palácio que tinham criado e estavam atravessando o espaço em branco daquele mundo onírico, em direção à cidade murada. Era como se a cidade tivesse dobrado de tamanho, desde a última vez que Evelyn a vira. E ainda havia o intimidador portão de ferro.

— Garotas, aproximem-se e olhem para mim. Vamos ter que usar a imaginação aqui. Como não quero passar pelo portão de ferro, vamos ter que atravessar o muro.

Ao ver o pavor nos olhos das crianças, Evelyn respirou fundo.

— Lembrem-se, tudo com que vocês sonharem aqui passa a ser realidade.

Então ela fechou os olhos. E, quando voltou a abri-los, estava montada num enorme dragão dourado, com asas batendo bem acima do chão e os joelhos firmes entre as espáduas do animal.

— Saquei! — disse Molly. Ela fechou os olhos até se ver montada no lombo de um unicórnio alado.

Evelyn sorriu.

— É isso aí! Você conseguiu! — Uma a uma, as outras meninas seguiram o exemplo delas, até que Evelyn e Molly estivessem cercadas de crianças montando animais alados — de um grifo feroz até outros dragões. Havia, inclusive, uma garota montando uma miniatura de avião, óculos de aviador no rosto e um cachecol esvoaçando atrás dela.

— Vamos lá! — comandou Evelyn. Ela incitou o dragão a voar com a pressão das suas pernas e logo estavam passando por cima das muralhas da cidade. Os oneiros foram ao encontro delas, com seus olhos brancos e cegos, ávidos para atraí-las para o chão, mas o grupo protegeu-se com os seus melhores pensamentos e os oneiros foram repelidos.

— Para a torre! — gritou Evelyn. E, como um pelotão, elas voaram para uma pequena janela redonda perto do topo da torre, no centro da cidade. — Saia e mostre-se! — exigiu Evelyn, enquanto o dragão batia asas, pairando no ar.

– Tudo bem, não precisa gritar! – disse uma voz aguda de dentro da torre.

Evelyn franziu a testa. Não parecia a voz de um poderoso mágico. Era a voz de uma menininha. Ela engoliu em seco quando viu uma sombra na janela, como se alguém se aproximasse. Preparou-se, caso a vozinha infantil fosse só uma armadilha.

E então, a pessoa se revelou.

Na janela, surgiu uma jovem da idade de Evelyn, usando o que parecia uma camisola do século anterior. Seus cabelos castanhos eram uma massa disforme e os olhos redondos e vítreos tinham íris verdes brilhantes. Algo nesses olhos parecia mais felino do que humano. Suas feições eram angulosas, *muito* angulosas, como se ela tivesse lâminas sob a pele, não ossos.

Evelyn percebeu algo de familiar na moça, mas não sabia dizer o quê.

– Quem é você? – perguntou, tentando manter um tom de voz forte e autoritário.

– Sou Raluca – respondeu a garota. – E logo vou ser sua Rainha.

CAPÍTULO VINTE E CINCO

♥ SAMANTHA ♥

De volta ao complexo, Trina e eu nos sentamos ao redor da mesa. Mamãe, papai e vovô juntaram-se a nós, na tela do meu laptop. Na minha frente, está o meu diário de poções, onde estou examinando a fórmula que Tao Kemi me passou. Com exceção das chamas da fênix, os outros ingredientes são relativamente comuns:

A base é uma mistura de água-de-lótus com água de uma fonte da cordilheira de Hallah.

Raiz de gálio e mel de pulgões, uma substância pegajosa que mantém a chama de fênix incorporada à poção.

Pó-de-duende, para ajudar a passar a poção no corpo e auxiliá-lo a se recuperar do influxo da magia. (Espero que, se eu aumentar a quantidade de pó-de-duende, isso possa ajudar os Talentosos afetados a se recuperar do influxo de magia, também.)

Pós de esmeralda e rubi, para facilitar a absorção no sangue.

O Waidan já está trabalhando na mistura de água-de-lótus para a base, seguindo as instruções de Tao Kemi. Estou feliz por não estar preparando a poção sozinha, especialmente porque tenho uma leve suspeita de que Tao Kemi não revelou integralmente e fórmula da cura. Estou grata por ter alquimistas experientes à minha volta para consultar.

– Então você acha que pode salvar Molly? – pergunta mamãe, depois que eu expliquei o que vi no Palácio. O alívio em seus rostos quando ouviram que minha irmã parecia estável foi palpável, mas o mesmo posso dizer da apreensão, quando ouviram sobre o sono mágico.

– Sim – eu digo. – Tenho que acreditar nisso. E, mamãe, aconteça o que acontecer, não saia de casa. Não quero que fique doente também. Parece que basta um toque de alguém doente para que o contágio ocorra.

Mamãe balança a cabeça, discordando.

– Se eles me deixarem ver Molly, ameaça de vírus nenhum vai me deter.

– Mas, mãe... – O olhar no rosto dela me impede de falar. É uma batalha que não vou vencer. Eu me calo, comprimindo os lábios numa linha fina. – Sabemos agora exatamente qual é o problema e temos a fórmula da cura. Essa cura supostamente é para quem está drenando a magia, mas eu posso adaptá-la para que ajude todos os Talentosos afetados. Para ajudá-los a recuperar seu poder mágico. Depois Zain pode levar a nossa cura para o Palácio. – Pensar em Zain faz o meu coração pesar no peito, mas sou obrigada a concordar que ele tinha razão. É bom que tenha voltado para Nova. Ele só precisa ter cuidado para não contrair a doença.

– Mas primeiro você precisa encontrar a chama da fênix – me adverte Trina.

— Sim, eu sei – digo a ela, me encolhendo ao me dar conta da realidade. As fênix são criaturas extremamente raras, furtivas e também protegidas. A maioria dos ingredientes de fênix é desidratada, não fresca, e precisamos que eles sejam os mais frescos possível. Isso torna a poção mais poderosa. Temos o benefício de estar perto do vulcão, seu hábitat natural. Mas o que preciso é de um Coletor experiente para me ajudar. — Você conseguiu falar com Kirsty? – pergunto.

Mamãe faz que não.

— Ela sumiu depois do pronunciamento do Príncipe contra a APC.

Eu temia isso. Felizmente conheço outras pessoas que podem me ajudar nessa tarefa.

— E Anita e Arjun? – Eles são meu time de elite. Arjun é um Coletor em treinamento, mas só tenho a agradecer pela ajuda que me deu na Caçada Selvagem e no Tour Real, pois é mais experiente do que muitos Coletores mais qualificados. Se houver justiça neste mundo, ele será um Mestre Coletor assim como eu sou uma Mestra Alquimista. E Anita, se quisesse, poderia ser uma alquimista como eu e o pai dela. Mas preferiu ser médica, administrar curas, em vez de ser alquimista, alguém que prepara as poções para curar. Sua habilidade para diagnosticar doenças tem um valor inestimável para mim, assim como sua capacidade para me impedir de surtar.

— Tão logo soubemos que Kirsty não estava disponível, procuramos colocar Anita e Arjun num avião o mais depressa possível. Principalmente depois das restrições de viagem que foram anunciadas. Eles pegaram um dos últimos voos para fora do país.

Solto um suspiro de alívio.

– As coisas estão ficando feias em Nova, hein? – eu digo, mordendo o lábio. – Tenham cuidado, por favor. Stefan não me viu no Palácio, mas sabe que alguém estava espreitando através dos olhos da Rainha-mãe. Ele pode aparecer na loja atrás de mim.

– Vamos ter cuidado – diz papai. – E você nos prometa que vai fazer o mesmo. Sabemos que essa missão é sua e que você é a pessoa mais indicada para cumpri-la. Mas isso não nos deixa menos preocupados.

– Eu sei. – Sinto um nó na garganta e não consigo falar mais nada. Graças aos céus, meus pais logo se desconectam.

Mei e o Waidan chegam do laboratório e olho para eles com expectativa, aguardando notícias. O Waidan sorri.

– Temos quase tudo que é necessário para ajudá-la a preparar a fórmula. Só falta a chama da fênix.

– Você disse que há uma fênix vivendo no Yanhuo? – pergunto a Mei.

– Eu disse que há rumores de que uma fênix viveu lá um dia.

– Mas, como o vulcão está mais ativo, isso pode ser um sinal de que existe uma fênix vivendo lá outra vez, não pode? – pergunto, meu tom de voz traindo meu desespero.

– Pelo menos é um lugar por onde podemos começar a busca – diz Mei, tentando me animar.

Fito o meu diário. Pelo menos, desta vez, preparar a poção vai ser algo *relativamente* fácil. Tenho a fórmula e o *know-how* e os recursos dos laboratórios de Jing à minha disposição. Logo Anita e Arjun vão estar comigo e tenho muito a fazer antes que eles cheguem.

Dai entra correndo, dizendo algo rapidamente no seu idioma nativo. O Waidan ergue uma sobrancelha e pega o controle remoto da TV. Mei traduz para nós.

— Precisamos assistir a uma transmissão. Aparentemente são outras notícias do Palácio.

Mais uma vez o rosto do Príncipe Stefan aparece na tela. Odeio o modo como ele parece olhar diretamente para mim. Cruzo os braços e o desafio com o meu olhar, através da tela.

— *Temos notícias trágicas do Palácio esta noite. A APC continua seus ataques violentos ao Palácio, desta vez atingindo a Rainha-Mãe. Ela está em condições críticas agora e pedimos à nação que reze pela sua recuperação. Espero que, em minha próxima transmissão, eu tenha notícias melhores, sobre a captura do responsável. Boa noite, Nova.*

Em seguida, um jornalista com uma expressão chocada entra no ar.

— *Bem, pessoal, estas foram as últimas notícias do Palácio. Esperem só um segundo!* — O jornalista coloca uma mão sobre o ouvido. — *Senhoras e senhores, vamos trazer com exclusividade para os telespectadores do Notícias Nacionais de Nova, uma fotografia da Rainha-mãe, dentro do Palácio. Já vou avisando que a foto pode ser perturbadora, por isso aconselhamos que tirem as crianças pequenas da frente da TV agora.*

Passam-se alguns instantes e todos ofegamos diante de uma foto da Rainha-mãe em que ela está caída no chão.

— Stefan é o único que pode ter deixado essa foto vazar! — digo, indignada. — Não posso acreditar que ele está culpando a APC por esse ataque, sendo que *ele* é o único responsável!

— Sinto meus pelos eriçarem e minha determinação ficar ainda mais forte. Alguém precisa detê-lo antes que ele perca completamente o senso.

– Não consigo mais ouvir isso – desabafa Trina. – Ele está tentando deixar o país dividido, jogando comuns e Talentosos uns contra os outros. Mas, Sam, você não só tem de encontrar a cura como precisa fazer algo para detê-lo. – Os dedos de Trina digitam no laptop a toda velocidade. – Essa foto vai se espalhar pelo mundo todo como fogo no palheiro. Mas você pode armar um contra-ataque.

Olho para ela sem entender.

– Como?

– Você pode contar a todos de Nova que Stefan está errado. Que não é a APC que está por trás da disseminação desse "vírus". Uma breve notícia sobre isso enviada através do drone já seria bem convincente.

Pisco, aturdida.

– Não foi tão convincente assim para Daphne Golden...

– Então você deveria filmar uma introdução para acompanhar a notícia. Pode mandar o vídeo pela internet e, com a minha ajuda, com certeza ele vai se tornar viral.

– O quê? Mas... eu não posso... – digo, sacudindo a cabeça.

– A sua irmã também foi contaminada. As pessoas vão ouvir você. Vão se sentir tocadas.

Hesito, sentindo nos ombros o peso da indecisão.

Trina suspira.

– Até agora, o povo de Nova só ouviu notícias transmitidas pelo Príncipe. Você pode oferecer a todos algo mais. Um rosto que as pessoas conhecem ou em quem confiam, sejam comuns ou Talentosas. Você está tentando salvar todo mundo, lembra? Eles vão ouvi-la.

Tudo o que ela diz faz sentido, mas tenho algumas desconfianças que não posso ignorar. Uma coisa me deixa apreensiva. Minha dificuldade de comunicação. Não tenho dom para falar em público.

Antes de fazer qualquer coisa, tenho que entrar em contato com Kirsty. Uma dúvida me consome desde que vi o rosto do Príncipe Stefan na TV. Ele não me disse quem é a fonte da doença, mas será que não disse por que realmente não sabia?

E agora não consigo deixar de me perguntar: será que a APC não sabe mais do que aparenta saber?

CAPÍTULO VINTE E SEIS

♥ SAMANTHA ♥

Entro no escritório do Waidan, fecho a porta e me sento em sua escrivaninha. Abro a Connect no meu laptop e procuro o nome de Kirsty na minha lista de amigos. Estou prestes a dar um tiro no escuro, principalmente porque nem meus pais conseguiram encontrá-la, mas preciso tentar tudo que está ao meu alcance. Abro várias janelas, fazendo uma busca em todos os sites e blogs que ela costuma frequentar. Com sorte, consigo mandar uma mensagem e fazê-la saber que estou tentando entrar em contato. Quase instantaneamente ela entra em contato comigo pela sala de bate-papo da Connect.

Kirsty: SAM!!!! Nem sei o que dizer, mas seria com muitos, muitos pontos de exclamação! Onde você está?

Sam: Oi, Kirsty! Estou em Zhonguo. Pode abrir o programa de conversa por vídeo?

Kirsty: Não, o Príncipe poderia me rastrear no ato. É melhor usarmos a Connect, porque a base fica fora de Nova, por isso não é tão fácil para ele me rastrear. O Príncipe não tem controle sobre essa plataforma.

Sam: Estou feliz que esteja bem. Fiquei preocupada quando meus pais disseram que você tinha sumido. Tenho uma pergunta pra te fazer.

Kirsty: Manda.

Sam: Eu preciso saber: a APC tem alguma coisa a ver com o vírus do Palácio?

Kirsty faz uma longa pausa enquanto fico roendo as unhas de expectativa. Leio na tela o aviso irritante: "*Kirsty está digitando...*", mas ou ela está escrevendo uma mensagem realmente longa ou está escolhendo muito bem as palavras.

Kirsty: Não, não temos nada a ver com isso.

Até que enfim ela respondeu. Solto um suspiro alto.

Sam: Graças a Deus!

Kisrty: Estamos no escuro como todo mundo. Caramba, Sam! Pensei que você fosse a última pessoa que acreditaria nas mentiras do Príncipe. Você realmente acha que eu colocaria a sua irmã em perigo? Estou saindo. Fui!

Sam: Não, espera aí!

Aguardo alguns segundos e, quando percebo que Kirsty não desconectou, presumo que ela vai me dar mais uma chance.

Sam: Só tinha que perguntar para ter certeza absoluta. Mas sei quem está por trás do "vírus".

Kirsty: Então desembucha!

Sam: Não é vírus coisa nenhuma. É uma pessoa. Alguém com capacidade para sugar o poder mágico dos Talentosos. O único problema é que eu não sei quem é.

Hesito por um instante. Quero escrever mais (Até começo a redigir uma sentença: "Algum comum tomou uma poção para se tornar Talentoso"), mas não sei se esse é o tipo de informação que quero espalhar por aí.

Kirsty: ...

Gostaria de poder ver a expressão de Kirsty agora. Não faço ideia do que ela está pensando.

Kirsty: Sam... Você está querendo dizer que todos os Talentosos que forem afetados vão perder seu poder? Inclusive a Princesa?

Sam: Sim. Mas estou quase descobrindo a cura...

Kirsty: O quê? Existe uma cura? Mas essa pode ser a oportunidade perfeita para nós! Se todos os Talentosos perderem seu poder, vai passar a haver, instantaneamente, mais igualdade neste mundo.

Agora é a minha vez de ficar em silêncio. Não posso acreditar no que estou lendo na tela. Minha sorte é que não precisei responder, porque Kirsty está digitando tão rápido que mal consigo acompanhar.

Kirsty: A quem mais você contou isso?

Kirsty: Posso te pedir para não contar a mais ninguém antes que eu possa me preparar?

Kirsty: Sei que a sua irmã é uma das pessoas que foram contaminadas. Então sei que você precisa dessa cura. Mas isso é exatamente o tipo de coisa que estávamos esperando.

Kirsty: A oportunidade para mostrar aos Talentosos, para *provar* a eles, que precisam de nós. Que não são tão fortes quanto pensam que são. Foi isso que aconteceu em Gergon também? Não é nenhuma surpresa, então, que eles tenham escondido.

Kirsty: Sam? Você está aí? Tem outra coisa que você precisa saber.

Tamborilo os dedos na borda do teclado. Essa conversa toda me deixou muito desconfortável. Não sei se dou mais corda para Kirsty e deixo que me conte essa "outra coisa". Mas, por fim, acabo deixando.

Sam: O que é?

Kirsty: O Palácio está tentando nos silenciar, está colocando bloqueios em todas as mídias, mas você precisa saber. O Palácio flutuante está ficando visível do chão durante cerca de uma hora por dia. A magia real está enfraquecendo. Você sabe o que pode acontecer se ela falhar de vez. Se está tentando encontrar uma cura e conter esse vírus antes de que seja tarde demais... posso dizer que já é tarde demais. Se a magia que cerca o Palácio acabar, ninguém mais vai confiar na Família Real de Nova.

Eu me desconecto do bate-papo, antes que possa dizer alguma coisa que só piore a situação. Já consegui minha resposta: a APC não está envolvida. Mas isso não significa que eles não possam tirar vantagem da situação quando os ventos soprarem a seu favor.

Os acontecimentos estão saindo do controle. Só de pensar que o Palácio flutuante está perdendo sua magia...

A APC vai culpar a Família Real.

A Família Real vai culpar a APC.

Serão comuns *versus* Talentosos, num combate feroz.

Não posso deixar que a situação chegue a esses extremos. Talvez Trina esteja certa, no final das contas. Talvez eu tenha que me pronunciar a respeito. Posso dizer às pessoas que existe algo mais por trás de tudo isso. Uma terceira parte. Um inimigo real.

Isso pode nos unir.

A mesma confiança que consegui inspirar no povo noveano, na ocasião da Caçada Selvagem e do Tour Real, pode ser decisiva agora. Só espero que a minha reputação não esteja muito manchada.

Vale a pena tentar.

Volto para a sala de estar.

– Tudo bem, Trina. Estou pronta.

Ela salta da cadeira, os cabelos ruivos e brilhantes voando como chamas.

Definimos que vamos filmar assim como fazemos no documentário. Escolhemos uma parede escura e improvisamos a iluminação com uma luminária de um dos laboratórios e um pedaço de cartolina, que ela enrolou ao redor da lâmpada para direcionar o foco de luz. Agora que não há mais nenhum Talentoso por perto para fazer a câmera pairar no ar, equilibramos o drone sobre uma pilha de livros, para que a lente fique na altura dos meus olhos.

Subitamente, isso parece muito diferente do estilo de filmagem que eu estava fazendo antes. Eu achava que poderia falar alguma coisa sobre o meu passado, mas percebo que agora tudo que eu preciso fazer é trazer as pessoas para o presente.

Se quisermos que este vídeo exerça algum impacto, ele tem de viralizar antes que Kirsty e a APC anunciem qualquer coisa sobre o Palácio.

Respiro fundo e me preparo para começar. *Eu posso fazer isso.* Olho diretamente para a câmera e começo a falar.

CAPÍTULO VINTE E SETE
♥ SAMANTHA ♥

Long-shi está fervilhando. Apesar da atividade crescente do vulcão, a vida continua seguindo normalmente na cidade, pois as pessoas daqui estão acostumadas a viver em perigo. Enquanto as sirenes não tocarem, elas não evacuarão a cidade. Mei me diz que as notícias de Nova chegam aos principais meios de comunicação de Zhonguo, mas elas vêm de tão longe, e existem tantas informações contraditórias, que é difícil fazer o povo prestar atenção ou entender a gravidade da situação.

— Até que a coisa chegue à nossa porta, ninguém vai se importar ou compreender.

Assinto com a cabeça, mesmo sentindo um aperto no peito ao pensar nisso. Se o poder mágico dos Talentosos continuar a diminuir e isso sair do controle, pode ser perigoso para todo mundo.

— Em Nova acontece o mesmo. Se as coisas estão acontecendo em outras partes do mundo, as pessoas não estão nem aí.

O Waidan foi pegar Anita e Arjun no aeroporto e também tentar encontrar um guia local para nos levar ao vulcão, mas todo mundo fica relutante em subir até a boca, agora que o Yanhuo está em plena atividade. Meus olhos vagam até o cone do vulcão que se assoma sobre a cidade. Rolos de fumaça branca sobem da abertura, o que me enche de pavor e ao mesmo tempo me lembra de que ainda há tempo. O vulcão não entrou em erupção ainda. Ainda existe a chance de vermos uma fênix que tenha feito um ninho ali, atraída pelo calor feroz. Mas, mesmo que encontremos a fênix, coletar sua chama será um desafio. Lembro-me de quando assisti Kirsty coletando uma chama de dragão. Ela quase foi carbonizada! Coletar uma chama de fênix deve ser igualmente difícil.

Chamas de fênix, mais voláteis do que as penas, são um ingrediente conhecido pela sua capacidade de restaurar o equilíbrio natural das coisas. Acrescento uma anotação mental: *podem ser usadas em poções para deter o roubo do poder mágico.*

É estranho pensar que, desta vez, sei exatamente que poção preciso fazer. O difícil vai ser conseguir administrar a cura a tempo em todas as pessoas afetadas. Sinto um gelo no estômago quando penso na magia do Palácio enfraquecida e na minha irmã presa a um sono encantado e na Rainha-mãe, que arriscou a vida para me ajudar. Há pessoas contando comigo. Não posso decepcioná-las.

Graças a Deus, Zain vai estar no Palácio. Tudo que eu preciso fazer é encontrar esse ingrediente.

Mei e eu estamos em Long-shi, tentando encontrar todo o equipamento necessário. Fiquei acordada a noite inteira pesquisando, lendo o livro das criaturas das Selvas de Zhonguo que trouxe comigo e tentando não pensar no fato de que meu vídeo já está circulando na internet e sendo visto por milhões de pessoas. Trina postou-o nas primeiras horas da manhã, quando será a hora do *rush* em Nova. Sei que eu deveria dormir bem à noite, mas é impossível. Minha mente não descansa, não importa quantas vezes eu respire fundo e tente relaxar. Estou no meio de um turbilhão de acontecimentos. Meu coração martela no peito e só um pouco de leitura engana a minha mente, fazendo-a achar que estou sendo produtiva e me dando um pouco de descanso.

Mas não preciso fazer muita pesquisa quando se trata da fênix. Ela sempre foi a minha criatura mágica preferida, além de ser uma das mais raras, algo que nunca pensei que veria na vida real. Estou a par de quase tudo que se conhece sobre essas criaturas, desde a melhor maneira de me aproximar delas, até onde vivem, o que comem, o tamanho médio da sua envergadura (ela mede quatro metros, pelos registros). Sei que são uma das únicas criaturas que reagem à fala humana. Que são nobres, solitárias e detestam desequilíbrios (e é justamente por essa razão que são o símbolo da alquimia). Temos um recipiente com penas desidratadas no estoque da nossa loja para preparar poções. Não foi Kirsty quem as coletou, tivemos de comprar de um alquimista que estava fechando as portas em Nova Nova. Elas não são muito usadas em poções.

Se você fosse uma Coletora de verdade, descobriria um jeito de levar penas para casa, além das chamas. E talvez as cinzas também, se estiverem espalhadas pelo chão.

Volto para o tempo presente, quando Mei sai de uma mercearia com dois pacotes de com uma mistura de castanhas.

– Sei que não está planejando ficar no vulcão por muito tempo, mas a escalada é extenuante. Você vai precisar de muita energia para chegar lá.

– Ótima ideia, obrigada.

– Então, já pegamos tudo?

– Acho que sim.

– Então vamos voltar para o complexo. Seus amigos devem chegar em breve.

Percorremos a pé a curta distância até o laboratório e meu coração quase para quando avisto o carro do Waidan no estacionamento.

– Sam? – ouço Anita antes de vê-la.

– Vocês chegaram! – grito, largando no chão as sacolas que tinha nas mãos. Quase derrubo Anita e Arjun com o meu abraço, quando aparecem no pátio. Os dois irmãos são o meu porto seguro.

Meu mundo.

Caio no choro.

– Ei! – diz Anita. – Nada de choro. Estamos aqui agora.

– O que precisamos fazer para salvar o mundo desta vez? – pergunta Arjun, esfregando as mãos.

Enxugo os olhos e sorrio.

– Estão prontos para escalar um vulcão?

– Achei que nunca ia perguntar! – graceja Arjun, sorrindo para mim.

Apesar de todos querermos partir o mais rápido possível, quando se trata da nossa segurança, todo cuidado é pouco. Sem um guia oficial, temos de confiar apenas nas minhas pesquisas e na intuição de Arjun. Passamos as primeiras horas dentro do complexo, preparando juntos o nosso kit de escalada.

– Acha que isso cabe em você? – pergunta Arjun, mostrando o que parece um manequim daqueles usados em testes automobilísticos, mas na verdade é um macacão.

– Uau! Talvez. – Seguro o traje de corpo inteiro sob o pescoço. Ele encosta no chão, então assinto com a cabeça. – Acho que vai servir.

– Ótimo. Pelo visto, também vamos precisar de *crampons* para a neve. Pode ter gelo no pico do vulcão.

– Ah, pode apostar! Mei e eu compramos alguns na loja de escalada da cidade. Mas será que vamos precisar mesmo? Não é superquente na boca do vulcão?

– Sim, mas há também uma geleira lá em cima. Andei lendo as anotações de viagem de outros Coletores que escalaram o Yanhuo, embora sejam antigas. Não há muitas informações úteis. Sem um guia... vai ser difícil saber qual é a rota mais segura. Nosso objetivo é subir e descer o mais rápido possível. E vai ser uma grande aventura, considerando que são quase dois mil pés de altitude.

Engulo em seco. Não sou exatamente uma fã de academias e, até a Caçada Selvagem, nunca precisei fazer nada fisicamente extenuante. Mais uma vez, Anita vai ser nosso apoio na base, enquanto Trina vai continuar vasculhando a internet, em busca de dicas sobre quem pode ser a fonte. Qualquer boato sobre uma pessoa comum que de repente passou a ter poderes mágicos vale a pena investigar (não que haja muitos circulando por aí).

– Benditos dragões! O seu vídeo ultrapassou a marca dos cem mil acessos! – comemora Trina.

Mal posso acreditar.

– O quê? Está de brincadeira!

– Não estou, não. Parece que está todo mundo compartilhando depois de assistir. Venha dar uma olhada.

Nós nos amontamos dentro do pequeno escritório, onde Trina montou um arsenal de equipamentos eletrônicos que me assombra. Ela acha que os equipamentos de alquimia são complicados, mas para mim são brinquedos de criança se comparados com o labirinto de fios, monitores e dispositivos com bipes e luzes que vejo na sala, em torno dela.

A própria Trina está totalmente absorta em meio à parafernália, a boca apertada numa linha, os fones de ouvido sobre a massa de cabeços ruivos. Nós nos distribuímos ao redor dela, olhando para o imenso monitor. Ela põe meu vídeo para rodar e vejo que o editou, acrescentando trechos das notícias falsas que circulam por aí, para que todo mundo saiba do que estou falando. Faço uma careta quando vejo meu rosto na tela e inconscientemente aliso o cabelo, me perguntando por que não pedi um minutinho para penteá-lo antes de filmar.

– Ficou ótimo, Sammy! – diz Anita, apertando meu ombro. – Você falou tão bem e de um jeito tão natural! Como alguém que realmente acredita no que está falando.

– Eu acreditaria em você – disse Arjun, concordando com a irmã.

– Obrigada, gente. Só acho que fiquei parecendo meio... desleixada. Não sei se eu mesma confiaria em mim...

– Eu confiaria – garante Anita. – Iria pensar: agora temos alguém que se preocupa mais em descobrir a verdade do que em fazer um vídeo com o cabelo arrumado.

Eu abro um sorriso.

– Se você acha...

Ouço a minha própria voz saindo pelos alto-falantes. *Somos de Nova – todos nós, Talentosos ou comuns. Essa não é uma conspiração de comuns para controlar os Talentosos. Essa não é uma conspiração de Talentosos para oprimir os comuns.*

Eu me encolho por dentro.

– E quais foram as reações?

Trina dá de ombros.

– Neste momento, são tanto boas quanto ruins. Muito ceticismo, como já se esperava. Mesmo assim, você é tão convincente que as pessoas estão compartilhando adoidado. Pelo menos sabem que você está buscando uma cura. Uau! Está chegando a quase mil acessos por minuto! Esse vídeo está realmente se tornando viral!

Fecho os olhos por um segundo e espero o medo passar. Não posso pensar nisso. Não tenho tempo para me preocupar se as pessoas estão acreditando em mim ou não. É hora de me certificar de que vou cumprir a promessa de encontrar a cura e preparar uma poção que realmente funcione.

A voz de Arjun me arranca dos meus devaneios.

– Ok, você tem as suas próprias botas, certo? Já peguei picaretas, lanternas, luvas, gorros, vários metros de corda, recipientes que suportam altas temperaturas e hermeticamente fechados para coletarmos a chama, laços para as armadilhas, gelo em pó para o caso de aparecerem lagartos-de-lava, óculos, máscaras de gás...

— Máscaras de gás? — eu o interrompo.

— Bem, vamos entrar no coração do vulcão. Não dá pra saber o que vamos encontrar lá embaixo. Estou esquecendo alguma coisa?

— Petiscos? — pergunto.

— Peguei — diz Anita, colocando uma série de barrinhas de cereal sobre a mesa. Franzo o nariz ao ver as embalagens amarrotadas. Elas costumam não ter gosto de nada, nem parecem comida de verdade. — Ei, não torça o nariz para as barrinhas! Elas vão tirar a sua fome e podem resistir basicamente a qualquer tipo de desastre, natural ou mágico!

— As castanhas de Mei parecem bem melhores.

— Não se preocupe. Peguei também.

— Certo. Prefiro as castanhas. Na verdade, é melhor pegar um pouco mais do que você acha que vamos precisar. Lembra de quando fiquei presa na montanha com Zain, depois da avalanche? Mataríamos para ter ao menos uma barrinha dessas... Queria que ele estivesse aqui para nos ajudar com isso.

— Vou me lembrar de sempre enfiar uma dessas nas suas coisas — diz Anita com um sorriso. — Ninguém te aguenta quando está ficando com fome.

Faço uma careta para ela de brincadeira e nós duas rimos. É muito bom poder quebrar a tensão. Os músculos dos meus ombros estão tão rígidos e cheios de nós que parecem feitos de pedra. A risada descontrai e reduz a dor.

— Sente falta dele, né? — Anita pergunta, lendo meus pensamentos como só uma grande amiga é capaz.

Abro um sorrisinho, mas ela não se convence. Anita pega a minha mão e a aperta. Isso quase acaba com a minha determinação de bancar a forte.

– Sei que é muito melhor que ele esteja lá, trabalhando na ZA, mas gostaria que estivesse aqui. Estou preocupada com ele. Estou preocupada com a minha mãe. Com todo mundo.

– Sei como é. Este é um desafio e tanto, não?

– Nem me fale. Talvez o maior que já enfrentamos.

Ela concorda com um breve aceno de cabeça e a boca numa linha rígida.

Trina fala em seguida:

– Estou causando interferência em todos os sinais eletrônicos que partem daqui para que nossa localização não seja rastreada. E hackeei o drone para que você pareça estar numa parte diferente do mundo cada vez que o vídeo é carregado. Isso deve manter todo mundo longe daqui por enquanto.

Anita improvisou um suporte para o drone, usando elásticos de cabelo e uma pulseira de relógio. Agora ele está fixado na alça superior da minha mochila e pode capturar tudo que eu vir durante a jornada. Quero ter uma prova irrefutável de que estou me esforçando para ajudar Nova.

– Também troquei o cartão de memória por outro com mais capacidade. Deve ser o suficiente.

– Estamos planejando subir e descer em doze horas – diz Arjun. – O plano *não* é acampar no vulcão nem ficar mais do que o necessário.

– Leve isso também – diz Trina. Ela nos entrega dois pequenos objetos pretos que se parecem com botões. – Vão servir como dispositivos de rastreamento, mas só usem em caso de emergência, porque o sinal pode ser captado fora dos nossos canais.

– Entendi – digo. Acho que estamos prontos, então.

Na manhã seguinte, visto logo cedo o macacão e as botas.

Os primeiros raios de sol já estão começando a iluminar o céu escuro, roxos e azuis surgindo como hematomas. Precisamos iniciar nossa caminhada em breve. Não haverá atalhos para o que estamos prestes a fazer.

Arjun verifica o seu dispositivo para localizar eventuais alpinistas pela centésima vez, mesmo sabendo que somos os únicos exploradores do vulcão em séculos. Ninguém mais vai ter visto uma fênix por aqui. Vamos basicamente às cegas. É mais provável, no entanto, que a fênix esteja perto do lugar onde foi criada a poção para conferir Talentos. A natureza tem uma maneira de propiciar a cura perto de onde ela é necessária. Assim como as folhas de menta, um ótimo remédio para queimaduras, crescem perto das urtigas ou as flores do gênero *Impatiens* florescem perto da hera venenosa, muitas vezes um veneno e seu antídoto são encontradas lado a lado. É só uma questão de saber onde procurar.

Minha primeira providência é vestir uma camiseta de manga longa. Embora estejamos a caminho das profundezas de um vulcão, é mais provável que lá esteja frio, não calor. E preciso proteger a minha pele o máximo possível. Quem sabe que tipo de toxinas haverá no ar?

É mais difícil vestir o macacão do que eu imaginava, em parte porque ele é extremamente rígido e grosso em torno dos joelhos e dos cotovelos. Imagino que caminhar vestindo um desses não vai ser fácil. Estou quase terminando quando ouço uma batida na porta.

– Posso entrar? – pergunta Anita do outro lado da porta.

– Claro! – respondo.

– Ah, me deixe ajudar você com isso – diz ela. Minha amiga corre para o meu lado e me ajuda a ajeitar o traje nos meus ombros. Por fim, fecha o zíper na parte de trás. Quando terminamos, ele parece mais leve, agora que o peso está distribuído pelo meu corpo. – Sente-se bem? – ela pergunta, quando me viro de frente.

– Morta de medo. Nervosa. Ansiosa. Só quero conseguir o ingrediente e voltar o mais rápido possível.

– Nós também – diz Anita com uma risada. – Mas você conseguiu, Sam. Pense em tudo que fez este ano. Agora é só enfrentar um vulcãozinho de nada.

Solto uma risada ao mesmo tempo que sinto o meu corpo estremecer.

– E você vai ter a chance de ver uma *fênix*! – diz Anita, maravilhada. Os olhos dela estão arregalados quando se fixam nos meus, e deixo que o assombro da minha amiga me contagie. Ela entende. Foi Anita quem desenhou para mim a minha primeira imagem de uma fênix. Não tenho nenhum dom artístico, mas o desenho que ela fez ficou perfeito: o cintilar das penas cor de laranja brilhantes, em meio às chamas vermelhas e amarelas; os olhos pretos marmóreos. Ainda tenho esse desenho pendurado sobre a minha cama, numa moldura.

– Você já preparou tudo para quando eu voltar, certo? Pode ser que tenhamos de fazer essa poção juntas.

– Vou ser a aprendiz da Grande Mestra Alquimista – diz Anita com uma piscadinha.

– Não diga isso.

– Estou falando sério! Você é incrível, Sam. E é a única deste planeta que pode fazer alguma coisa por Nova. Agora, o que me diz de calçar as botas?

Respondo com um aceno de cabeça, depois me sento na beirada da cama. Enquanto calço as botas, deixo as palavras de Anita afundarem dentro de mim e formarem uma redoma em torno do meu coração; uma proteção contra a dúvida que ameaça corroer a minha alma a cada instante. Isso é o que fazem os grandes amigos. Eles não só elevam o nosso ânimo, mas nos dão força para continuar, mesmo nos momentos mais sombrios. A amizade de Anita, seu amor, torna-se a armadura que uso em todo tipo de batalha: exterior e interior.

Jamais conseguirei expressar tudo o que a confiança de Anita significa para mim.

Botas com os cadarços amarrados, eu me levanto da cama com energia renovada.

– Estou pronta! – anuncio.

– E estaremos prontos para recebê-los quando estiverem de volta.

CAPÍTULO VINTE E OITO

❤ SAMANTHA ❤

— Ultimamente, só ando fazendo poções para dormir... – diz a voz entrecortada de Zain, do outro lado da linha. Consegui ligar para ele antes de partirmos para a escalada do vulcão, mas a ligação está péssima. Já é tarde da noite em Nova e de manhã bem cedo aqui onde estou.

— Alguma notícia?

— O Príncipe ainda está tentando esconder que o vírus, quer dizer, o roubo do poder mágico, está afetando o Palácio flutuante. Falta muito tempo para você conseguir a cura? Vou pensar em alguma desculpa para ver a Princesa, assim posso acordá-la para ministrar a sua cura.

— Vamos partir agora para ver se conseguimos encontrar a fênix.

— E se não conseguirem? – Zain faz a pergunta que estou tentando evitar.

— Vamos procurar em outro vulcão. Pesquisar em outros lugares. Anita está tratando disso — digo, com mais confiança do que sinto. — E você? Está tomando cuidado?

— Estou tentando. Eles nos fazem usar aquelas roupas especiais que protegem contra contaminação, por isso não entro em contato com a pele dos infectados quando vamos vê-los. Só que alguns ficam apavoradas com a ideia de tomar a poção do sono e tentam fugir do Palácio. Os guardas do Príncipe pegaram um casal de servos Talentosos prestes a escapar.

— Ah, meu Deus! — Só porque alguns servos são pegos, isso não significa que outros já não tenham conseguido fugir. — Procure ficar muito atento. Agora preciso ir. Estamos quase no mosteiro.

— Boa sorte! — ele diz. — Amo você.

— Amo você também. — Desligamos.

Posso ver que Arjun está ficando nervoso. Balança a perna sem parar no banco de trás, ao meu lado e seus dedos ficam tamborilando alguma música imaginária nos joelhos. Minha vontade é agarrar a mão dele e fazê-lo parar, mas preciso deixar que extravase todo esse nervosismo. Na opinião dele, precisaríamos de pelo menos mais uma semana para nos preparar apropriadamente para explorar o vulcão. Sentimos um tremor de terra quando estávamos saindo, mas nada muito forte. O suficiente para sacudir as xícaras nos pires, mas não para derrubar os livros das estantes. É um lembrete de que a escalada que temos pela frente não é nenhuma brincadeira. Por outro lado, eu me sinto absolutamente calma, com a respiração tranquila e compassada. Devo ter tomado, sem saber, algumas gotas de uma poção calmante junto com o chá desta manhã. Qualquer coisa para manter a sanidade.

O Waidan nos deixa em frente ao mosteiro, mas dali em diante temos que seguir a pé. Não há estradas até a boca do vulcão e nenhum carro conseguiria subir a encosta íngreme e acidentada.

– Não atraiam a ira dos deuses! – ele diz de um jeito agourento, quando partimos.

– Hmm, tenho certeza de que não temos nenhum controle sobre o que acontece nesse vulcão... A natureza vai demonstrar a sua ira, mesmo que eu não tenha nada a ver com isso. – Agora provavelmente não é hora de ser petulante com a pessoa que está me ajudando tanto, mas não consigo me conter: os avisos dele estão espicaçando meus nervos já espicaçados...

Saio do carro antes de dizer algo mais ofensivo e ergo os olhos para o vulcão. É como o desenho de uma criança: um triângulo se erguendo em direção ao céu, encimado por uma nuvenzinha branca. *Não, Sam, não é uma nuvenzinha branca. É gelo e neve. Um lance perigoso.*

Arjun já está com uma bússola na mão, conferindo nossa localização.

– No passado, os Coletores subiam a encosta seguindo uma trilha que ia um pouco para o oeste. Vamos seguir a mesma rota, já que não podemos subir a montanha em linha reta, obviamente. Por isso vamos ter que caminhar meio que em zigue-zague.

– Vamos começar logo a andar ou posso perder a coragem.

Arjun se vira para mim e solta uma risada, seu rosto mal aparecendo sob o capuz de esquiador e a jaqueta fechada até o queixo.

– Você é quem manda!

A primeira hora de caminhada não é tão ruim. Embora seja sempre uma subida, o chão é sólido sob as minhas botas: só lama, uma camada de terra e uns poucos arbustos baixos. Para passar o tempo, Arjun e eu cantamos musiquinhas que aprendemos nos acampamentos de verão quando éramos pequenos. Embora Anita seja minha melhor amiga, Arjun sempre estava presente, fazendo o papel de meu irmão mais velho, enquanto eu tinha que fazer o papel da "irmã mais velha" responsável, em casa. Sempre era eu que cuidava de Molly, a filha que assumia o controle quando meus pais estavam ocupados, que ficava na loja e assumia mais responsabilidades do que preciso. Mas Arjun era sempre quem assumia a responsabilidade por mim – por Anita e por mim, aliás. Sou grata por ter um amigo como ele.

Fizemos uma pausa depois da primeira hora de caminhada, para tomar um gole d'água.

– Uau! – exclamou Arjun, olhando por cima do meu ombro.

Eu me viro para trás e tenho que concordar com ele. Já estamos bem no alto agora, quase na metade do caminho, e à nossa volta o céu está cada vez mais claro. As faixas púrpuras e azuis agora adquirem matizes vibrantes de violeta e vermelho, tingindo o céu como se fossem pintadas pelo pincel de uma criança. As cinzas que o vulcão lança pela boca parecem intensificar as cores de um nascer do sol normal.

– Vamos – diz Arjun. – Quero chegar o mais alto possível para ter luz suficiente quando precisar procurar o melhor caminho até o topo.

Assinto com a cabeça, tomando um último gole de água.

A próxima hora é muito, mas *muito* mais difícil. O chão sob os nossos pés agora não é mais lama endurecida, mas um mar de pedrinhas redondas e escorregadias. De repente, sou forçada a usar músculos da parte interior das coxas que talvez nunca tenha usado, e isso só para me manter de pé. Arjun abreviou o nosso zigue-zague, de modo que a subida está muito mais íngreme, e às vezes ele tem que parar para me ajudar quando fico para trás. Percebo agora por que o meu traje, o esquisitíssimo macacão estofado e as luvas, é tão importante. Acabo tropeçando e caindo de joelhos mais vezes do que a minha dignidade permitiria, e, se não estivesse usando proteção, minha pele estaria em frangalhos.

– Essa escalada nunca vai ter fim? – grito para Arjun, que vai na minha frente, tentando encontrar a melhor rota. Meu orgulho só não está tão ferido porque posso ver que ele está sem fôlego também e apoia as mãos nos joelhos quando acha que não estou olhando. Estou usando uma picareta de escalada como cajado, para me apoiar, e a mantenho sempre na vertical, mudando-a de lado cada vez que alteramos a direção do zigue-zague.

– Vai ter fim, mas não acho que você vá gostar muito quando chegarmos – ele responde.

Poucos metros acima, Arjun para e, com um rompante de energia que vem de algum lugar bem lá no fundo de mim, não sei de onde, corro pela encosta da montanha para alcançá-lo. Só então vejo o que ele quis dizer. À nossa frente, os pedregulhos se misturam com o gelo, recoberto com uma camada de cinzas. O branco é sujo e encardido e, embora eu ouça as botas triturando o cascalho, o chão é muito mais escorregadio.

– Acho que vamos ter que usar os *crampons* pra conseguir mais aderência – diz Arjun.

Concordo com relutância e preparo as pontas de ferro para fixá-las nas botas. Os *crampons* aderem horizontalmente ao chão, nos ajudando a andar em terrenos muito inclinados.

– É só você dar passos mais largos – ele me lembra quando me vê tentando me equilibrar sobre as pontas, as garras metálicas batendo uma na outra quando troco o passo e, pela segunda vez, quase me fazendo tropeçar.

Mais fácil falar do que fazer.

Para quem vê de baixo, pode não parecer, mas cada passo na geleira é duas vezes mais difícil do que no cascalho da base. Não só por causa do gelo, mas porque a trilha também ficou muito mais íngreme, a ponto de às vezes me dar a sensação de que estou caminhando inclinada para a frente. Para me distrair da árdua caminhada, repasso com Arjun tudo o que sei sobre a fênix.

– Ela é uma criatura que não tem um ciclo de vida e morte normal, é isso que faz dela uma criatura tão interessante.

– Qual é? Mais interessante do que o abominável? – ele contesta. – Os abomináveis *nunca* morrem. Ser imortal não é melhor do que poder renascer?

– Mas como pode ser melhor? As fênix vivem uma vida inteira, crescem, envelhecem e morrem. Elas podem viver milhares de vidas e evoluir em cada uma delas. E ninguém faz ideia de como elas são criadas. Tudo que sabemos é que têm uma ligação com os vulcões.

– Então são meio parecidas com as pérolas de sereia.

– Como assim?

— Bom, toda pérola cresce dentro da concha de uma sereia, mas nem toda concha de sereia tem um pérola. É por isso que tantos Coletores não estão nem aí para a fênix. Imagine ter de procurar em cada vulcão deste mundo para ver se vão encontrar uma fênix. Impossível! Agora, os garudas, por outro lado...

— Ah, qual é? O fato de serem raras torna as fênix ainda mais interessantes. Os garudas... são praticamente papagaios.

— Para com isso, o garuda é muito legal. É um pássaro solar brilhante como o fogo e ainda tem uma cabeça humana, três olhos, asas, braços e pernas!

— Tudo bem, tem razão. Mas as fênix ainda são as minhas preferidas.

— Talvez você mude de ideia depois de hoje... — ele diz. E, embora eu faça uma careta para ele, tenho que concordar. A cada passo que damos, até conversar fica mais difícil. É difícil até lembrar como usar meus músculos, que dirá pensar numa boa resposta ou num comentário espirituoso.

Consulto o relógio. Já faz três horas que partimos. O sol agora está alto no céu, seus raios incidindo inclementes sobre nós, que me faz admirar essa geleira pela sua tenacidade. Como ainda não derreteu? Embaixo de todas aquelas camadas de roupa, de todo aquele esforço e calor, estou suando em bicas.

— Estamos... quase lá – diz Arjun à minha frente, e tenho que admitir que fico feliz ao ouvir o cansaço em sua voz. Isso faz com que eu não me sinta tão mal por estar tão fora de forma.

Sei que deveria ter me dedicado mais às minhas aulas de educação física. Mas o que posso fazer? Sempre fui um rato de laboratório alquímico e ninguém nunca me trouxe uma daquelas rodas bonitinhas para eu ficar correndo dentro dela.

Surge uma grande pedra no nosso caminho, que aparentemente foi expelida do centro da Terra. Com o impulso que Arjun me dá para que eu possa subir sobre ela, sou a primeira a transpô-la.

E o primeiro gole de ar que sorvo enche os meus pulmões com fogo ardente. Sem pensar duas vezes, volto de ré pela pedra e desço de qualquer jeito até o chão, quase derrubando Arjun.

– Sam? O que foi? Qual o problema?

Eu tusso e gaguejo até sentir que meus pulmões vão explodir. Minhas mãos massageiam a garganta, tentando fazer a dor passar. Meus olhos lacrimejam e mal consigo falar.

– Ovos podres – digo, por fim. – E vinagre. Ou ácido.

– Pelos dragões!... Precisamos de máscaras de gás. Deve haver um escape de gás em algum lugar por aqui. Ah, Sam, mas pense nisso como um sinal de que estamos *bem* perto do cume agora!

Sorvo um pouco mais de ar, mas não consigo respirar direito ainda. Arjun olha pra mim e suas sobrancelhas se unem.

– Você está bem? Estamos bem no alto agora... Não está sofrendo os efeitos da altitude, está?

Sentada no gelo, tomo um grande gole de água e, agora que a dor diminuiu, tento respirar fundo algumas vezes.

– Está tudo bem.

Arjun se ajoelha na minha frente e olha nos meus olhos.

– Nenhuma dor de cabeça? Tontura? Se sentir qualquer um desses sintomas, damos meia-volta e vamos embora.

Nego com a cabeça. Nem me lembrava da questão da altitude, o que é uma estupidez, considerando minha última experiência numa montanha. Zain não ficaria nada feliz comigo. Mas tudo tem sido muito tumultuado.

— Espere! – peço. – Você tem mais daquele chá que o Waidan preparou para nós? Tenho certeza de que ele tem um cheiro de folhas de coca. Pode ajudar com a questão da altitude.

Arjun estende a mão para trás e pega o cantil no bolso lateral da mochila.

— Acho que ainda tem um pouco.

— É melhor tomarmos antes de pôr as máscaras de gás.

— Tem razão. – Ele desenrosca a tampa e me passa o cantil. Assim que tomo o chá, começo a pensar com mais clareza e agradeço em voz baixa ao Waidan pela magia que ele preparou para nós, não importa qual. Até a minha garganta parece melhor. Tenho a impressão de que vou precisar de vários galões desse chá quando voltarmos para Long-shi.

— Depois que chegarmos ao topo, qual é o plano? – pergunto. Suponho que já sei qual é, mas preciso de mais alguns minutos para descansar e respirar.

— Achamos um lugar seguro para prender a corda e começamos o que eu acho que será uma descida segura até a cratera do vulcão. Depois procuramos indícios de um ninho de fênix nas paredes da cratera: penas caídas, pedacinhos de quartzo brilhante que parecem fora do lugar, esse tipo de coisa. Vou ajustar meu cronômetro para sete minutos. Mesmo com essas máscaras de gás e com toda a proteção contra o calor, não convém ficar mais do que isso dentro da cratera. Sacou? Nem um minuto a mais! Se não encontrarmos a fênix em sete minutos, vamos voltar outro dia com um equipamento melhor e um grupo maior.

— Entendi – digo. – Coloco a máscara no rosto e prendo a borracha entre os dentes. Levo um segundo para regular a respiração. É como mergulhar com um cilindro de oxigênio. O mesmo ar viciado e a mesma sensação de claustrofobia, sabendo que não posso respirar sem o equipamento. Mas, depois de alguns segundos, a sensação passa.

Arjun faz um sinal, avisando que, desta vez, vai passar pela pedra antes de mim. Entrelaço os dedos, fazendo um degrau para ajudá-lo a subir. Depois que está lá em cima, ele estende o braço para baixo e me puxa. Eu me preparo, esperando respirar o ar ardente, mas, graças à máscara, o ar que entra nos meus pulmões está inócuo. O cheiro nojento de ovo pobre, no entanto, continua. Não sei nem se conseguirei sobreviver mais um minuto inteiro, que dirá sete.

No entanto, não tenho tempo de pensar nisso, porque Arjun dá um passo na direção da cratera e um buraco se abre sob os nossos pés.

Um segundo depois, ele se foi.

CAPÍTULO VINTE E NOVE

♥ SAMANTHA ♥

— Arjun!!! – grito. Mas tudo que consigo é fazer um ruído que se assemelha a um gato sendo estrangulado e embaçar o visor da máscara. Vou aos tropeços até onde vi Arjun pela última vez e vejo o buraco aberto no chão no ponto em que cedeu sob o seu peso. A borda começa a estremecer sob os meus pés também e eu me jogo para trás, contra a grande pedra.

— Arjun! – grito outra vez, mas o vento açoita meu rosto, abafando qualquer som que ele possa estar fazendo em resposta ao meu grito.

Pense, Sam, pense!

Desenrolo a corda da minha cintura. A pedra é o objeto mais firme que vejo por aqui, então ela vai ter que servir. Abraçando a pedra, aos poucos consigo passar a ponta da corda ao redor dela, até alcançá-la do outro lado. Depois que ela está em volta de toda a circunferência da pedra, faço um dos nós que aprendi no acampamento de verão. Meus dedos tremem, mas ordeno que parem de tremer. Todo segundo que perco com a corda é um segundo que deixo Arjun lá embaixo sozinho – machucado ou talvez pior do que isso (embora eu me recuse a pensar nessa possibilidade). Minha mente salta de um pensamento a outro como uma pedra quicando na água. Se ela afundar, posso nunca mais voltar à tona.

Depois de chegar à conclusão de que a corda está *relativamente* segura, dou alguns puxões nela para testar. Não sai do lugar. Acho que vai aguentar. Enrolo uma ponta na cintura, prendendo-a numa das travas de escalada.

Depois deito de barriga no chão e tento deslizar os pés pela borda do buraco.

Está escuro como breu lá embaixo. Estendo o braço e acendo minha lanterna presa à cabeça, para vasculhar a escuridão. Acho que localizei Arjun em meio à areia e à fumaça que se levantou com o impacto da queda. Ele está deitando em posição fetal, alguns metros abaixo. Quero gritar para ele, avisando que estou quase chegando lá, mas não me atrevo a tirar a máscara para não correr o risco de sentir o gás ardente na garganta outra vez. Em vez disso, ligo e desligo a lanterna algumas vezes, esperando que ele capte a mensagem.

Jogo uma ponta da corda no buraco, satisfeita por ter conseguido, pois não enxergo quase nada lá embaixo. É incômodo fazer as coisas usando luvas grossas, então arranco uma com os dentes para conseguir mais agilidade. Ela mergulha na escuridão. Depois de me certificar de que fiz um nó que vá aguentar o meu peso enquanto desço pela caverna, sento-me na borda do buraco. Dou um último puxão na corda, só para me precaver. Minha determinação para ajudar Arjun me faz superar qualquer medo ou dúvida que ainda tenha. Penduro-me na corda, sustentando nela todo o meu peso, e começo a descer.

A corda desliza pela minha mão enluvada, de modo tão lento e estável quanto consigo. Procuro fixar os olhos num ponto da parede rochosa na minha frente, tentando não girar nem perder o senso de orientação. Quando ouço o que me parece um suspiro de Arjun, procuro ir um pouco mais rápido, embora saiba que a minha corda pode não chegar até o chão.

Felizmente, tenho corda suficiente. Meus pés alcançam o chão com um baque e eu me equilibro com dificuldade, desfazendo o nó o mais rápido possível. Corro até onde está Arjun e viro seu corpo de costas delicadamente. A máscara de gás está virada de lado, mas posso ver que ele ainda está respirando. Coloco a máscara de volta no rosto do meu amigo e ele respira fundo. Lentamente, seus olhos se abrem e meu coração bate aliviado.

Aos poucos eu o ajudo a se sentar, sustentando suas costas com meus braços. Quando ele fica mais ereto, tira a máscara e eu arregalo os olhos, alarmada.

– Não se preocupe – ele diz num sussurro baixo. – Não é tão ruim aqui quanto lá em cima. O vento deve ter trazido o gás tóxico de outro lugar. – Ele tosse de repente e estremece. – Está tudo bem – me tranquiliza. – Só estou um pouco sem fôlego.

Tiro os braços das costas de Arjun e ele continua ereto. Afrouxo a minha própria máscara, afastando-a da boca e deixando-a abaixo do queixo. Respiro pela primeira vez, testando o ar, e, embora o cheiro de ovo pobre persista, aqui ele é muito mais sutil. Não sinto nenhuma ardência na garganta, então respiro de novo, agora mais fundo.

Estamos vivos.

Agora temos que descobrir onde estamos.

Arjun também acende a lanterna e damos uma olhada em torno, para ver onde caímos. O chão à nossa volta está fumegando levemente, pequenas colunas de fumaça serpenteando através do chão lodoso. Quando estendo a mão enluvada até ela, parece quente. Olho em volta para ver se localizo minha luva perdida e agradeço aos céus quando a vejo caída não muito longe dali. Há vários fragmentos afiados de rocha por ali nos quais não quero me cortar.

– Minha nossa! – exclama Arjun. Quando vejo, tenho que concordar com ele. As paredes estão salpicadas com grandes faixas de pedras verdes e amarelas, algumas delas com um brilho oleoso. É como se as próprias paredes fossem feitas de pedacinhos de vidro negro, que refletem a luz das nossas lanternas. De todos os lugares que já vi este ano, este é o mais sinistro de todos. Nem as cavernas de Gergon se comparam com isso.

– Olhe ali. – Aponto para um local atrás de Arjun. – É uma espécie de túnel.

– Um túnel de lava – ele explica, virando o pescoço para confirmar. – É um lugar por onde a lava um dia fluiu e escavou uma trilha na pedra. Dá pra ver que tem lava seca no chão também. Pode ser um bom sinal. Se seguirmos o túnel, ele pode nos levar até a cratera – só que um pouquinho mais abaixo do que pretendíamos.

Dito e feito. Quando voltamos nossas lanternas para o chão do túnel, ele parece não ter a mesma textura de lama do da caverna. Parece mais encrespado, como ondas negras que congelaram com o tempo.

— Posso apostar que você não usou um nó kamikase — diz Arjun, dando um puxão na corda que deixei pendurada desde a borda do buraco.

Mordo o lábio e balanço a cabeça, confirmando as suspeitas dele.

— Não... não aprendi a fazer esse nó.

— Tudo bem. Ele é perigoso... por isso o nome. Isso significa que só podemos contar com a minha corda.

Ele tem razão. Por causa do tipo de nó que dei, não há como recuperar a minha corda. Se eu tivesse sido mais esperta e pensasse um pouquinho, poderia ter feito um nó que pudéssemos desfazer depois. Mas, para isso, seria preciso dividir a corda ao meio antes de descer, e eu não sabia se teria corda suficiente para subir depois. Quando pensei em Arjun caído no chão, sabia que não teria forças — nem coragem — para fazer isso.

— Bem, felizmente, não vamos precisar de mais corda para isso — diz Arjun, abrindo um sorriso encorajador, embora eu saiba que ele está preocupado. Agradeço seu esforço da mesma forma.

— Vamos seguir pelo túnel? — pergunto.

— Vamos.

É muito mais quente dentro da caverna do que fora, e sem o vento, o silêncio é aterrador. Mas um pouco mais à frente, localizo algo que me faz soltar um gritinho. Minha lanterna ilumina uma longa pena caída no chão. Bem, pelo menos a haste central e alguns fiapos de uma pena, pois o resto parece incinerado. Lembro-me, porém, de que as penas de fênix são altamente inflamáveis quando expostas ao ar, exceto quando ainda estão na própria fênix. Essa é outra razão por que é tão difícil trabalhar com elas e por que temos recipientes especiais para guardá-las.

– Acho que estamos chegando perto – digo, pegando a pena entre os dedos. Deposito-a num dos recipientes que trouxemos conosco, pois qualquer coisa que venha de uma fênix pode ser usada numa poção. – Isso significa que existe um ninho aqui por perto. – A empolgação faz a ponta dos meus dedos formigarem.

– Procure pedras que parecem fora do lugar – diz Arjun. – A fênix costuma trazer com ela pedras de outras partes do mundo para fazer o ninho.

Faço que entendi e continuo andando, até chegar ao fim do túnel, que se abre exatamente para o que esperávamos: a enorme cratera no topo do vulcão. Mal posso acreditar que este é o mesmo lugar que estivemos contemplando desde a nossa chegada a Long-shi. O pico do poderoso Yanhuo. Inclino a cabeça para trás e vejo quanto são altas as paredes da cratera. É como se alguém tivesse tirado a parte de cima do vulcão com uma colher de sorvete.

O sol brilhante fere meus olhos, depois de ficarmos tanto tempo no túnel escuro. Nuvens de fumaça sobem da caldeira – um buraco escancarado na cratera, que parece a parte mais ativa do vulcão.

O túnel de lava tinha se aberto no meio das paredes, portanto ainda tínhamos que fazer um pequeno trajeto para baixo, antes de chegar ao chão da cratera em si.

O vulcão troveja e agarro a mão de Arjun. Do buraco fumegante, temos o primeiro vislumbre do verdadeiro poder do vulcão: a lava explode, alcançando vários metros de altura, num jorro de fagulhas vermelhas e douradas. Se eu não estivesse com tanto medo, poderia imaginar que estamos num festival wiccano de celebração do Meio do Verão.

Arjun assobia baixo.

– Espero que a gente não tenha que chegar muito perto disso.

– É seguro ficar aqui? – pergunto.

Ele dá de ombros, o que está longe de ser uma resposta reconfortante.

– Não dá pra saber? Vamos procurar logo essa fênix e dar o fora daqui.

– De acordo.

Andamos vários metros aterrorizantes desde a entrada do nosso túnel até o fundo da caldeira. Em vez de olhar para baixo, observo em torno, tentando ver algum indício do ninho da ave mágica.

– Ali adiante! – digo, apontando para a parede da caldeira, um pouco mais abaixo. Há uma pedra cor-de-rosa brilhante presa à parede. Está muito longe para eu ver com clareza, mas parece fora do lugar. Pode ser um ninho. Arjun força a vista enquanto olha naquela direção, depois tira da mochila um binóculo.

Ele está sempre preparado para tudo. Faz um aceno de cabeça em resposta.

– Acho que você tem razão. Se conseguirmos chegar lá, podemos montar as armadilhas.

– Vamos precisar escalar a parede até lá, não é? – pergunto, engolindo seco.

– Positivo. – Arjun tira a sua corda do cinto, depois começa a passá-la em volta de uma coluna quebrada de lava endurecida. Ela não me parece firme o bastante, especialmente quando ele corta a corda dentro do nó. Arjun me olha nos olhos. – Não se esqueça. Você tem que manter a tensão na corda o tempo todo até lá. Se deixar a corda frouxa, nem que seja por um instante, ela se soltar. Vamos querer que isso aconteça uma hora, mas não enquanto estivermos pendurados nela.

– Entendido – respondo.

– Vou primeiro, assim vou poder ficar de olho enquanto você desce.

– Tudo bem, obrigada – digo, aliviada por não ter de ir primeiro e preocupada com a possibilidade de deixar Arjun preso ali, caso aconteça algo com a corda. Mantendo a tensão da corda com uma mão, ele enfia a corda na trava de escalada que tem na cintura, depois, sem hesitar, começa a descer em direção ao fundo da caldeira.

Ele desce com facilidade, sem me dar muito mais tempo para pensar. Repasso na cabeça tudo o que preciso fazer e então começo a descida. Depois de alguns metros, meus pés tocam o chão. Arjun está na minha frente, segurando a corda. Ele a afrouxa e dá um puxão com força. O nó lá no alto se desfaz e, como ele tinha cortado a corda em duas, a parte maior dela cai aos nossos pés, o que significa que ainda temos muita corda conosco, se precisarmos dela no futuro. Genial.

Um estrondo nas profundezas do vulcão faz a lava jorrar da caldeira e corremos na direção do que parece um ninho de fênix. Quando nos aproximamos, posso ver que estávamos certos: há um aglomerado de cristais de quartzo derretido na parede da cratera que não poderia estar ali por acidente. Misturado a ele há uma massa indefinida que parece madeira e cinzas, junto a uma pedra mais saliente na parede. Um pouco mais atrás há uma gruta grande o suficiente para ocultar uma fênix. A parede é quase tão lisa quanto vidro, provavelmente derretida e resfriada várias e várias vezes pelo calor das chamas das penas da cauda da fênix. Mas não há como subirmos até o ninho.

Arjun tenta usar os *crampons* como estacas em miniatura, mas a lava endurecida é tão sólida que ele não consegue nem arranhá-la.

– Não adianta – digo, quando ele bate na parede com o pé pela terceira vez, na tentativa de fazer uma parte desmoronar. Ele só vai conseguir quebrar o dedão do pé desse jeito. – A fênix pode nem estar lá. Pode ficar dias fora do ninho cada vez que se afasta.

– Eu sei – diz Arjun. – Vamos ter que chamá-la de volta.

O vulcão troveja novamente e desta vez nos faz cair de joelhos. O buraco fumegante, que parece tão longe de nós, de repente parece estar bem perto, quando solta outro jato de lava incandescente. Os jatos lançados à maior distância estão a poucos metros de nós, tão perto que podemos ouvir a lava chiando quando entra em contato com o chão relativamente frio. O buraco também solta um gás mais nocivo e Arjun e eu tossimos até recolocar nossas máscaras.

Passamos a nos comunicar apenas com os olhos. Posso ver que os de Arjun estão cheios de um pânico não dissimulado – e aposto que os meus expressam o mesmo. Coloco as duas mãos no chão, que está quase quente demais para ser tocado, e mentalmente grito para o vulcão: "NOS AJUDE!", mentalizando o que está acontecendo em Nova.

Penso nas antigas lendas que conheço. Não é isso que é ser alquimista? Estudar aqueles que fizeram o mesmo percurso alquímico antes de nós, aprender com seus erros, mas também nunca esquecer seus sucessos.

A fênix é uma criatura com um grande senso de justiça.
Odeia o abuso de poder.
Não tolera mentiras.
É sensciente e mais antiga do que todos nós. Tem de tomar suas próprias decisões.

— Vou usar a chama para deter o roubo dos poderes mágicos dos Talentosos! Para deter quem quer que esteja tentando pegar para si uma magia que não lhe pertence.

Não sei se a fênix pode me ouvir ou não, mas um estrondo que parece emanar do centro da própria Terra enche meus ouvidos.

Um brilho quase me cega e cubro o rosto com os braços bem a tempo. Fico encolhida no chão como uma bola, até sentir Arjun puxando meu cotovelo.

— Sam! Sam! Precisamos das armadilhas, rápido!

Olho para cima com um sobressalto. Ao nosso redor, tremula uma chama verde pouco natural. *A chama da fênix.* Fico de pé com dificuldade, ao mesmo tempo que retiro um dos frascos presos ao meu quadril. Coloco-o delicadamente no chão, enquanto Arjun desenrola o carretel de fita que estamos usando como um tipo de fuso.

Depois que está tudo pronto, Arjun atira a ponta da fita na chama. Ela pega fogo e a chama corre pela fita até ficar aprisionada dentro do frasco. Arjun salta na direção da armadilha e tampa o frasco.

— Peguei! — grita. — Vamos sair daqui!

Mas eu não quero vir até aqui, chegar tão perto de uma fênix e ir embora sem vê-la.

Embora parte de mim saiba que é loucura, fico parada onde estou.

– Por favor! – grito para o ar. Meus olhos ardem com a intensidade da fumaça que está saindo da caldeira.

Arjun está procurando uma rota de fuga, um lugar por onde possamos sair da cratera. Ele se arrisca, tirando a máscara, e grita para mim:

– Sam, temos que ir! Isso vai explodir!

Caio de joelhos.

– Por favor – imploro uma última vez.

A única resposta é outro rugido do vulcão.

Ah, deixa pra lá!, penso eu. *Já abusei demais da minha sorte.*

O buraco explode novamente, e desta vez não é uma chama verde-esmeralda que jorra de lá, mas lava quente e vermelha. Ela começa a se derramar da caldeira, borbulhando como ouro fundido e espalhando-se pelo chão. Fico paralisada ao ver a rapidez com que ela se desloca, a rapidez com que se aproxima de mim. A fumaça surge do buraco como um trem a vapor. *Corre, Sam, corre!* O meu instinto de sobrevivência finalmente fala mais alto e corro para Arjun, os braços impulsionando a corrida.

Ele já está seguindo a toda por uma faixa estreita de lava endurecida, que só leva até cerca da metade da parede da cratera; um caminho natural para lugar nenhum. De lá, começa a escalar. Eu o sigo, correndo o mais rápido que posso.

Solto um suspiro de alívio quando o vejo tentando subir com dificuldade uma borda de pedra no topo da parede, antes de se voltar para me ajudar. Ele me estende um pedaço comprido da corda e eu o agarro. Mas Arjun não vai conseguir me puxar sozinho. Vou ter que escalar.

Não sou muito boa nisso. Na parte superior do corpo, tenho a força de um tiranossauro. Ainda assim, sei que preciso tentar. Enfio as luvas no bolso e cravo os dedos nos pequenos buracos que encontro na lava áspera e irregular, tão diferente da lava lisa e porosa do chão da cratera. É doloroso escalar a parede, mas pelo menos é possível.

O problema é que ela está queimando meus dedos. Toda a cratera está fumegando e a lava preta absorve o calor mais rápido do que qualquer coisa que já vi.

– Não consigo! – grito para Arjun. – Está quente demais!

– Consegue, sim! – ele grita de volta, lá de cima. – É só dar bastante impulso.

Eu solto uma risadinha e começo a escalar – minhas coxas estão tremendo, todos os músculos reclamam. O suor deixa minhas mãos pegajosas e juro que posso sentir as chamas dançando nas poças de lava perto dos meus calcanhares. Fecho os olhos, desejando por um segundo estar em qualquer lugar menos ali: escalando a encosta da cratera de um vulcão ativo, carregando no bolso a chave para salvar a vida de minha irmã, com a opção de levar meu corpo além dos seus limites ou morrer num rio de lava derretida.

Esse segundo é tudo que dou a mim mesma.

Cerro os dentes e grito novamente, mas desta vez, enquanto grito, reúno toda a força e todo o poder que ainda restam nos meus membros enfraquecidos. Meus dedos escorregam na parede rochosa, mas eu os cravo um pouco mais na rocha, implorando para que cooperem. Dou dois grandes impulsos com as pernas e chego perto o suficiente da borda para que possa agarrar o pulso de Arjun. Ele agarra o meu também, e com um puxão e outro impulso que dou, consegue me içar até a borda fria da superfície da geleira.

Da mochila, ele tira em seguida dois grandes discos de plástico.

– Para que servem? – pergunto, com os olhos arregalados de alarme.

– Temos que sair daqui antes que essa coisa toda exploda – ele diz. – E sabe qual é o jeito mais fácil? – Ele me passa um dos discos, antes de se sentar sobre o outro. – Deslizar até lá embaixo. – Sem esperar mais um segundo, ele enfia as mãos na neve e dá impulso, descendo a geleira sobre a lâmina redonda.

– Você só pode estar brincando! – digo, antes de me sentar no disco e deslizar atrás dele.

CAPÍTULO TRINTA

♥ SAMANTHA ♥

Anita está esperando por nós no mosteiro, a bordo de uma grande picape. Tão logo nos vê descendo a encosta do vulcão meio correndo, meio escorregando, ela dá partida no motor. Voamos para o banco de trás e desabando no estofamento, nossos corpos cheios de adrenalina e mortos de exaustão.

– As sirenes de alerta começaram a tocar na aldeia e eu surtei! Tive que vir aqui para ter certeza de que vocês estavam bem. – Ela dá uma breve olhada para trás. – Conseguiram o ingrediente?

Respondo que sim, tirando o frasco preso ao meu cinto e colocando-o entre os pés, para protegê-lo com minhas botas pesadas.

– Conseguimos! – respondo.

– Graças aos dragões! – exclama Anita.

Ouvimos uma explosão atrás de nós e uma coluna de fogo se ergue da caldeira, em direção ao céu. Não precisamos de mais incentivo. Anita afunda o pé no acelerador e voamos montanha abaixo, enquanto uma fumaça preta escurece o dia, como um crepúsculo ao meio-dia.

Eu me viro no banco e observo a coluna de fogo enquanto nos afastamos a toda velocidade. Embora o brilho intenso das chamas ofusque os meus olhos e provoque halos brancos quando pisco, continuo olhando. Esperando. Até que... acho que a vejo: a silhueta de um pássaro contra o fogo... batendo asas, com uma cauda de penas e um longo bico curvado. Pode ser a minha imaginação ou o meu desejo intenso, mas para mim é uma fênix revelada pela explosão.

Com as bênçãos da fênix, seu fogo ao nosso lado, como podemos falhar?

A menos que o que estamos prestes a enfrentar seja mais forte do que nós, diz meu cérebro inquieto. *Estamos trabalhando nessa cura há cinco minutos. O roubo de energia mágica já acontece há meses.*

A pessoa que está fazendo isso... parece agir por desespero. Um mal desesperado.

Bom... o bem pode ser desesperado também.

Irei a extremos se preciso.

E não medirei esforços.

Farei qualquer coisa para salvar minha irmã. Meus amigos. Meu país.

Portanto, pode vir, Mal. Veremos quem é mais determinado.

— Ei, está tudo bem? — Arjun pousa a mão sobre a minha, que tinha fechado em punho com força.

— Vamos conseguir fazer isso, não vamos? — pergunto, olhando bem dentro dos olhos dele.

Ele aperta a minha mão.

– Relaxa, ok? Esta é a parte em que você vai brilhar. Estamos todos nessa com você.

– Isso mesmo, nós dois somos seus aprendizes – diz Anita. – Quando nós três estamos juntos, não há nada que não possamos fazer.

– Só queria saber o que estamos enfrentando... – Agora que não posso mais ver a fênix, volto a me reclinar no banco.

– Eu também – diz Anita.

– Bem, vamos descobrir – diz Arjun. – O que você já sabe? Que isso obviamente afetou Gergon antes de qualquer outro lugar e começou em algum momento do ano passado. Portanto, vamos começar por Gergon.

– Sim. E alguém roubou a página onde estava a fórmula da cura. Depois, por algum motivo, o mal se espalhou por toda a Gergon, afetando inclusive a Família Real. Mas eles tinham Emília Thoth e ela foi capaz de criar algum tipo de remédio que impedia que ela própria e Stefan se contagiassem, enquanto o estivessem tomando.

Só a menção do nome dela já me causa um calafrio, mas lembro a mim mesma que Emília está morta. Não pode mais nos ferir.

– Por que ela os ajudou? – pergunta Anita, franzindo o nariz.

– Stefan disse que a recrutou. Ela provavelmente devia algum favor a ele.

– Ok, então eles deviam estar procurando uma cura também – deduz Arjun.

– Sim. Na época do Tour Real, quando estávamos atrás da *Aqua Vitae*, Emília estava agindo contra a Família Real de Gergon, isso era óbvio. Ela se rebelou contra eles quando viu que estavam fracos. Ela só tinha uma chance. E a usou, mas não contava que iríamos atrapalhar seus planos.

— Os comuns de Gergon são tão oprimidos! Agora posso ver por que estavam tão desesperados para ser Talentosos — comenta Anita.

Minha amiga tem razão. Os comuns são notoriamente oprimidos e rejeitados em Gergon. Os alquimistas são os únicos comuns vistos com um pouco de respeito, e isso porque o povo não confia nas poções sintéticas. Não aceitou as modernidades, como o resto do mundo. Vejo o ceticismo nos olhos de Arjun também.

— Ou talvez alguém esteja pensando numa maneira de tornar os comuns mais poderosos. Sabe, um jeito de tirar o poder dos Talentosos e transferi-lo para outra pessoa, um pouco como aconteceu com a Princesa quando ela se casou — reflete Arjun.

— Isso parece mais provável — diz Anita.

— Deve ser isso — digo. — Tem como essa picape andar mais rápido? Precisamos dessa cura o mais depressa possível.

— Deixa comigo! — diz Anita. Ela afunda o pé no acelerador um pouco mais.

Há, no entanto, um pensamento lá no fundo do meu cérebro que não posso ignorar. Um vislumbre de *outra* coisa que vi nos olhos tigrados de Stefan, quando eu era sua prisioneira, mas pensava que ele tinha vindo me resgatar. Quando penso em tudo o que me fez passar, meu coração endurece e não consigo sentir nenhuma simpatia por ele.

— Quem sabe, depois que conseguirmos curar a Princesa, e Stefan estiver preso pelos crimes que cometeu contra os comuns, ele volte para Gergon e a gente se livre dele para sempre – disse Arjun.

Esse pensamento revira meu estômago. O povo de Gergon não merece esse Príncipe, assim como nenhum outro povo do mundo.

Chegamos à aldeia, onde as sirenes ainda estão tocando. Algumas pessoas estão carregando seus veículos para evacuar o lugar (eu seria uma delas, se morasse no sopé de um vulcão). Mas, quando entramos no complexo do laboratório de Jing, tudo está em silêncio.

– Não devíamos estar evacuando este local? – pergunto a Mei, que vem correndo ao nosso encontro. Eu, na verdade, espero que não. Esse laboratório é a melhor chance que temos de fazer a cura a tempo.

Ela faz que não com a cabeça.

– De acordo com o nosso sistema de monitoramento, apesar da atividade sísmica, ainda estamos abaixo do limiar de evacuação. Então... vocês conseguiram?

Confirmo, segurando na mão o frasco da armadilha. Ela solta um suspiro de alívio. Nós a seguimos até a sala principal do laboratório e, quando o odor de ingredientes derretendo e poções borbulhando no fogo atinge as minhas narinas, instantaneamente meu corpo relaxa.

O Waidan desvia os olhos de um caldeirão sobre o qual está inclinado e olha para mim, erguendo as sobrancelhas.

– Conseguimos! – digo com um sorriso.

– Não brinca! – Trina vem correndo da outra sala com o tablet nas mãos. – Maravilha! Veja, nosso plano funcionou!

– Como assim? – Coloco o frasco com a chama da fênix sobre a mesa e viro para ver o que ela está me mostrando no tablet. Na tela está o vídeo que postamos antes de partirmos para o vulcão. Ele já teve mais de um milhão de acessos e esse número aumenta a cada instante. – Caramba! Sério?

– Sim, aparentemente ele foi transmitido por uma grande agência de notícias, mas depois pararam de divulgá-lo. O Palácio deve ter feito pressão. Stefan continua tentando impedir que os websites transmitam o vídeo, mas toda vez que faz isso consigo um jeito de burlar a ordem dele. Ele pode ter uma equipe de TI muito boa, mas pode acreditar, eu sou a melhor. A Connect está indo à loucura! É muita gente compartilhando!

– Então as pessoas não estão mais surtando com aquela besteira sobre a APC?

Trina balança a cabeça devagar e desliga o tablet.

– Acho que estão, sim. O caldo está começando a ferver.

– Mas como? As pessoas sabem a verdade agora. Sabem que não são os comuns que estão por trás disso!

– Você precisa lembrar que, embora muita gente acredite no que você diz, você está contra o Palácio. A Família Real tem regras centenárias e, depois que Stefan se casou com a Princesa, ele se tornou um deles.

Mordo o lábio. Não tinha pensado nisso por esse ângulo. Trina continua:

– Além disso, eles não param de criar novas restrições. Ninguém mais viaja para Nova ou sai de lá. Notícias sobre o "vírus" estão se espalhando pelo mundo todo e outros países não querem o vírus em suas fronteiras, o que é compreensível. Todos os transportes foram bloqueados. Veja isto. – Ela liga o tablet outra vez e me mostra uma página de notícias. A manchete diz: PRÉDIO DA UNIÃO DOS COMUNS VANDALIZADO. Vejo a foto de um prédio com as janelas quebradas e a frase "DEVOLVAM NOSSO TALENTO, ESCÓRIA", escrita com tinta vermelha.

O medo sobe pela minha espinha e me faz estremecer.

– Ah, meu Deus... – Não víamos esse tipo de ódio há um século, talvez mais. Não tenho tempo a perder. – Vamos – digo. – Temos uma poção para preparar.

CAPÍTULO TRINTA E UM

♥ SAMANTHA ♥

Anita e Arjun estão ao meu lado, de prontidão. Arjun e eu tiramos nossos pesados trajes e vestimos roupas mais confortáveis, preparados para horas de trabalho no laboratório.

— Já estamos prontos. Comece quando quiser — diz Anita com um sorriso.

— Vamos lá, então.

Já coloco os dois para trabalhar imediatamente: fatiando e picando e aferventando diferentes ingredientes.

— Arjun, há uma tarefinha árdua que precisa ser feita: triturar a esmeralda até virar pó.

Ele flexiona os bíceps.

— Trabalho pesado para macho, pode mandar!

Anita joga um pano para ele, depois se vira para mim.

— Ei, está tentando dizer que eu não seria capaz de triturar a esmeralda? Sou tão forte quanto essa anta do meu irmão.

– Sei disso – digo, com um sorriso nos olhos. – É por isso que preciso que você triture o rubi. Que, receio dizer, é tão duro quanto a esmeralda.

– Ai, não! Eu temia que fosse dizer isso...

Arjun joga o pano de volta para Anita e ele cai bem em cima da cabeça dela, como um chapéu achatado. – Bem feito pra você!

– Tem certeza de que não tem aí uma raiz de *galium* que eu possa picar ou pó-de-duende que precise ser peneirado...

– O quê? E deixar o machão aí fazer todo o trabalho duro? Acho que não – digo com uma piscada. – Além disso, peneirar pó-de-duende é algo que é preciso fazer direto no caldeirão, então é melhor que eu mesma faça. – Essa poção é responsabilidade minha e preciso ter certeza de que todos os ingredientes estão se misturando muito bem.

– Ok – ela finalmente diz, conformada.

Trouxe o meu diário e o coloquei sobre a estação de trabalho, para que possa consultá-lo quando necessário. Mas já li a fórmula tantas vezes que acho que a decorei. Ainda assim, não custa nada ler de novo.

Peneire pó-de-duende sobre uma base de água-de-lótus.

Viu? Eu sabia que estava certa! *Confie em si mesma, Sam. Confie no seu talento.*

Mexo a base de água-de-lótus com uma colher de pau, admirando a consistência enquanto a colher provoca ondulações na superfície. Ela é levemente mais viscosa que a água, por isso, quando mexo, parece mais gel do que líquido. Tem quase a aparência de uma gelatina.

Pego o frasco com pó-de-duende e equilibro a peneira sobre a base, que já começou a ferver. Dou algumas batidinhas na peneira e o pó começa a cair como neve no líquido. Afasto a cabeça para não inalar as partículas de pó em suspensão no ar e, quando tenho certeza de que todo o pó já se assentou no caldeirão, me debruço sobre ele para ver a reação.

Observar os ingredientes de uma poção se misturando é um bálsamo supremo para a minha mente: descubro que nunca entro em pânico quando estou preparando poções. A parte lógica do meu cérebro assume o controle, afastando todo o resto: emoções como medo, ansiedade ou devaneios. Fico totalmente focada.

É difícil acreditar que a cura para esse vírus feroz possa ser tão relativamente simples. Não é nem de longe tão complicado quanto o antídoto da poção do amor da Princesa – mesmo que eu não tivesse a fórmula – e é muito mais fácil prepará-la do que foi curar o meu avô. É como fazer um elixir do sono: tudo o que eu tenho que fazer é acrescentar os ingredientes na ordem certa. Minha única angústia é o tempo. Preciso terminá-la antes que o mal se espalhe por toda a Nova e antes que o vulcão entre em erupção e precisemos evacuar.

Evidentemente, é aí que entra a dificuldade. É um desafio coletar todos os ingredientes: as chamas de fênix, principalmente. Os rubis e as esmeraldas para fazer os pós estão longe de ser baratos e não é algo que normalmente tenhamos no nosso estoque.

Mas agora que já temos tudo isso... talvez eu possa até voltar para Nova esta noite.

– Acabei – avisa Arjun, quase ao mesmo tempo que Anita. Não percebi que eles estavam competindo para ver quem ia mais rápido até ouvir Anita soltar um suspiro de decepção por conquistar o segundo lugar. Sorrio. Estou muito feliz de ter meus amigos comigo.

— Ok, despeje tudo aqui — digo. Arjun inclina o pilão sobre o caldeirão e despeja seu conteúdo na mistura. O pó de pedra preciosa produz um chiado ao entrar em contato com a poção.

— Agora eu! — avisa Anita. — Viu só? Não acabei tão depois — ela continua, mostrando a língua para o irmão. Despeja em seguida o pó de rubi no caldeirão e eu mexo com a colher de pau. A poção agora tem uma aparência estranhamente barrenta e, ao contrário do que eu pensava, não expand muito dentro do grande caldeirão. Espero que a poção seja suficiente para todo mundo em Nova. Se tivermos sorte, será preciso só uma gota para cada pessoa, mas vamos ter que entrar no Palácio antes que o vírus se espalhe demais.

Certamente não vamos poder voltar tão cedo para buscar mais chamas de fênix. É bem provável que ela já tenha ido embora a essa altura, depois que a perturbamos. Sinto uma ponta de tristeza por não ter conseguido dar uma olhada nela mais de perto, mas tenho que me contentar com o vislumbre que ela me ofereceu.

— Acho que precisamos deixar a poção um pouco no fogo agora, pessoal. Vou deixar os ingredientes ferverem um tempinho antes de acrescentar o último ingrediente.

— É isso que diz a receita? — Anita dá uma olhada no meu diário.

— Não... — confesso. Mas, ora bolas, sou uma Kemi, e sei algo sobre Tao que acho que ninguém mais sabe, exceto quem conhece os sinais. Os segredos que ele esconde. A taquigrafia que usa para registrar a sequência certa de eventos. Imagino que tenha deixado de fora algumas etapas de propósito ao ditar a receita e deixado algumas lacunas para que eu as descobrisse. Os Kemi nunca seguem uma receita ao pé da letra, nem registram a receita de um modo tão fácil que qualquer um possa segui-la. Todos nos beneficiamos da experiência dos nossos antepassados e assim adquirimos a nossa própria experiência. Mas antepassados como Tao queriam que andássemos com as nossas próprias pernas também.

Ninguém disse que alquimistas são perfeitos, afinal.

Tenho certeza de que essa poção só precisa de um pouquinho mais de tempo. Um pouco de espaço para respirar, digamos assim, antes que o ingrediente final seja adicionado.

Anita observa meu rosto, depois dá de ombros.

– A Mestra aqui é você – ela diz, com um sorrisinho.

Estufo as bochechas.

– Vamos dar uma olhada no que Trina está fazendo. Se ficarmos sentados aqui sem fazer nada, vamos ficar entediados. E vou começar a me perguntar se fiz tudo certo.

Encontramos Trina na sala ao lado, debruçada sobre o laptop.

– Como vai a poção? – ela pergunta quando entramos.

– Surpreendentemente bem – digo. – O que é meio suspeito. Só espero ter acertado no preparo. Não vou ter chance de fazer de novo...

– Não desconfie de si mesma, Mestra!

Desabamos no sofá e fecho os olhos para respirar fundo algumas vezes. Não ligamos a TV. É estressante demais observar como a mídia se esforça para preencher a falta de informação com especulações e mentiras. Em vez disso, depois de sentir meu coração desacelerar, leio as anotações do meu diário novamente, para ter certeza de que não deixei escapar nada.

Depois de uma hora ou mais, consulto o relógio.

– Ok, vou voltar lá e dar uma olhada.

Anita e Arjun saltam do sofá assim que falo isso e corremos os três para o laboratório. Dou uma espiada dentro do caldeirão. A poção assumiu um horrível tom marrom-acinzentado que... eu não esperava. Mas tudo bem. Acho. Ainda falta um ingrediente e às vezes o ingrediente final muda tudo.

Anita, Arjun e eu seguramos o fôlego enquanto abro o frasco com a chama da fênix. Adiciono-a ao líquido do caldeirão e ela serpenteia como uma cobra. Nós três estamos torcendo as mãos. Uma nuvenzinha de fumaça delicada como algodão se ergue no ar quando o fogo reage ao líquido e depois se instala acima do caldeirão como um pedaço de pano. Seguramos a respiração, contando em voz baixa. *Cinco... quatro... três...*

A fumaça desaparece e instantaneamente a poção muda de cor e passa de um verde-musgo para um vermelho vibrante.

Exatamente como Tao Kemi nos descreveu.

Conseguimos!

Conseguimos a cura. Aquela que vai salvar minha irmã e a Princesa e todo o povo de Nova.

Providencio um frasco vazio e o mergulho no líquido, fechando-o com uma rolha. Depois me viro para Anita.

– Como vamos entrar no Palácio?

– Simples. Levo você até lá.

A voz grave quase faz parar meu coração. Eu me viro e vejo Trina dando um passo até ficar na minha frente, de um jeito protetor. Seus instintos de guarda-costas despertam com força total. Mas nem mesmo sua compleição forte consegue evitar o medo que sinto diante daquela silhueta escurecendo a porta.

Ele entra na sala, emergindo das sombras. A luz incide sobre o seu rosto anguloso, os olhos de tigre brilhando com as chamas da loucura. Ele dá outro passo à frente, de um jeito ameaçador, depois outro.

— Pra trás! — grita Arjun, usando seu tom de voz mais autoritário.

— Samantha, vim porque preciso da sua ajuda.

Com uma rapidez quase sobre-humana, ele dá um salto à frente, vencendo a distância entre nós. Trina saca uma arma que eu nem sabia que ela estava carregando e mira no Príncipe. Com um mero movimento da mão, ele a tira do caminho. Mesmo sabendo que Trina está usando uma roupa que a protege de ataques mágicos, ela não é páreo para o Príncipe Stefan, agora que é casado com a herdeira do trono de Nova.

Só há uma pesada mesa de madeira entre mim e ele. Não sei o que fazer. Não posso atirar a poção nele. É a única cura que tenho para a minha irmã e a Princesa. Não tenho nenhuma arma.

Não há ninguém aqui que possa me salvar. E não posso nem salvar a mim mesma.

Trina salta sobre Stefan, mas já é tarde demais. Ele se lança sobre a mesa, andando de quatro como um urso, e me alcança antes que eu possa gritar outra vez. Agarra meu braço, prende-o atrás das minhas costas, depois cobre a minha boca com a mão. Olha para Trina.

— Vamos voltar — ele diz.

Antes que eu possa detê-lo, ele atira algo sobre a minha cabeça e me vejo na mais completa escuridão, longe de tudo que já conheci.

CAPÍTULO TRINTA E DOIS
♥ SAMANTHA ♥

Quando meus pés alcançam o chão outra vez, fico parada no lugar. Já fui aprisionada por Stefan uma vez e não tenho a mínima vontade de ser de novo. Preciso ficar alerta, focada. O problema é que tudo à minha volta é rocha fria e negra, e sou agora prisioneira da magia do Príncipe.

– Para onde você me trouxe? – pergunto. Meus olhos examinam o cenário, tentando encontrar alguma indicação de onde estou. Não há nenhuma. Trata-se de um quadrado perfeito, as mesmas pedras acinzentadas e regulares no teto, nas paredes e no chão.

– Na minha casa – ele diz. Ando ao redor e dou de cara com o Príncipe. Ele está com um joelho no chão, vestido com um paletó preto combinando com uma camisa preta, e a capa que usou para nos transportar ainda sobre os ombros. Seus olhos de tigre fitam o chão; ele não os ergue para me olhar. – Você precisa vestir isso para que possamos partir. – Ele me atira uma capa semelhante à dele, mas de veludo azul-celeste. A cor tradicional dos alquimistas, a mesma cor da bainha que enfeita a túnica branca do Waidan. – Precisa cobrir ao máximo suas roupas modernas. Não porque haverá alguém por perto para testemunhar, mas é que *ela* pode ficar agitada.

Olho para o meu tênis de solado branco, meu jeans desbotado e minha camisa de botões. Depois para a capa azul nas minhas mãos. Ela tem um fecho na gola, um broche dourado brilhante. Corro os dedos pelo fino tecido, lutando contra o impulso de cravar as unhas nele e rasgar tudo até transformá-lo em farrapos.

– Quem é *ela*? – pergunto entredentes.
– Você verá em breve. Vista a capa.
– E se eu me recusar?

Stefan fica de pé e agora me olha direto nos olhos.

– Você quer salvar sua irmã, não quer? – Os olhos deles revelam seu desespero, mas de um tipo diferente do que eu esperava ver. Ele não parecer querer me subjugar. Parece que está implorando minha ajuda.

O que me custa vestir uma capa idiota se isso me fará salvar Molly?

Atiro a capa sobre os ombros.

– Muito bem, vamos lá, então – digo.
– Ótimo. – Ele estende um braço e ao mesmo tempo surge uma abertura na parede de pedra à minha frente. – Por aqui.

O Príncipe passa pela abertura e segue por um corredor feito da mesma pedra fria, mas, ao contrário da pequena câmara em que estávamos, decorada com opulência. "Opulência", no entanto, não é a palavra certa. Há uma visível camada de decadência sob o verniz de riqueza. A um primeiro olhar, os tapetes que cobrem o chão parecem suntuosos, mas, quando ando sobre eles, vejo que estão cobertos de mofo e puídos em alguns lugares. A poeira também se acumula onde a parede encontra o chão. Ninguém varre esse lugar há meses, se não anos. Grandes janelas deixam entrar um pouco de luz no corredor, as vidraças então embaçadas com uma crosta de sujeira e, quando passo por elas, posso ver a paisagem do lado de fora. Uma cidade com casas esparsas, uma mistura de estilo antigo e moderno – torres de concreto como um feio borrão manchando o que do contrário seria uma perfeita cidadezinha histórica com telhados de sapé.

Outro elemento moderno me ajuda a descobrir exatamente onde estou. Um grande cartaz num muro. As palavras escritas nele estão numa língua que reconheço, embora não possa traduzir. *Gergoniano*.

– Estamos na capital do seu país? – pergunto, quando me dou conta disso.

– No palácio principal – ele confirma, sem se virar.

Um alarme soa na minha cabeça. Estamos no coração de Gergon. Nenhum cidadão novaense entra nesta cidade há anos, embora eu saiba de alguns bravos aventureiros que se arriscaram a fazer isso. Ouvi falar que houve uma única visita pública, mas com uma severa regulamentação, com os visitantes acompanhados por autoridades do governo e visitando apenas as partes principais da cidade.

– Você sabe que todos os Talentosos de Gergon foram afetados pelo vírus – explica Stefan, enquanto continua a andar pelo labirinto de corredores.

– Pela pessoa que está roubando os poderes deles, você quer dizer.

Ele reage como se tivesse levado um tapa.

— Quando ouvi o que você disse através da Rainha-mãe... é óbvio para mim agora.

Confirmo com um aceno de cabeça, mas fecho a mão em punho, a raiva me espicaçando ao ouvi-lo mencionar a Rainha Tabitha.

— Ela... ela vai ficar bem — continua ele. — O feitiço era só para paralisá-la temporariamente, mas sua magia e seu corpo já estavam muito fracos. Não quero machucar ninguém. Você tem que acreditar em mim.

Não, Sam, digo a mim mesma, quando sinto meu coração começando a se enternecer pelas palavras doces do Príncipe. Ele precisa fazer muito mais do que falar as palavras certas para me fazer acreditar que é diferente do que se mostrou até agora. Preciso mudar de assunto.

— Onde estão os cidadãos comuns de Gergon?

— Estão dormindo também. Foi minha última providência antes de me casar com a Princesa.

Paramos na frente de pesadas portas de ferro. Passamos por uma série de salas e portas no caminho, mas a primeira coisa que penso ao ver estas é que elas têm uma aparência moderna. São de aço reforçado. Têm grandes parafusos de aço inoxidável. E um teclado moderno e elegante na frente. Até posso sentir o zumbido da magia de proteção. Com certeza existe algo perigoso escondido atrás dessa porta.

Stefan coloca a palma da mão sobre a interface de segurança, com uma aparência *high-tech*, e vejo uma luz azul piscar uma vez, depois mais duas vezes em verde. Em seguida, um raio de luz vermelho se projeta do equipamento e nos escaneia da cabeça aos pés. Parece que nos considera aceitáveis, pois ouço as fechaduras se abrindo.

As portas se abrem.

E o que vejo do outro lado não é o que esperava. Uma sala com brinquedos, onde o que mais chama atenção é uma elaborada casa de bonecas encostada a uma parede e quase tão alta quanto eu. Sua fachada, que imita a de um castelo, não destoaria em Pays. As paredes estão cobertas com um pesado papel de parede adamascado de veludo e tudo está coberto com camadas de renda branca e *chiffon*. Há até mesmo um cavalinho de balanço num canto – na verdade, quando o examino mais de perto, vejo que se trata de um kelpie e seu balanço é uma onda da qual ele emerge. É deslumbrante.

Num canto, há sinais de luta ou algum tipo de desordem que ainda não foi arrumada. Uma boneca quebrada com um vestido de babados, o rostinho marcado por uma enorme rachadura, um olho de vidro revirado. Livros abertos no chão com as páginas rasgadas. E o papel de parede tem marcas de unhas e partes chamuscadas, como se tivesse sido queimado por algo em chamas. Franzo a testa, me perguntando por que ninguém arrumou aquela bagunça.

O cômodo parece ter parado no tempo. Um quarto de criança, mas de séculos atrás.

O rosto de Stefan parece pálido enquanto olha ao redor do quarto.

– Ninguém sabe deste quarto, exceto a Família Real e alguns servos. Servos mudos, devo acrescentar.

– De... de quem ele é?

– Da minha irmã. – Ele faz um movimento com a mão e, num passe de mágica, fecha a porta atrás de nós e abre outra numa parede lateral.

Num outro cômodo, vejo uma cama de dossel coberta com um véu drapeado. Uma jovem está deitada sob os lençóis amarelados, o suave movimento do seu peito, subindo e descendo, é o único sinal de que está adormecida, não morta. Os seus cabelos castanhos encaracolados estão espalhados pelo travesseiro, as mãos cruzadas serenamente sobre o coração.

– Sua irmã? – digo, franzindo ainda mais a testa. Sei que nunca fui a melhor aluna de história da escola, mas não me lembro de nenhuma referência a uma descendente do sexo feminino na Família Real de Gergon.

– Minha irmã *gêmea* – ele esclarece. – Minha querida Raluca.

– Mas...

– Ela nasceu comum – ele explica, a voz quase um sussurro. O Príncipe caminha até a casa de bonecas e corre o dedo pelo telhado empoeirado. Depois contempla a irmã com uma mistura de amor e outra coisa que não consigo definir.

Meu cérebro luta para processar o que ouvi. Sangue real *nunca* é comum. As correntes de magia que correm pelas veias da Família Real são simplesmente fortes demais, poderosas demais, *presentes* demais para não serem transmitidas de geração em geração. Existem Famílias Reais no mundo inteiro e, até onde sei, não existe ninguém comum entre elas.

Uma voz dentro da minha cabeça questiona: *mas será que alguma Família Real admitiria isso em público se acontecesse?*

Ele gesticula para que eu me aproxime. Não quero, mas meus pés obedecem ao comando dele sem esperar o consentimento do meu cérebro. Eu poderia fingir que é a sua magia me comandando, mas sei o que realmente é. Minha curiosidade.

— Foi uma surpresa para a minha mãe. Para todos nós. Fui o primeiro a nascer, mas ela veio logo em seguida. Como uma sombra. A deficiência foi imediata. Usamos o método antigo para detectar.

Estremeço. Em Nova, verificamos se os bebês são Talentosos usando uma tecnologia sofisticada e totalmente não invasiva, que testa a reação à energia mágica. Se eles a absorverem, é porque são Talentosos. Se a bloquearem, são comuns. Isso é feito no momento da primeira pesagem, por isso não há surpresas depois.

Mas no método antigo... Para saber se um bebê era Talentoso, os pais costumavam submergi-lo num balde cheio de água. Se a magia o protegesse, ele era Talentoso. Se não o protegesse...

Muitos bebês comuns morriam dessa maneira. Ou, se não morriam, ao serem submersos na água, sofriam alguma lesão cerebral. Isso contribuía para o estereótipo de que os comuns eram, de certo modo, "inferiores" aos Talentosos. Eu pensava que a prática tinha sido proibida no mundo todo, mas aparentemente não em Gergon.

— Meus pais queriam se livrar dela — continua Stefan. — Mas, mesmo quando eu era bebê, eu a protegia. Eles tentaram separá-la de mim uma vez, mas gritei até perder o fôlego e quase morri. Se me quisessem vivo, teriam que ficar com ela também.

— E foi o que fizeram... — concluí.

— Em segredo. Eu aparecia em público e Raluca, não. Eles tinham esperança de que seus poderes estivessem latentes. Que pudessem de alguma forma se desenvolver ao longo do tempo. Mas, claro, não foi esse o caso.

– Como... Como a mantiveram escondida esse tempo todo?

– Não foi fácil. Tentaram mandá-la para as montanhas, para a floresta. Não conseguiram. Eu não deixei. Sempre que eu achava que poderiam tirá-la de mim, tinha surtos lendários, assim como acontecia quando eu era bebê. Construíram esta ala do castelo para ela e a esconderam de todos com sua magia.

Algo no que ele disse me trouxe uma lembrança. Algo sobre um jovem príncipe de Gergon que causava muitos tumultos. Um Príncipe irascível. Nos relatos, isso era considerado apenas travessuras de um pirralho. Quando o conheci, Stefan me pareceu tão arrogante que causou em mim uma antipatia instantânea. *Arrogância com uma pitada de intriga,* lembro-me de ter pensado, ao contemplar seu maxilar forte e as sobrancelhas arqueadas. Então eu me controlo e rapidamente tiro esse pensamento da cabeça. Olho para ver se o Príncipe percebeu alguma coisa na minha atitude, mas ele ainda está falando. É como se eu não estivesse ali. Está totalmente absorto em seu próprio mundo.

– Então alguém nos procurou. Uma alquimista... mas uma alquimista que ousara ultrapassar limites que nenhum alquimista de verdade aceitaria ultrapassar. Que estava disposta a vender sua alma por uma poção. E que era *Talentosa,* por isso meus pais acharam mais fácil confiar nela.

– Emília – digo em voz baixa.

Os olhos dele encontram os meus, como se de repente se lembrasse da minha presença. Ele confirma com a cabeça.

– Sim. Agora você sabe por que Emília veio a Gergon.

Minha teoria estava quase correta e, mesmo assim, completamente equivocada. Emília realmente tentou transformar um comum num Talentoso. Uma pessoa comum da *Realeza*, mas ainda assim comum.

Stefan continua sua história.

– Por um tempo, minha irmã morou na Escola Visir com Emília. Foi a única vez que permiti que a separassem de mim. Ela pareceu ter gostado da mudança. A escola ficava no campo e ela podia ver as colinas verdejantes pela janela. E podia brincar nas cavernas. Não se importava com o fato de não ter poder mágico. Só queria liberdade.

Estremeço. Não posso pensar em nada pior do que ficar presa num castelo com Emília Thoth como única companhia.

– Na biblioteca da Escola Visir havia livros antigos de todas as partes do mundo. Um deles continha uma lenda sobre um alquimista de Zhonguo que tinha feito o impossível em nome do amor. Emília sempre disse que os alquimistas olhavam para o passado. Se alguma coisa tinha sido feita uma vez, poderia ser feita novamente. Emília não obteve nenhum progresso por um período, até saber que um mosteiro perto de Long-shi tinha sido descoberto numa escavação arqueológica e que antigos segredos de alquimia tinham sido trazidos à tona. Nós demos a ela carta branca para fazer o que fosse necessário para obter esses segredos.

– Foi quando ela foi para Long-shi e roubou a página do diário de Tao Kemi – adivinho, preenchendo as lacunas da história que já conheço. – Aquela mulher não tinha respeito por nada! – digo, sem conseguir me segurar. Para mim, de todos os absurdos que ela fez, estragar um livro antigo foi de longe a pior.

Para minha surpresa, Stefan solta uma risadinha. Mas é um ruído seco, estrangulado.

– Sim, mas ela fez o que pedimos. Emília trouxe Raluca de volta para nós, com a poção na mão, para que todos pudéssemos testemunhar. Raluca foi trazida para esta ala secreta do castelo e trancada a sete chaves. Seus aposentos estavam exatamente como haviam sido deixados. Todos os brinquedos para ocupar a mente de uma criança, mas não uma liberdade real. Toda a família estava presente para testemunhar, minha mãe e meu pai, meu irmão mais velho e eu. Tínhamos até uma história preparada para quando fôssemos reintegrá-la à linhagem real, como um membro com plenos direitos. A criança havia muito perdida, roubada do castelo e criada numa região remota. E essa história podia muito bem ser verdadeira. Ela não se comportava como nós, era mais selvagem, mais feral. Tinha olhos que pareciam muito mais de um gato do que de um ser humano.

– Isso vale para vocês dois – solto, sem me conter.

– Bem, somos irmãos gêmeos – ele diz com um encolher de ombros.

– Então, o que aconteceu quando ela tomou a poção?

– Estava sentada quase onde você está, na frente da casa de bonecas. Segurava a poção na mão, e eu me lembro disso porque o líquido tinha uma cor verde-esmeralda fantástica. Olhou todos nós nos olhos e depois, sem um segundo de hesitação, ela a bebeu.

"Todos sentimos a mudança na energia imediatamente. E eu tinha um presente para ela que havia preparado especialmente para a ocasião. Uma varinha real. Eu não sabia se esse seria seu objeto preferido, depois que se tornasse Talentosa, mas pelo menos combinava com o meu. Éramos tão parecidos, eu e ela! Achei que iria agradá-la." – Ele baixa os olhos. Pela primeira vez, desde que começou a falar, o Príncipe desvia os olhos de Raluca. – "E sabe de uma coisa? Funcionou. Ela pegou a varinha, apontou-a para o objeto mais próximo, uma boneca, e a fez voar. A boneca foi direto de encontro àquela parede ali e caiu no chão, quebrando o rosto. Minha irmã estava salva.

"Raluca então olhou para nós e começou quase no mesmo instante a sugar nosso poder. Minha mãe foi a primeira. Passou a ter acessos de tosse de vez em quando. Mas estávamos tão orgulhosos de Raluca... Mal notamos que havia algo errado. Estávamos extasiados com o resultado. Achávamos que, se ela treinasse um pouco, se lhe déssemos um pouco mais de tempo para dominar seus poderes, poderíamos apresentá-la ao mundo. Tudo estava saindo de acordo com os nossos planos. Até que a tosse, o enfraquecimento da minha mãe, passou para o meu pai, em seguida para o meu irmão e depois para os servos Talentosos do Palácio.

"Não sabíamos o que estava acontecendo. O 'vírus' se espalhava muito rápido. Toda a nossa magia estava mais fraca. E, então, chegou o dia em que meu pai ficou preso em seus aposentos. Era um cômodo sem portas e de repente ele viu que não conseguia mais sair por meio da magia. Tivemos que quebrar a parede para tirá-lo de lá.

"Eu fui o menos afetado. Agora, olhando em retrospectiva, acredito que seja porque sou irmão gêmeo dela. Mas, aparentemente, eu era o único não afetado pelo vírus. Bem, Raluca também. Na verdade, ela ficava mais forte a cada dia, mas eu na época não achava que ela tinha alguma ligação com o vírus.

Pensava que ela estava simplesmente dominando melhor seus novos poderes.

"Não, era de Emília que eu queria respostas. Ela tinha criado a poção. Fui atrás dela na Escola Visir e exigi respostas.

"Eu a encontrei, tossindo em meio a nuvens de poeira e aterrorizada pelo que tinha desencadeado. Quando viu que eu era mais ou menos imune, conseguimos fazer um acordo. Eu disse que lhe daria o meu sangue para fabricar uma pequena quantidade de soro que mantivesse o vírus sob controle – e ela evitaria que eu fosse infectado, para poder continuar interagindo com o mundo exterior. Não era uma cura. Mas já era alguma coisa.

"Mas Emília me contou que, na opinião dela, era Raluca que estava fazendo aquilo. E que a única maneira de detê-la... seria matá-la. Eu me recusei a acreditar naquilo. Já tinha salvado minha irmã de ser morta. Todos aqueles anos de confinamento, depois de tudo o que tínhamos feito com ela... Eu não iria desistir tão facilmente.

"O sono encantado foi ideia minha. Eu queria que ela dormisse para mantê-la segura. Não queria que saísse do castelo. Se as pessoas descobrissem que Raluca estava por trás de todo o mal que flagelava o reino, ela seria um alvo fácil." – O rosto do Príncipe entristeceu-se. – "Tive que esconder também o fato de que era ela quem estava enfraquecendo os poderes mágicos dos meus pais e do meu irmão. Eles não teriam hesitado em acabar com a vida dela, tenho certeza.

"Ela confiou em mim. Eu vim procurá-la... me sentei com ela. Estava tão feliz com seus novos poderes! Fazia com que os brinquedos criassem vida. Eles dançavam por todo o quarto. O poder de Raluca ainda não era tão grande a ponto de permitir que ela deixasse o quarto, mas estava se fortalecendo. Eu a convenci a me mostrar seu brinquedo favorito, essa boneca aí, no canto. Ela fez o brinquedo criar vida, com se dançasse para nós. E foi quando fiz o que pretendia. Injetei a poção do sono em seu pescoço." – Quase como se o Príncipe a conjurasse, uma poção do sono apareceu em sua mão, numa seringa com uma agulha longa e pontuda.

"A poção a fez dormir. Mas não deteve o roubo de energia. Se alguma coisa a deixasse irritada... Os Talentosos continuaram a perder seus poderes mágicos, e mais rápido do que nunca. O mal se espalhou pelo Palácio, passando para nossos servos... E, então, quando eles foram para casa, começou a se espalhar pelo país."

– Vocês precisaram fazer com que as pessoas dormissem – concluo, meu cérebro de alquimista trabalhando para conectar os pontos.

– Exatamente. Dessa forma, o mal se *abrandou* e a pessoa afetada não perdia totalmente sua magia. Era necessário. Para proteger nossa Família Real. Para proteger nossa linhagem. Para impedir a aniquilação total do Talento em Gergon!

"Eu fiquei acordado. Com os comprimidos de Emília impedindo o meu contágio, isso era possível. Paguei Emília para encontrar uma solução. Ela dizia que nenhuma cura estava escrita no lugar em que encontrara a fórmula e não tive escolha exceto acreditar nela."

Pelo menos Emília não havia enganado Stefan com relação a isso. Somente eu fui capaz de encontrar a cura.

– A princípio, ela achava que, se eu quisesse ter uma chance de deter o contágio, teria que me tornar mais poderoso.

Precisava me casar com Evelyn e fazê-la transferir metade do seu enorme poder para mim. Fomos atrasados pela caça à *Aqua Vitae*, que achávamos que funcionaria como uma cura... E nem saberíamos disso se você não tivesse divulgado essa informação pela TV alguns meses atrás.

— Ah, sim. Eu me lembro...

— Mas depois que Emília me traiu de uma vez por todas e tomou a *Aqua Vitae*, tive que recorrer ao meu primeiro plano. E desta vez consegui. Convenci Evelyn a se casar comigo.

— Mas não funcionou.

— Não. No dia do casamento, parei de tomar os comprimidos que Emília criou. Toquei a mão de Evelyn e...

— Você deixou que Raluca roubasse os poderes da Princesa, abrindo as portas para que ela drenasse toda a Nova. Você colocou o mundo inteiro em perigo.

Stefan nem sequer pisca.

— Casar-me com Evelyn era o meu último recurso. Dividi o restante dos comprimidos de Emília com a Princesa até conseguir uma poção para dormir.

— E assim você poderia ter tempo para encontrar um culpado. A APC? Como pôde culpá-los?

— Eu não podia dizer às pessoas a verdade. Sairiam à caça de Raluca. Elas a matariam! Mas tudo isso não importa agora. Porque você está aqui. Você pode salvá-la.

Engulo em seco e tiro o frasco da cura de debaixo da minha capa. Ele parede quente na minha mão, como se a chama da fênix estivesse reagindo à proximidade de Raluca.

Eu hesito.

– Temos que acordá-la para que a cura funcione. E se ela for muito forte? Tem tanto poder...

– Você tem razão. – Os olhos de tigre do Príncipe se fixam nos meus e se recusam a se desviar. – Samantha, ela não entenderá por que estou fazendo isso. Tudo o que ela queria era ser Talentosa como eu. Agora ela é, e estou tirando isso dela. Você vai falar com Raluca? Você é uma comum. Ela vai ouvi-la.

– Eu posso... tentar.

Ando na direção do quarto, mas Stefan me detém novamente.

– Você deve fazer isso agora.

– Mas como? Ela está dormindo.

– Eu sei. Só é preciso que eu faça você dormir também.

Ele faz um movimento brusco com a mão, como uma cobra dando o bote, e agarra a parte superior do meu braço, puxando-me para ele. Antes que eu tenha a chance de levantar um braço para me defender, de chutar ou gritar, Stefan enfia a agulha no meu pescoço e me faz cair no sono.

CAPÍTULO TRINTA E TRÊS
♥ SAMANTHA ♥

Abro os olhos e vejo uma menina parada na minha frente.

Ela levanta a cabeça. Seu cabelo é uma massa disforme de cachos, os olhos redondos e apáticos. Ela está magérrima, é possível ver suas clavículas sob a pele e as faces estão encovadas. Está usando uma longa camisola branca que já está puída na barra e não chega aos tornozelos. É como se tivesse sido do seu tamanho um dia, mas ninguém tivesse se incomodado em lhe dar outra maior, à medida que ela crescia. Dezoito anos vivendo sozinha no seu exílio. Ela parece ter enlouquecido, como poderia acontecer com qualquer pessoa em seu lugar, numa situação como essa.

Formas brilhantes parecem surgir e desaparecer à volta dela, como figuras fantasmagóricas trajando longas túnicas que se arrastam pelo chão. Eu as reconheço de imediato.

Oneiros. Criaturas que habitam o espaço dos sonhos, muitas vezes causando pesadelos vívidos. Não costumam invadir o mundo físico, mas quando fazem isso, as alucinações que provocam podem ter consequências devastadoras. Não são de muita serventia em poções, pois seu corpo normalmente se desintegra quando perecem, mas fios de seus cabelos podem ser usados para combater o sonambulismo.

Quando consigo desviar os olhos da garota e dos oneiros, percebo que estou numa sala de pedra circular – não muito diferente do cômodo onde estava pouco tempo antes, em Gergon. Fico triste quando constato que, até no mundo dos sonhos, a jovem vive num lugar frio e solitário.

– Raluca? – pergunto, hesitante.

Ela pisca e de repente a vejo parada bem na minha frente, num movimento veloz como um raio. Estende a mão como se quisesse tocar meu rosto, mas a recolhe.

– Você não é como eles – diz ela, numa voz que não passa de um sussurro.

– Eles quem? – pergunto, dando um passo para trás. Ela não parece se importar, mas eu gostaria que houvesse um espaço maior entre nós, então continuo recuando.

– Uma Talentosa.

– Não.

Ela está na minha frente outra vez, dessa vez levantando meu pulso.

Seu toque é leve como uma pluma, a pele seca e quebradiça.

– Então por que você está aqui? O que quer comigo? – Agora ela é quem recua, puxando a mão para trás como se tivesse sido picada por uma cobra. – Você não quer me dar outra poção, quer? Não vou aceitar! Essas poções é que estão me prendendo aqui. Onde está Stefan? Ele prometeu cuidar de mim!

Ela agita os braços no ar, estou preocupada que me ataque. Levanto as mãos.

– Calma, foi Stefan quem me enviou aqui. Ele me fez dormir. Queria que eu lhe explicasse por que estou aqui.

– Ele está ligando tão pouco para mim que manda uma criança vir falar comigo? Por que não vem ele mesmo?

Meus pelos se eriçam e meus olhos se estreitam quando ela me chama de criança. Se ela é gêmea de Stefan, então é apenas dois anos mais velha do que eu.

– Fale, então. – Ela flutua para longe de mim. Essa é a única maneira de descrever isso. Não parece que seus pés toquem o chão.

– Você sabe o que está acontecendo com as pessoas Talentosas no... mundo real?

– Ah, sim, elas falam comigo o tempo todo.

– Elas *falam* com você? – Eu viro a cabeça rápido, olhando para os lados, mas todos os pensamentos sobre a conversa que quero ter com a Princesa desaparecem da minha mente. O que vejo agora é uma cidade construída muito abaixo de mim, protegida por um muro. – Evie? – grito da janela. – Molly? Vocês estão aí?

– Não *chame* por elas! – Os olhos de Raluca se estreitam de fúria. – Não sabe que são Talentosas? – Ela diz a palavra como se fosse um veneno em sua boca.

– Minha irmã é Talentosa!

– E daí? Meus pais são Talentosos. Os meus dois irmãos também. E eles não me aceitaram. Tiveram que me "consertar". Bem, já me consertaram agora. Mais do que isso. Eu sou poderosa, mais poderosa do que eles. Eu os vi neste mundo dos sonhos e eles estão fracos, por isso, quando eu acordar, vou tomar toda a magia do mundo inteiro.

Eu nego com a cabeça, mas meu corpo inteiro está trêmulo.

– Não, você não vai querer fazer isso. Se tomar o Talento de todas as pessoas, elas vão morrer. Não percebe? Este mundo dos sonhos é a única coisa que está impedindo você de matar a todos aqui!

Os olhos de Raluca se incendeiam.

– E daí? Você acha justo um mundo dividido entre Talentosos e comuns? Não. Se não são todos que podem usar a magia, então ninguém deveria ser capaz de usá-la!

Sua determinação feroz me atinge como uma bofetada, e lágrimas brotam nos meus olhos ao pensar em todas as pessoas Talentosas que eu conheço e amo... morrendo. Enxugo os olhos com fúria.

– Você acha que as pessoas comuns não têm magia? Mas elas têm. Podemos fazer tanto quanto os Talentosos. Só que usamos o cérebro, a inteligência, a imaginação para que isso aconteça. Talentosos podem voar? Nós construímos aviões. Talentosos podem se comunicar a grandes distâncias? Para isso eles preferem usar o celular, criado pelos *comuns*!

Raluca franze o cenho para mim, e eu me pergunto se o que estou dizendo faz sentido para ela. Será que ela sabe o que são celulares e aviões, visto que passou a vida trancafiada? Mudo minha estratégia.

– Sei que você foi *muito* maltratada a vida inteira. É injusto o que fizeram com você. Mas não precisa ser assim em todos os lugares do mundo. Você pode encontrar um lugar onde possa ser feliz. E como uma comum.

Ela parece refletir por um instante, mas depois estende os braços e agarra minhas mãos, forçando-me a chegar tão perto dela que posso contar as centelhas de magia em seus olhos.

– Conheço um lugar onde posso ser feliz. Um lugar onde posso acessar todas as correntes de magia. – Os oneiros descem sobre mim e sinto o contato frio de seus dedos no meu cabelo. Eles começam a mostrar um rodamoinho de imagens na frente dos meus olhos, construindo um mundo de fogo e enxofre. Eu o reconheço muito bem. É Yanhuo. – Emília me contou sobre esse lugar. A partir dali – Raluca sussurra no meu ouvido –, posso sugar todo o Talento do mundo!

Esse é o sonho dela.

E o meu pesadelo.

– Afaste-se dela!

Os muros de pedra à minha volta se desintegram, dando lugar a um espaço branco e vazio, e de repente vejo a Princesa Evelyn andando na minha direção. A visão do vulcão desaparece e os oneiros voltam a pairar no ar. Evelyn trouxe com ela um exército de adolescentes, embora ela pareça a mais formidável, com uma expressão de pura determinação no rosto.

Os oneiros não são os únicos que correm. Raluca desaparece também.

Antes que eu perceba, os braços de Evelyn estão à minha volta, me puxando para um abraço apertado. Sinto outros braços em volta da minha cintura, prendendo meus braços, e me entrego a eles o máximo possível.

– Sam! – A voz de Molly sai abafada por causa do abraço e só com muita relutância nós nos afastamos. Não me contenho, no entanto, e dou outro abraço em Molly, junto com dezenas de beijinhos em sua testa.

– Mols, eu estava tão preocupada com você! – digo, quando finalmente nos afastamos uma da outra.

As bochechas dela estão vermelhas, seu cabelo normalmente bem penteado está em desalinho.

– Está tudo bem. A Princesa nos manteve longe dos oneiros e construímos nossos próprios muros para nos proteger daquela mulher.

– Aquela mulher é a irmã gêmea do Príncipe Stefan – conto a elas. – Ela nasceu comum e os pais a mantiveram escondida de todos. Stefan é o único que cuida dela. Ele contratou Emília Thoth para criar uma poção que conferisse poderes mágicos à irmã. Mas o que Emília e Stefan não sabiam é que a magia não vem de um único lugar. Raluca a rouba de qualquer pessoa Talentosa que pode.

Evelyn cobre a boca com a mão, chocada, e minha atenção se volta para ela.

– É tudo minha culpa – ela diz, com a respiração entrecortada.

Molly pousa a mão nas costas de Evelyn.

– Princesa, ninguém vai culpá-la. Você não tinha como saber!

– Não tinha? – Ela cobre o rosto com as mãos, as bochechas molhadas de lágrimas. – Eu podia ter pesquisado um pouquinho mais antes de me casar com aquele sujeito. Droga! Podia ter ouvido o que Sam me disse quando veio me avisar! Podia ter feito tanta coisa! Podia ter esperado e talvez um dia me casado com a pessoa que amo. Sam tinha a solução bem ali, um jeito de estocar meu excesso de poder, para não precisar me casar com ninguém. Se eu ao menos tivesse tido um pouquinho de paciência...

— A sua cidade, o seu país, estava em perigo — eu a lembro. — Você fez o que tinha de fazer.

Evelyn me olha nos olhos, mas eu mantenho o rosto impassível e a voz firme. Vejo os riscos agora. Sei que ela tomou a decisão mais sensata.

— Mas, agora, veja o que eu fiz ao nosso país... — Ela torce as mãos, desesperada.

Não consigo reprimir uma expressão de desagrado.

— Evie, posso falar com você em particular? — Desvio os olhos para as colegas de classe de Molly e a elite dos cidadãos de Kingstown que estão à nossa volta. Vasculho a multidão com os olhos, mas felizmente não vejo nem minha mãe nem Zain ali ainda. Respiro aliviada.

— Quer falar comigo também, não é? — pergunta Molly, num tom de voz agudo de ameaça. Sei que é melhor nunca deixar minha irmãzinha de fora...

— Claro! Com você também.

— Faço o que você quiser, Sam. — Evelyn volta-se para a multidão e ergue as mãos. — Receio ter de tratar agora de alguns assuntos oficiais da Realeza. Lembram como manter os oneiros afastados, não lembram? Vocês podem fazer isso, sei que podem.

Sempre admirei o modo como Evelyn sabe lidar com as pessoas, levando-as a fazer tudo o que ela diz; seu modo firme mas gentil de persuadir. Sei que isso é resultado do fato de nascer imbuída de poder e nunca presumir que as pessoas *não* vão seguir suas ordens. Sempre que peço a alguém para fazer alguma coisa, fico me escondendo atrás de justificativas, tropeçando na longa lista de desculpas que já preparo de antemão, de modo que possam escolher uma, se quiserem. Evelyn não oferece nada disso. Ou sua vontade é respeitada ou... nada feito.

 Molly e eu andamos com Evelyn até nos afastarmos um pouco dos outros e ela possa erigir paredes mágicas à nossa volta. Fico admirada ao ver como ela aprendeu a controlar seu poder com tanta maestria aqui, mas... isso não deveria ser nenhuma surpresa. Essa é uma mulher que nunca soube o que é não ter poder. Minha mente instantaneamente a compara a Raluca, o equivalente da Princesa que só bem recentemente soube o que é ter poderes mágicos.

 – Pois não? O que você quer me dizer, Sam? – Evelyn me pergunta. – Você veio nos salvar? Existe uma cura?

 Eu abro um sorriso.

 – Sim, existe. O Príncipe Stefan me trouxe até aqui por causa disso.

 – Você está falando com o Príncipe?! – Molly pergunta, sobressaltada.

 – Você veio para cá contra a sua vontade? – Evelyn pergunta imediatamente.

 – Sim e não – explico, com sinceridade. – Acho que Stefan finalmente se deu conta de que tem de deter Raluca. E ele me mandou para cá para curá-la. Mas eu queria pedir uma coisa a você antes. Quando isso tudo acabar e você estiver a salvo, pode por favor não punir Raluca? O poder acumulado que ela tem agora é só um efeito colateral da poção. Ela provavelmente não consegue controlar isso. Mesmo que quisesse.

 – A Princesa gergoniana... – diz Evelyn, os lábios apertados numa linha fina. Por um instante, acho que ela não vai atender meu pedido. Mas então seus ombros relaxam. – É abominável o que fizeram com ela. Hediondo. E não me refiro à tentativa de dar poder a ela. Mas de mantê-la escondida esse tempo todo!

– Eu sei.

Evelyn segura meus braços.

– Diga-me o que está acontecendo em Nova – ela exige.

Hesito, mas sei que não posso esconder a verdade da Princesa.

– Como todos os membros da Família Real de Nova foram infectados, isso está afetando o Palácio.

– Bem, é claro que sim. Quero dizer, não há ninguém lá para manter tudo funcionando... Eu vi meus pais, mas não vi minha avó. Espero que o primeiro-ministro esteja em quarentena e que tenham tomado providências para...

A lembrança da Rainha-mãe faz meu coração partir, mas sei que não posso despejar essa bomba sobre Evelyn agora. Não com tudo o que está acontecendo. Além disso, não posso deixá-la se distrair do principal problema em questão.

– Não, você não entendeu. O *Palácio Real* está em perigo. Lá do chão, as pessoas têm visto o Palácio flutuando no céu.

– O quê? Impossí... – As palavras morrem na boca da Princesa antes que ela possa continuar. Então vem a constatação. – A magia que mantém o Palácio invisível está falhando! – conclui ela.

Molly raciocina ainda mais rápido que a Princesa.

– Isso significa que ele pode cair? – minha irmã pergunta, a voz aguda cheia de alarme.

– Oh, meu Deus! – a Princesa geme. Por um instante ela parece perder o equilíbrio e eu a sustento com meu braço. – O que podemos fazer? Me diga, por favor!

Molly olha para mim, os olhos arregalados e os lábios trêmulos, com um medo mal disfarçado.

– Se o Palácio cair...

Estremeço, mesmo sem querer.

– Eu sei – digo. Então grito: – Stefan! Me acorde!

O rosto de Evelyn fica distorcido quando minha visão sai do eixo. Meus joelhos se curvam e Evelyn segura meu braço para me manter em pé. Mas quase não sinto seu toque.

– Sam? Sam, o que é? – ela pergunta, a voz cheia de preocupação.

– Acho que... Acho que estou acordando.

– Boa sorte! – grita Molly.

– Contamos com você! – diz Evelyn.

O mundo se transforma novamente e desta vez posso ver o rosto de Stefan.

Sou lançada de volta ao sonho outra vez, por tempo suficiente para ver Evelyn abraçar minha irmã. Minha consciência está oscilando entre os dois mundos.

– Vou voltar – digo. – Só... fiquem preparadas.

– Ficaremos! – acho que ouço Evelyn dizer, antes de eu finalmente reemergir no mundo real.

CAPÍTULO TRINTA E QUATRO

PRINCESA EVELYN

— "Fiquem preparadas?" Como podemos ficar preparadas? O Palácio está caindo, nossa magia está desaparecendo... – disse Molly, sem obter nenhuma resposta.

Evelyn respirou fundo. *Você é a Princesa. Não há nada que não possa enfrentar. Não quando são os seus súditos que estão sofrendo.*

O Palácio era responsabilidade dela. Dela e dos pais.

Ela pensou neles naquela cidade murada, suas mentes aprisionadas pelos oneiros, seu poder sendo drenando lentamente. Mas suas vidas não eram as únicas afetadas. Agora, havia milhões de vidas em jogo.

Ela se virou para Molly.

– Vamos, precisamos deter Raluca. Você acha que você e suas amigas conseguem dar conta disso?

Molly se endireitou e flexionou os dedos dentro das luvas.

– Conseguimos.

Evelyn assentiu com a cabeça.

– Quem é o seu melhor general?

– Bethany? – Molly chamou a amiga. A outra adolescente, de 13 anos de idade, veio correndo, as contas nas pontas das trancinhas batendo nas costas enquanto ela corria.

– Ok – disse Evelyn –, preciso que vocês se espalhem novamente, mas desta vez vamos todos juntos concentrar nosso poder para destruir os muros da cidade. Entenderam?

– Podemos fazer isso, Princesa – disse Molly.

Evelyn sorriu.

– Sei que podemos.

Evelyn assumiu sua posição ao lado do portão de ferro. Dez estudantes ficaram à sua esquerda e dez à sua direita. Talvez, com algum esforço, conseguissem derrubar os muros.

– Prontas? – Ela olhou para ela direita e suas duas jovens generais assentiram com a cabeça.

Evelyn apertou os lábios. Mas antes que ela pudesse dizer "Fogo", Raluca apareceu na frente dela.

– Oneiros são sujeitos legais, não acha? Mantendo todos esses Talentosos calmos enquanto o poder deles vem para mim. Prometi a eles punhados de sonhos quando eu for a única Rainha talentosa num mundo de comuns. – Ela levantou as mãos e todos os oneiros ao redor se reuniram. Então abaixou-as, apontando para os dois grupos de adolescentes.

Os oneiros vieram em bando. Molly gritou.

E então Raluca soltou uma risada. O som era arrepiante. Ela ria sem parar, mas enquanto ria seu corpo ia perdendo a solidez. Era a repetição exata do que Evelyn tinha visto acontecer a Samantha. Isso só podia significar uma coisa.

Raluca estava acordando.

Evelyn não achava que fosse porque a menina tinha tomado alguma poção. Ela se *forçava* a acordar.

E se Raluca podia fazer isso, Evelyn com certeza poderia também. Ela não iria deixar uma princesa ávida por poder drenar o seu povo e conquistar o seu país.

Talvez Samantha tivesse conseguido concluir seu plano; talvez não. Ela não iria correr esse risco. Nova era dela.

– Acorde! – a Princesa gritou para si mesma. E de repente o mundo começou a se transformar.

CAPÍTULO TRINTA E CINCO

♥ SAMANTHA ♥

— Rápido! – Stefan grita para mim. – Ela está indo embora!

Luto para me orientar depois de acordar do sonho, mas é como se a minha cabeça estivesse cheia de um nevoeiro denso.

– Desculpe, o que você disse?

– Olhe! – A cama na nossa frente está vazia e Stefan tem um hematoma feio na testa. – Ela quebrou o feitiço do sono *sozinha*! Pensei que isso não fosse possível!

A névoa, percebo, não está na minha cabeça. Está enchendo o quarto. É fumaça. É nesse instante que me dou conta:

– A cura! – Meu precioso frasco com a poção de cura está quebrado no chão de pedra, o líquido vermelho-brilhante derramado. A chama da fênix ainda está queimando dentro dele e começa a incendiar a borda do tapete rasgado e se espalhar pelos brinquedos de madeira e a barra das cortinas.

Todo o maldito quarto está em chamas. Mas pelo menos sei onde está Raluca.

– Stefan, temos que voltar.

– Voltar para onde?

– Para o vulcão Yanhuo. Foi para lá que sua irmã foi.

– Mas por quê? – ele pergunta, descrente. – Por que ela não iria para Nova simplesmente, continuar a sugar o poder dos Talentosos?

– É no vulcão Yanhuo que convergem todas as correntes de magia do mundo. Se ela for para lá, isso significa que poderá sugar todos os Talentosos do mundo inteiro. Ela quer todo o poder para ela. Depois poderá governar um mundo composto apenas de pessoas comuns. Será sua única rainha Talentosa.

Stefan gesticula, sem querer acreditar.

– Não, ela não faria isso.

– Vi isso nos sonhos dela, Stefan. Ela fará o que eu disse. E acredita que a única maneira é essa.

Algo parece fazer um clique no cérebro do Príncipe e ele concorda comigo.

– Vamos, então.

Ele volta a tirar a capa, sacudindo os ombros.

– A capa é um painel de transporte. Do estilo antigo.

Penso nos boatos de que os cidadãos de Gergon são capazes de desaparecer usando apenas uma capa. Acho que é assim que eles integram a nova tecnologia aos seus antigos costumes. E quase fico impressionada. Até lembrar que os gergonianos receberam o apelido de "vampiros".

É conveniente, porém. Se eu conseguisse pôr as mãos numa dessas capas...

– Nem pense em fazer isso! – diz ele, como se lesse meus pensamentos. – É preciso ser um Talentoso de muito poder para usar uma dessas.

Ótimo, penso eu. *Lá se vai um ótimo plano de fuga.*

Fico um pouco inquieta com a ideia de que Stefan possa ler meus pensamentos.

Ele joga a capa sobre nós e, desta vez, ouço-o murmurar o nome do vulcão.

Numa fração de segundo, estamos num mundo de fogo, enxofre e lava, como nos piores pesadelos. Mas desta vez também há o calor. Extremo, escaldante! Composto de gases que quase me levam a desfalecer. Cubro a boca com a mão, mas isso não é suficiente. A fumaça faz minha garganta arder, assim como cada centímetro de pele exposta do meu corpo. Estamos bem ao lado da cratera e, mais abaixo, o caos impera. A caldeira se abriu e agora toma conta de quase todo o chão da cratera. Só restam ilhas de rocha sólida, cercadas de rios de lava derretida incandescente.

– Estamos nas Selvas aqui? – Stefan pergunta, a varinha em punho.

Faço que sim com a cabeça. Não há como Stefan usar magia de forma previsível aqui. Felizmente, ele entende isso e tira a capa dos meus ombros. Rasga-a no meio e atira metade para mim. Enrolo o tecido em torno da boca e do nariz, e imediatamente consigo respirar com um pouco mais de facilidade.

Raluca está em pé numa das ilhas de pedra maiores, que flutua no meio da cratera. É como se ela estivesse respirando a fumaça e isso a energizasse e conduzisse seu poder mágico. Infelizmente, ela nos vê quase no mesmo instante e estreita seus olhos negros.

– Não tente me deter, irmãozinho! – ela diz, a voz amplificada para chegar aos nossos ouvidos. – Preciso fazer isso. É para o bem de todos.

Bolhas de lava sobem à superfície, chiando e adquirindo uma crosta acinzentada ao entrar em contato com o ar frio. Há um caminho de pedras que leva até onde ela está, mas é estreito demais. Pode desaparecer a qualquer momento, nos fazendo afundar na lava ardente.

– Vamos – Stefan diz para mim. – Temos que chegar até onde ela está e detê-la.

– Mas como? – O vulcão está no centro de tudo. Se as correntes de magia são como veios, então Yanhuo é o coração pulsante da magia. Se Raluca conseguir usar os veios para drenar toda a magia do mundo... não haverá como detê-la.

– Não sei! Mas não vamos descobrir se ficarmos parados aqui.

– Ali! – Aponto para a trilha que Arjun e eu usamos para sair da cratera. A corda ainda está onde a deixamos. Stefan indica com a cabeça que entendeu e corre para lá.

Vemos um clarão e a corda se desintegra diante dos nossos olhos. As mãos de Raluca estão estendidas na nossa direção.

– Como ela fez isso? Achava que a magia não funcionava aqui. Pelo menos não com tanta precisão.

– Não deveria funcionar. – De repente eu me dou conta. – Deve ser porque ela nasceu comum. Foi uma poção que a tornou Talentosa. Os comuns têm uma relação diferente com as Selvas.

– Não quero machucar você, Stefan – ela diz, sua voz amplificada pela magia e se erguendo acima do ruído da terra rachando e estremecendo. – Nem uma alma comum espetacular como você, Samantha. Estou bem perto agora. Quando eu conseguir, não haverá mais divisão entre as pessoas.

– Você não pode fazer isso, Raluca! – Stefan se volta para mim e vejo lágrimas em seus olhos. – Só existe um jeito de sairmos desta. Sei o que eu tenho que fazer. Então, por favor, fique com isto. – Ele tira um anel do dedo indicador, um pesado anel de sinete dourado com o novo brasão de Nova, e coloca na palma da minha mão. Depois fita Raluca, dá dois passos e salta na direção da cratera.

– Stefan! – eu grito. Ele vai se matar!

Mas a magia do Príncipe é suficiente para mantê-lo seguro.

– Eu disse para não tentar me deter, irmãozinho! Não quero ser obrigada a machucar você! – Raluca enfatiza suas palavras estendendo o braço na direção dele, depois retraindo-o, com a mão fechada em punho. Stefan reage como uma boneca de pano voando pelos ares. Em meio à fumaça da cratera, vejo uma corrente de magia dourada cintilar ao ser arrancada dele. Qualquer que fosse a imunidade que ele tinha, resultado do fato de ser irmão gêmeo de Raluca ou de ter tomado os comprimidos de Emília, ele já não pode mais contar com ela.

Quando despenca, o Príncipe não tem chance de amortecer a queda com sua magia. Graças aos dragões, ele cai sobre o chão de pedra, escapando por pouco dos rios de lava. Mas não sei como poderia sobreviver a um impacto como aquele. Especialmente agora, que não pode recorrer a todo o seu poder mágico.

Com uma frieza que gela o meu sangue, Raluca vira as costas para o irmão, concentrando-se no lago de lava.

– Sam!

Eu me viro para saber quem chamou o meu nome atrás de mim. Vejo três figuras que reconheço ao lado da cratera. Trina, Anita e Arjun.

— Percebemos um movimento na cratera e depois o sinal localizador do drone começou a apitar, captando a sua presença. Tínhamos ter certeza de que era real, não algum tipo de brincadeira — disse Anita.

Nunca, em toda a minha vida, fiquei tão feliz em ver aqueles rostos conhecidos.

O rosto de Trina está vermelho e suado por causa do esforço. Parece que correram pela encosta do vulcão, usando os *crampons* e tudo mais.

— Sam, você tem que se apressar. O Palácio não só está visível agora, como começou a despencar.

— O quê? — grito.

— Algo deve ter acontecido nas últimas horas. Todos os Talentosos da cidade estão alinhados, apontando as varinhas ao mesmo tempo. Seu avô e seus pais estão distribuindo poções para manter as pessoas fortes. Mas todo mundo está enfraquecendo.

— Ah, meu Deus! Como Raluca está acordada, deve estar drenando o poder mágico dos Talentosos mais rápido do que nunca.

Trina confirma com a cabeça.

— Kirsty e a APC estão organizando uma evacuação. Ficaram tão gratos com a ajuda dos Talentosos que estão trabalhando juntos. E você sabe quem está liderando os Talentosos?

— Quem?

— Zain.

— Caramba! — Cerro os lábios numa linha firme. Todo mundo que conheço está fazendo sua parte para salvar o mundo. Agora tenho que fazer a minha. Porque a minha casa, a minha cidade, está prestes a ser destruída.

— Colocamos a cura em frascos — diz Anita. — Nós três temos alguns na mochila.

Meu coração dá um salto de alegria e Anita se vira para que eu possa pegar um frasco para mim. Mas, quando o sinto na minha mão, parece tão pequeno! O que pode um frasquinho contra a pessoa mais poderosa do mundo todo?

— Não sei se consigo chegar perto o suficiente de Raluca para usá-lo. Ela tem que beber a poção — digo.

— Há outra opção — diz Arjun.

Nesse momento percebo a que Arjun se refere.

— Tem razão! Precisamos invocar a fênix novamente. Desta vez, é urgente. FÊNIX! — eu grito, mas minha voz falha.

— Não vai adiantar ficar gritando daqui. Temos que chegar lá — diz Arjun, afrouxando a corda em torno da cintura.

— Raluca é muito poderosa. Ela já destruiu uma das nossas cordas. E drenou seu próprio irmão!

Como para provar a minha afirmação, Raluca lança uma bola de fogo em nossa direção, obrigando-nos a retroceder. Sua voz troveja ao nosso redor.

— Ah, você! A garota que afirma ter a "cura". A garota que tem espalhado vídeos pelo mundo inteiro. Bem, está com as câmeras a postos agora? Desça até aqui e vou deixar você mostrar ao mundo quem eles estão enfrentando.

Troco olhares temerosos com Arjun e Anita, mas Trina acena com a cabeça, me incentivando. Ligo o drone. Depois ando até a borda do penhasco e o poder de Raluca me envolve, fazendo-me voar através da cratera até onde ela está, no lago de lava.

O chão racha e chia sob os meus tênis, mas tento manter a compostura. O frasco está aberto na minha mão e preciso usá-lo quanto antes.

— Olhe para mim — diz ela. Um segundo depois, Raluca está em chamas. O poder mágico irradiando dela, envolvendo-a. Ela é agora um feixe de luz brilhante projetando-se em direção ao céu, tão alto quanto a coluna de fumaça do vulcão. Essa não é uma simples corrente de magia. Raluca agora é um oceano, detentora de todo o Talento de Gergon e de quase todo de Nova. O poder da minha irmã. O poder da Princesa. O do Rei e o da Rainha.

— Eu o sinto — ela diz, os olhos em chamas. — Tudo ao meu redor é poder, é Talento. *Magia* está fluindo através das rachaduras deste solo. Aqui, abaixo dos nossos pés, estão as correntes de magma que se espalham pelo mundo inteiro. Não consegue sentir? Samantha. Você é comum. Em breve terá o respeito que merece. Não haverá ninguém para se gabar dos próprios Talentos diante de você e fazê-la se sentir inferior.

Eu balanço a cabeça, fechando os olhos com força.

— Não me sinto inferior — digo. — Sou comum e também tenho poder. Não quero ser Talentosa.

Mas ela agarra meu queixo, forçando-me a abrir a boca.

— Você não quer? Por que não tenta? Meu irmão... o Talento dele está lá, à disposição de quem quiser tomá-lo. Só não o drenei totalmente porque ele foi o único que cuidou de mim. E agora olhe. Colocou todo o mundo da magia aos meus pés. Então, por que você não tenta?

Ela despeja um líquido pela minha garganta bem no instante em que eu abro os olhos e ergo o frasco da cura na direção dos lábios dela. Mas ela é mais rápida do que eu. O frasco cai da minha mão e quebra no chão quando arqueio as costas para trás e me esforço para me afastar dela, tentando desesperadamente não engolir o líquido.

Mas eu o engulo. Quando vê, ela me solta, dá um passo para trás e espera, um enorme sorriso no rosto.

A princípio, nada acontece. Então, lentamente, o calor passa a fluir pelas minhas veias, começando pela ponta dos dedos e depois se espalhando pelo meu corpo. É quase como se as células do meu corpo vibrassem. Cantassem!

Conectassem-se. Moléculas de magia no ar ligando-se com as células do meu corpo. É assim, então? É isso que as pessoas Talentosas sentem todos os dias?

Quase choro ao perceber a injustiça. Nunca vou chegar a experimentar essa sensação. A viver essa experiência.

Mas então percebo que, na verdade, eu a vivo, sim. Sempre que estou preparando uma poção, sinto a mesma coisa. Não é uma simples magia. É criatividade. É paixão.

Olho para as minhas mãos, pensando que elas deveriam estar brilhando, tal é o ardor que sinto nelas.

Na minha frente, Raluca sorri.

– Pegue o resto do poder dele – Raluca diz. – Faça algo com essa magia.

Sinto o poder empoçado na palma da minha mão. Uma dose desse poder. Meu primeiro pensamento é usá-lo contra Raluca. Mas sei que ela poderia bloqueá-lo antes que eu fizesse um único movimento. E, além disso, é uma dose muito pequena de poder.

Então, eu o uso para fazer o drone flutuar. Meus olhos se arregalam de espanto quando o vejo pairar no ar e girar. Espero que a câmera esteja capturando tudo.

Um tiro ecoa através da caldeira. Vejo um clarão na minha frente e Raluca estremece de raiva. Eu me viro e vejo Arjun e Trina saltando na cratera. O braço de Trina está estendido, as pernas separadas. A mira absolutamente perfeita de sua arma fez a bala ricochetear no chão, um pouco à frente do pé de Raluca. Um tiro de advertência.

– Mexeu com a Princesa errada, Princesa – diz Trina.

– Você quase chegou tarde demais – responde Raluca. – Sinto o poder acumulado de todas as partes do mundo. Em breve não haverá nenhum outro Talento a não ser o meu e mais ninguém com quem lutar.

Trina dispara novamente e Raluca bloqueia o tiro com um movimento da mão.

– Como queira – diz ela. Raluca vira as costas para Trina e levanta as mãos para o lago de lava. De dentro dele, e ao longo dos rios de magma que brotam das rachaduras no chão da caldeira, saem monstros rastejantes feitos de fogo e enxofre, demônios de lava com corpos amorfos que criam vida. Arjun, munido de algum poder que o Waidan lhe conferiu, arremessa punhados de gelo que congelam os demônios no lugar, mas eles são muitos!

Aos poucos vão convergindo para Trina, que corre e se esgueira dos ataques como uma atleta, mantendo Raluca distraída.

    E distraindo-me também. Eu me obrigo a entrar em ação. Dou um salto na direção do ninho de fênix, pulando de ilha em ilha através dos rios da lava o mais rápido que posso, enquanto tomo cuidado para ver onde piso.

    – Fênix! – eu grito. – Por favor, venha! Precisamos de você! – Paro quando chego ao ninho, minhas pernas tremendo de medo. Tento recuperar o fôlego para chamá-la outra vez. Mas cada vez que respiro, me sinto sufocada pela adrenalina e pela fumaça.

    – O que está fazendo? – Num instante, Raluca está ao meu lado. Ela agarra a minha gola e me arranca dali com uma velocidade sobre-humana, obrigando-me a ir para o centro da cratera. – Já estou farta disso – diz. – Se não quer se juntar a mim, dane-se.

    Então ela me empurra para trás, na direção do lago de lava.

CAPÍTULO TRINTA E SEIS

♥ SAMANTHA ♥

O calor é tão intenso que tenho a impressão de que as minhas roupas se colaram na pele das minhas costas. Fecho os olhos e penso na minha família.

Mas minha vida não terminou ainda. Ouço um grito tão alto quanto um trovão no meu ouvido. E caio sobre um leito de brasas. Exceto que não são brasas. São penas.

De uma fênix. Penas vermelhas, douradas, laranja e amarelas, e tão brilhantes quanto a própria lava. Ela é enorme! Muito maior do que eu podia ter imaginado! É maior do que os dragões que já vi.

Minhas mãos instintivamente se fecham, procurando apoio. Elas encontram, no meio das penas da fênix. Meu coração dá um salto quando voamos para longe da lava incandescente. Estou nas costas da fênix. Ela veio me salvar.

A criatura deixa um rastro de fogo esmeralda que exala dos seus poros e se derrama sobre mim, sem causar nenhuma dor, me lavando como uma ducha gelada. Quaisquer vestígios de Talento que poderia restar da poção deixa meu corpo graças à chama da fênix, e eu não poderia estar mais feliz. A magia não parecia natural em mim. Qualquer inveja que eu pudesse ter sentido da minha irmã, de Zain, da Princesa... desapareceu. Estou feliz por ser eu mesma. E isso me dá a certeza de que é exatamente isso que precisamos fazer por Raluca.

Agarrada por uma mão às penas da fênix, eu me atrevo a ajustar a minha posição, girando o corpo até ficar deitada de bruços sobre ela, olhando por sobre a asa da fênix para o chão mais abaixo. Lá se instaurou o caos, com Anita, Arjun e Trina de costas uns para os outros, lutando contra Raluca e os demônios de lava. Sei que não lhes resta muita munição – nem balas, nem poções. Nós só estávamos preparados para uma caminhada, não para uma batalha.

Eles precisam sair daqui.

– Fênix, ali! – digo, apontando para Raluca. – Ela é a fonte de todo esse tumulto. Você precisa me ajudar a detê-la.

Não sei se a fênix me entende, mas ouço outro grito dela de furar os tímpanos e só posso torcer para que isso signifique um "sim". Ela dá um mergulho na direção de Raluca, e eu abraço seu corpo, esperando sentir seu rastro de fogo. Mas ele não vem. Em vez disso, a fênix voa sobre os Patel e Trina, e eu a sinto desestabilizar em seu voo, com o súbito peso extra. Ela os pegou com suas garras! Ganhamos altura e sobrevoamos a caldeira, onde com uma manobra e um tremor das penas, ela me joga das suas costas, diretamente no solo pedregoso.

– Precisamos voltar! – digo, lutando para ficar de pé. Mas a fênix me olha com olhos tristes, antes de explodir num inferno de fogo ardente. Seu corpo se desintegra diante dos meus olhos – junto com nossas chances de deter Raluca. Tudo o que resta no final é uma avezinha nua e rosada, contra o chão de lava negra. Mas não consigo sentir nada a não ser gratidão. A fênix salvou a minha vida e a vida dos meus amigos. Seu último esforço provou sua lealdade.

Ouço uma gargalhada, vindo de dentro da cratera, que eriça os pelos da minha nuca. Raluca venceu. Mas a determinação se solidifica no meu corpo e transforma minha paixão em mármore. Não vou desistir. Mesmo que tenhamos de morrer tentando. Que precisemos localizar outra fênix, em outro vulcão, em outra parte do mundo. Coletar em frascos tantas chamas quanto for possível. Vamos derrotar Raluca. Não vou deixá-la levar minha irmã. Não para sempre.

Corro até a borda da cratera e me forço a olhar.

Raluca está pairando acima do lago de lava, seu poder suspendendo-a no ar. Ela abastece seu arsenal de energia no magma. Não posso atingi-la daqui com nenhuma arma. Só posso esperar, impotente, deixando o drone capturar tudo enquanto o plano que arquitetamos se desenrola diante dos nossos olhos.

Percebo um movimento por perto e não é um dos demônios de lava, que são apenas poças de magma agora que a energia de Raluca não os está alimentando. Desta vez é Stefan. Ele está se movendo devagar, tentando não chamar a atenção para si. Desse modo está chegando cada vez mais perto da irmã.

Mas, a qualquer momento, ela vai vê-lo ali.

– Trina – chamo. – Preciso distrair Raluca. Rápido. O que podemos fazer?

– Estou sem munição – diz ela, jogando sua arma inútil de lado.

Tenho que usar a única arma que me resta. Um blefe. Pego um frasco vazio do cinto de Arjun e o seguro no alto.

— Temos a chama da fênix! — grito. — E vou usá-la em você.

A atenção de Raluca se volta para mim e a expressão furiosa em seu rosto provoca arrepios que percorrem meu corpo.

— Você é minha! — diz ela. Eu me preparo para o ataque, certa de que vai usar seu imenso poder para me ferir.

Mas, atrás dela, Stefan fica de pé e, mesmo daquela distância, vejo seus olhos de tigre se fixarem nos meus. Então, numa explosão de velocidade e energia, ele corre pelo lago, salta e ataca a irmã pelas costas com uma corda.

Ela estende as mãos, a corda explodindo no ar, na frente das suas palmas. Mas o ataque é muito inesperado, muito forte, muito súbito.

Ambos caem no chão. Uma luz verde brilha e a rocha sob nossos pés começa a tremer.

Trina me pega pelos braços.

— Vamos! — ela diz. Eu me viro, para garantir que Arjun e Anita estão nos seguindo. Lágrimas escorrem pelos seus rostos e pelo meu também, pois os gases são sufocantes.

— Como vamos voltar para o Palácio? — pergunto.

— O que é isso na sua mão? — pergunta Trina, apontando para o meu dedo.

— É o anel de Stefan. Ele acabou de me dar.

Os olhos de Trina se iluminam.

— É um anel da Realeza. Já vi um destes antes, no dedo da Princesa Evelyn. Pode nos levar de volta ao Palácio. Ani e Arjun, segurem-se em Sam.

Eles agarram a minha mão, fortalecendo o poder da magia. Eu tiro o anel. Vejo que ele tem uma saliência num dos lados, logo abaixo do imenso rubi engastado. Cutuco ali com a unha e um pequenino compartimento se abre. Dentro vejo um pequeno entalhe. Volto-me para a cratera outra vez, para o caso de ainda haver uma chance...

– Eles se foram! – sussurra Anita.

Eu sei disso. Não perco mais tempo. Coloco o dedo sobre o entalhe.

E, num instante, tudo, inclusive o vulcão, desaparece.

CAPÍTULO TRINTA E SETE
♥ SAMANTHA ♥

O anel nos leva diretamente ao Palácio da Nova e aterrisso derrapando de joelhos no piso liso. Demoro apenas um instante para me recompor, mas, antes que possa ficar de pé, o piso se inclina novamente e deslizo para o outro lado. Colido com Anita e Arjun, que também desabaram no chão, sem conseguir se equilibrar.

– Preciso acordar todo mundo! – grito para eles. – Vou ligar para Zain.

Trina me joga o celular e digito o número de Zain o mais rápido que posso.

– Precisamos acordar todo mundo! – repito ao telefone, assim que ele atende, nem lhe dando tempo para dizer olá.

– Deixa comigo! – ele responde, sem me questionar. – Encontro você no salão de baile num minuto.

Desligamos o telefone.

– Ouviram isso? – pergunto aos outros. – Precisamos chegar ao salão de baile.

Trina olha para os dois lados do corredor, depois faz um gesto para nós, indicando o lado direito.

– Por aqui.

– Não vai demorar muito até que o Palácio despenque! – grito, enquanto o piso embaixo dos nossos pés se inclina perigosamente para um lado.

– Então vamos rápido! Precisamos de cada gota de Talento desta cidade se quisermos impedir que isso aconteça.

Corremos pelos corredores o mais rápido possível, lutando contra a inclinação do piso, que nos impulsiona para o lado oposto. As portas do salão de baile surgem diante de nós e Trina se joga contra elas, abrindo-as com a força do ombro.

Estranhamente, o salão de baile é o lugar mais silencioso do Palácio. É sinistra a maneira como todos dormem placidamente ali, felizes na inconsciência do que acontece lá fora. Disparo em direção ao lugar onde a Princesa está. Mas nesse instante outra coisa me deixa chocada.

– Pelos dragões! – grito.

– O que foi? – Trina pergunta. Mas as palavras estão presas na minha garganta. – Que diabos aconteceu?

A cama da Princesa está vazia.

– Estou aqui!

Com a sua silhueta recortada contra a claridade que vem da varanda, nos fundos do salão de baile, e o cabelo loiro caindo sobre os ombros em ondas selvagens, está a Princesa Evelyn. Seus olhos azuis glaciais brilham com um poder ensandecido. Suas mãos estão estendidas até onde os dedos podem alcançar.

– Estou mantendo o Palácio no lugar... mas não vou conseguir fazer isso sozinha por muito tempo.

Trina corre até ela.

– Força, Princesa! – ela a incentiva.

Evelyn faz um sinal com a cabeça.

– Vou conseguir. Por você.

– Sam!

Giro no lugar ao ouvir a voz de Zain e quase desmorono de alívio. Mas, em vez disso, corro para os braços dele, reservando o mais breve instante para um abraço. Em seguida, estou de volta ao que é mais urgente.

– Trouxe os antídotos para a poção do sono – diz Zain. – Eles têm ação instantânea.

– Ótimo, precisamos acordar e curar todos o mais rápido possível, se quisermos ter alguma chance de salvar o Palácio – digo. Depois me volto para os outros. – Pessoal, mãos à obra!

Zain coloca sua mochila no chão. Dentro há frascos com antídoto suficiente para curar a todos dentro do Palácio. Cada um de nós pega um punhado deles e eu me volto para Anita.

– Você acorda a Rainha. Zain acorda o Rei. Arjun e eu acordaremos os outros. – *Começando por Molly*, eu nem preciso dizer.

– Deixa comigo! – diz Zain.

Nenhum de nós desperdiça nem mais um instante depois disso. Anita, Arjun e Trina pegam os frascos com a cura em suas mochilas. Aperto um deles numa mão e os antídotos para a poção do sono na outra. Tenho que confiar nos sintéticos de Zain desta vez. Mas sei que ele não me decepcionará.

Vou até a cama de Molly, tiro as cobertas de cima dela e derramo o antídoto para a poção do sono entre seus lábios. Para meu alívio, os olhos de minha irmã se abrem.

– Oi, Molly – cumprimento-a. – Engula tudo.

Ela bebe a poção sem protestar e logo em seguida se volta para mim.

— O que posso fazer? — pergunta, sentando-se na cama. Suas mãos dentro das luvas crepitam quando seus poderes mágicos retornam.

O Palácio dá um solavanco tão violento que os lustres no teto balançam e começa a chover reboco do teto. Molly grita e eu atiro o cobertor de volta sobre ela. Quando tudo se aquietar novamente, digo:

— Vamos, você precisa ajudar a Princesa.

— Ok — ela responde. — E você tem de acordar mais pessoas.
— Nós nos abraçamos rapidamente e corremos em direções opostas: ela, para uma janela e eu, para o adolescente adormecido na cama ao lado da de Molly.

O Rei também está se levantando da cama. Zain tenta freneticamente explicar o que está acontecendo e, quando o Rei entende, corre para a varanda onde está a Princesa. A Rainha, quando acorda, se apressa para se juntar a ele.

Com os três membros da Família Real na varanda, seus poderes de volta à capacidade máxima, o Palácio começa a se endireitar. É só quando me aproximo da varanda que percebo a que ponto as coisas chegaram. Os alicerces do palácio flutuante já estavam tocando o Z do edifício da ZA; o Z inclinado, prestes a se quebrar. Imagino a expressão de Zol Aster — o pai de Zain e talvez, um dia, meu futuro chefe — passar de angústia para o alívio.

Então, o próximo passo é fazer o Palácio começar a se elevar no ar. À medida que acordamos mais e mais guardas e funcionários do Palácio, eles empregam todo o seu Talento nessa tarefa. Lentamente, o Palácio retorna à sua posição original, acima do Grande Castelo.

– O último passo – diz o Rei, levantando os braços – é restaurar a invisibilidade.

– Não acho que devemos fazer isso, pai – diz a Princesa. – O povo de Nova acaba de passar por um dos períodos mais sombrios dos últimos tempos. As pessoas precisam ver que está tudo bem, que seus líderes cuidam de todos, em vez de simplesmente desaparecer no ar, para se proteger.

– Mas sempre foi assim! – protesta o rei.

– Mas não é por isso que precisa continuar a ser. – A voz de Evelyn é firme e o Rei acaba por ceder.

– Eu a vi no mundo dos sonhos, filha – diz o Rei. – Você se manteve firme quando todos nós nos deixamos sucumbir pelos oneiros.

– Eu não teria feito isso sem a ajuda dos nossos súditos – ela responde. – Falando neles, tenho que verificar se estão todos bem. – Ela se vira e me vê de pé na porta da varanda. – Sam! Você nos salvou novamente.

– Foi um trabalho em equipe *outra vez* – digo com um rubor.

– Sei que sua participação foi maior. – Ela me abraça, me beijando em ambas as faces. – Vamos lá. Quero ajudar a acordar todos aqui.

Demora algumas horas até que todos no Palácio, inclusive a Rainha-mãe, estejam acordados e de posse dos seus poderes, e aparentemente tudo volte ao normal. Por fim, a Princesa faz um gesto, pedindo que eu, Molly, Zain, Anita, Arjun e Trina entremos nos seus aposentos particulares.

Assim que a porta se fecha, Evelyn se volta para mim.

– Então... o que aconteceu?

Não demoro muito para lhe relatar todos os acontecimentos, desde o momento em que a vi no mundo dos sonhos até agora. Quando chego à parte em que Stefan se atira nas profundezas do vulcão – com Raluca – Evelyn perde o fôlego.

– Então... meu marido se foi?

Confirmo com a cabeça.

– Você tem certeza? Pensei que... – Evelyn olha para as mãos. Eu franzo o cenho. O que ela está se perguntando? E então eu me lembro: seu poder. Não voltou com força *total*. Não é mais a mesma força incontrolável.

Evelyn abraça Trina e parece que ela estava esperando esse abraço havia muito tempo. Os grilhões que ela havia colocado ao redor do coração foram retirados e as duas se beijam. Aperto a mão de Molly e sorrimos. Por fim, essa é uma história que pode ter um final feliz. Então, meu coração faz algo que me surpreende: ele se contrai de dor. Pelo fato de o Príncipe Stefan e a Princesa Raluca terem sido obrigados a morrer para que isso acontecesse. No final, e desde o início, tudo o que ele queria era salvar a irmã. Como posso culpá-lo?

Abraço Molly e ela retribui.

– Estou interrompendo alguma coisa? – a voz de Stefan surpreende a todos. Ele simplesmente aparece no meio da sala, usando um pedaço da sua capa esfarrapada.

Molly grita e a Princesa e Trina se separam imediatamente. Trina toma a frente da Princesa com as mãos nos quadris, de um jeito protetor, enquanto Arjun, Anita e eu nos preparamos para intervir a qualquer momento.

Não é exagero dizer que o Príncipe está um verdadeiro caos. As roupas estão queimadas e ainda fumegando; seu rosto, coberto de fuligem. Acho que ele até queimou uma das sobrancelhas, o que faz com que seu rosto pareça comicamente assimétrico.

– Vo-você... está vivo! – gaguejo. – Conseguiu voltar...

– Não sem muito esforço.

– E Raluca? – tenho de perguntar, mesmo que, para mim, todos ali estarem bem já seja mais do que suficiente.

– Também está viva – ele diz, com uma voz que é apenas um sussurro. – O lago de lava estava repleto de chamas de fênix. Quando caímos, o equilíbrio foi restaurado, devolvendo a minha magia. Consegui nos salvar, antes que o inferno abaixo de nós nos devorasse. – Ele se afasta de mim, para fitar a princesa Evelyn. Vejo os ombros de Evie enrijecerem quando se afasta de Trina. Ela coloca um dedo no braço dela, quando passa, e Trina a fita. Então, com uma expressão impassível, que deve ocultar um universo de decepção e pesar, Trina recua para a Princesa ir até o marido.

– Príncipe Stefan – diz Evelyn, com o semblante rígido, mas altivo.

– Princesa. – Ele cai sobre um joelho. – Quero pedir que me perdoe pelo que aconteceu aqui. Levei Raluca de volta a Visir. É o último lugar em que ela foi feliz, entre as campinas verdejantes e o ar fresco. Terá liberdade novamente, prometo a você. Não deixarei que meus pais a escondam mais.

A Princesa se apruma, em toda sua majestade.

– Conheci seus pais e seu irmão mais velho, no mundo dos sonhos. Talvez não sejam tão compreensivos com a sua irmã quanto você.

– Posso dar um jeito nisso – eu falo.
Tanto Stefan quanto Evelyn voltam-se para mim. Estou com o drone nas mãos.
– Registrei tudo, e quero dizer tudo mesmo, num vídeo. Você tem que me prometer que vão tratar Raluca com respeito e compaixão a partir de agora. Caso contrário, tudo isso, a verdade sobre o poder mágico roubado, virá à tona. E não acho que o povo de Gergon vá gostar muito de saber o que aconteceu. E nunca mais tentem tirar o poder de um Talentoso.
Stefan assente com a cabeça.
– Confie em mim, não é algo que queiramos que vá a público. Meus pais também concordariam. Além disso, tenho que voltar a Gergon e ajudar meu povo a se reerguer. Ajudá-lo a se curar. E me parece que, ao violar o contrato do nosso casamento... – ele hesita, as palavras presas na garganta.
– ... colocando a minha vida em perigo – Evelyn completa, sem se exaltar –, e permitindo que sua irmã roubasse o poder mágico de todos no meu reino e possivelmente ameaçando a vida de todos os Talentosos do mundo?
– Por tudo isso – responde o Príncipe –, peço que mande preparar os documentos para a anulação do nosso casamento. Vou assiná-los o mais rápido possível. Eu... – Ele olha o dedo vazio, onde antes havia um anel. E levanta os olhos para mim.
– Ah! – exclamo, antes de me dirigir a Stefan e lhe entregar o anel. O Príncipe pega a mão de Evelyn, depois gentilmente coloca o anel dentro da sua palma, fechando os dedos sobre ele.
– Me desculpe por colocar sobre os seus ombros a tarefa de encontrar outra pessoa com quem se casar, mas acho que é a melhor coisa a fazer.

Nesse instante, o olhar de Evelyn se desvia para mim e eu sorrio. Talvez eu ainda precise descobrir um modo de armazenar o poder excessivo da Princesa, no final das contas, como tinha previsto no fim do Tour Real.

– Acho que Sam pode dar um jeito nisso – diz Evelyn.

CAPÍTULO TRINTA E OITO

♥ SAMANTHA ♥

Estou deitada na minha própria cama, no meu quarto, o laptop aquecendo os meus joelhos enquanto olho para a constelação de estrelas que brilham no escuro espalhadas pelo teto. Quase posso estender a mão e tocá-las. Tudo no meu quarto parece pequeno desde que voltei. É bom estar em casa. Mas há um mundo gigantesco me esperando lá fora e sei que preciso conhecê-lo um pouco mais.

Viver aventuras é algo que vicia.

Assim que voltei do Palácio com Molly e conseguimos nos desvencilhar dos abraços dos meus pais, fiquei um instante sozinha com o meu avô na loja. Nossa primeira providência foi entrar em contato com o mosteiro de Jing e avisar o Waidan e sua equipe que tínhamos conseguido salvar os Talentosos. O equilíbrio natural tinha sido restaurado.

Eles, por sua vez, nos asseguraram de que a erupção do vulcão não tinha ameaçado a cidade de Long-shi e, na verdade, o vulcão parecia adormecido mais uma vez. Nunca conseguirei expressar em palavras toda a minha gratidão pelo Waidan. Sem a ajuda dele e de todos ali, eu nunca teria descoberto como fazer a cura.

Até minha breve visita a Long-shi me mostrou que havia muito mais a ser descoberto do que seria possível se eu ficasse na Loja de Poções Kemi. Em Kingstown. Em Nova.

Você montou uma fênix. Seguiu os passos dos seus antepassados. Escalou um vulcão.

É a primeira vez que sinto um anseio por aventuras. E quero satisfazê-lo.

– A loja estará aqui quando você voltar – disse meu avô.

As palavras me aterrorizaram e ao mesmo tempo me encheram de entusiasmo. Tudo o que eu pensava que queria sobre o meu futuro mudou; nem mesmo o trabalho na ZA parece *suficiente*. Há muito para eu explorar neste mundo. Quando sair do ensino médio... quem sabe para onde poderei ir? Quem sabe o que poderei realizar?

O laptop emite um sinal sonoro. Franzo a testa ao ver a tela, atualmente ocupada por mil abas diferentes, todas oferecendo diferentes versões sobre o que aconteceu nas últimas semanas. Estou tentando descobrir se alguma delas se aproxima da verdade.

Até agora, não encontrei nenhuma que relate a história toda. Mas tudo bem. Desta vez, não vou corrigir a mídia, e pelo menos não estão mais culpando a APC.

O máximo que fiz foi tentar evitar ler meus e-mails, e só estou franzindo a testa agora porque recebi notificações de que acabam de chegar outras cinco novas mensagens. Todas sobre assuntos parecidos: PARA ATENÇÃO DE SAMANTHA KEMI: CURA AVANÇADA NECESSÁRIA. Pessoas de todo o mundo com problemas incomuns, coisas que não podem ser resolvidas pelo alquimista local, estão vindo procurar minha ajuda.

O remetente de um e-mail em particular chama minha atenção. DE: YOLANDA GRANDINE. Deve ser falso. Yolanda é uma das principais atrizes de Nova Nova, vencedora de todos os prêmios de melhor atuação. Ela é megafamosa. Mundialmente famosa.

É falso, decido. Arquivo o e-mail na pasta de *spans*.

Ouço uma batida na porta do quarto.

– Entre – digo, sem pensar.

– Samantha?

A voz faz meu coração parar, e tenho que fechar os olhos e respirar antes de fechar o laptop e olhar para cima.

– Zain?

Vê-lo de pé na minha porta me faz sorrir, é como um reflexo que não consigo controlar.

– Posso entrar? – ele parece envergonhado, com a cabeça um pouco baixa. Quase digo para ele endireitar a postura. Quero o meu Zain confiante. Esta não é a pessoa que conheci. Mas assim como eu estou mudando, talvez ele também esteja.

– Claro – digo. Faço um gesto para que ele se aproxime da cama e nós dois nos sentamos nela.

– Então, salvou o dia novamente, não foi?

– Algo assim – respondo. Meus ombros enrijecem. Minha primeira briga com Zain foi porque eu era centro das atenções, e não quero sentir essa culpa outra vez.

Ele percebe e coloca a mão sobre a minha.

– Desculpe, não devia ter dito isso. Foi mal.

– É, foi.

Ele suspira, então abre seu sorriso irresistível.

— Estou orgulhoso de você, Sam. Eu sabia que você ia conseguir.

Mordo o lábio inferior, tentando escolher as palavras com cuidado antes de falar.

— Não quero que você fique orgulhoso de mim. Quero que fique ao meu lado. Mas... isso não vai ser possível, vai? – Olho dentro dos seus olhos azuis e posso ver a realidade do que está escrito ali.

— Preciso descobrir quem sou, se quiser ser digno do seu amor um dia.

— Não preciso que você faça nada para ser digno do meu amor! – protesto, mas ele não me deixa continuar.

— Eu sei que não. Mas isso é algo que preciso fazer *por mim*. Preciso descobrir quem sou. Tudo o que não quero é ter que assumir a ZA. Sintéticos e Poções... isso não é pra mim.

— Então, o que pretende fazer?

— Bem, adorei visitar Long-shi e pensei em explorar aquele antigo mosteiro. Talvez a História seja algo que me interesse. Arqueologia.

Sorrio.

— Você de fato é bom em pesquisas.

— É verdade. Então eu me candidatei a um novo curso de graduação. Em Nova Nova. Começa no próximo semestre, então pensei em passar o resto deste semestre fora. Viajar um pouco... Sei que não é isso que você queria ouvir.

— Tudo bem. Sério. – Quando digo isso, posso sentir no coração que são verdadeiras. Eu amo Zain, mas também sei ele tem que descobrir quem é. Se um dia, quando nós dois nos conhecermos melhor, percebermos que vivemos mais felizes juntos... então sei que meu coração sempre estará aberto para ele.

— Você é a pessoa mais incrível que já conheci, Samantha Kemi. Você faz com que eu queira ser a melhor versão de mim mesmo. Tenho certeza de que esse não é o fim. Somos apenas... uma poção que precisa descansar um pouco antes que todos os ingredientes se misturem.

Sua tentativa de fazer uma metáfora me faz sorrir.

— Sempre fomos uma mistura estranha, você e eu.

— Como óleo e água.

— Espero que um dia as condições sejam melhores e sejamos a poção perfeita. — Eu não resisto. Me levanto e coloco os braços ao redor dele. Nós nos beijamos, minhas mãos entre os fios rebeldes dos seus cabelos escuros, até ficarmos sem ar e finalmente termos que nos separar. É impossível negar a nossa química. Talvez um dia as coisas funcionem para nós.

Mas, por enquanto, esse dia terá que esperar até nós dois estarmos prontos.

CAPÍTULO TRINTA E NOVE

♥ SAMANTHA ♥

Três meses depois.
Tapete vermelho. Confere.
Pipoca. Confere.
Todos os meus amigos e familiares. Olho em volta, para admirar os meus rostos favoritos: mamãe, papai, Molly e vovô nos assentos de veludo vermelho da fila da frente; Anita, Arjun e os pais deles atrás; Kirsty com seus amigos Coletores. A Princesa Evelyn acena para mim do camarote real, Trina sentada ao lado dela. *Confere. Confere. Confere.*

Acho que não é um sonho, então. Realmente estou na estreia do meu próprio documentário.

Reconfortada com os rostos familiares na plateia, solto a cortina e volto para a escuridão dos bastidores atrás da tela. Quando me viro, Daphne está parada ali, sorrindo para mim.

— Pronta para começarmos a rodar? — ela pergunta.

Aliso a frente do meu vestido, um modelo simples num tom prateado, que Evie me ajudou a escolher e realça a minha altura e meu tom de pele.

– Acho que sim – digo com um sorrisinho nervoso.

– Todo mundo vai amar! – ela garante. – Não se preocupe. Sempre fico nervosa no dia da estreia. Mas apresentar o seu documentário vai ser muito fácil. Sua história fala por si. Você é o tema dos sonhos de qualquer diretor.

– Mas você também fez um ótimo trabalho de edição – digo, com sinceridade. Isso posso afirmar com certeza. Já assisti ao documentário mais de dez vezes, com receio de encontrar algo que eu deteste ou descobrir que minhas palavras foram distorcidas. Mas Daphne foi maravilhosa desde o dia em que voltamos a entrar em contato e ela se desculpou por ter me largado em Zhonguo e não ter acreditado em mim. Aceitei suas desculpas, pois era compreensível que duvidassem de mim, em vista de todas as mentiras que Stefan espalhara. Em parte foi por isso que quis contar a minha história.

E agora, ela criou algo realmente especial. Um olhar realista da minha vida de Mestra Alquimista, com todos os seus aspectos, positivos e negativos, desde as noites em claro pesquisando ingredientes e descartando poções ineficazes, até os dias de glória, em que criei a poção perfeita.

Fiel à minha promessa, não escolhi a história do Príncipe Stefan e da Princesa Raluca como tema principal. Evie recebe mensagens dele de vez em quando, garantindo que Raluca está se recuperando e aprendendo a ser feliz outra vez, Gergon está sendo reconstruída e o próprio Stefan está mais atento e exigindo que seus pais e o irmão tratem Raluca com mais consideração. Evie e Trina foram para Gergon, também, verificar se ele estava falando a verdade. Confio no julgamento delas.

Em vez disso, optei por enfocar o documentário na criação da poção que está permitindo à Princesa Evelyn armazenar todo o seu excesso de poder, *sem* ser forçada a se casar com quem ela não quer. Uma poção que lhe dá tempo e possibilidade de se apaixonar pela pessoa certa. Quando o documentário for ao ar, vai ajudar a explicar ao povo de Nova por que seu casamento foi anulado, mostrando tanto aos cidadãos Talentosos quanto aos comuns que o equilíbrio e a segurança de Nova são a maior prioridade da Princesa. Essa é uma boa história também.

As primeiras notas da trilha sonora inicial do documentário ecoam pela sala de cinema e Daphne me cutuca com o dedo.

– É melhor você se sentar – diz ela.

Assinto com a cabeça, respiro fundo e me esgueiro para o auditório, enquanto os olhos de todos estão grudados na grande tela em frente a eles. A sequência introdutória está tocando e as palavras finais são: "Samantha Kemi, a Alquimista Extraordinária".

Sinto como se tivesse passado o resto do documentário inteiro sem respirar (embora eu saiba que isso é impossível). É só a salva de palmas do público, de pé no final, que libera toda a tensão que sinto nos ombros e o ar dos meus pulmões. Anita me abraça por trás e minha mãe tem lágrimas nos olhos. Até vovô parece um pouco emocionado quando murmura um comentário sobre a bagunça que deixei no laboratório, numa cena em que preparo uma poção. Mas, na verdade, posso ver que ele também gostou do documentário.

– Ah, meu Deus, Sam, foi incrível! – diz Anita, saltando sobre o assento para me abraçar direito.

– Gostou mesmo?

— Eu não iria mentir. Será que é tarde demais para eu começar a estudar alquimia outra vez? — Ela solta uma risada.

— Vou gostar de ter você na minha equipe quando quiser, sabe disso — digo, contagiada pelo sorriso dela.

Uma multidão se aglomera à minha volta, acotovelando-se para falar comigo enquanto converso com Anita. Ela coloca algo em minha mão: é o celular dela. Deixei o meu em casa, porque não queria saber a reação nem receber mensagens de ninguém que não estivesse ali na minha frente.

Bem, com a exceção de *uma* pessoa, é claro.

— Atenda a ligação — ela sussurra na minha orelha. — É particular. Cuido desse povo.

Assinto com um leve aceno e deslizo para fora do círculo de pessoas, enquanto Anita me escolta — não é fácil sair de fininho quando se tem a minha altura, mas de algum modo nós conseguimos e eu me escondo atrás da cortina do palco.

Um rosto conhecido aparece no visor do celular de Anita.

— Zain?

O rosto dele se ilumina quando me vê e seu sorriso acelera meu coração, fazendo-o bater descontroladamente.

— Sam! Não podia deixar esta noite passar em branco. Tinha que te dar os parabéns por ser a alquimista mais incrível que eu conheço.

— Obrigada! — digo, corando um pouco. — Como vai a vida em Nova Nova?

Zain começou seu novo curso de graduação e está estudando muito há semanas para se inteirar das matérias que perdeu no semestre anterior.

– Está tudo ótimo! Você tem que vir aqui conhecer o *campus*. Vai adorar. Fui dar uma olhada nos laboratórios de alquimia. Eles têm até mais tecnologia aqui do que em Long-shi.

– Sério? Bem, então já pode me inscrever – digo com um sorriso.

– Então... divirta-se esta noite. Mal posso esperar para ver o documentário.

– Obrigada. E divirta-se na faculdade.

Embora nenhum de nós fale nada, nós dois sabemos que não estamos prontos para desligar. Nossos olhos estão colados ao visor do telefone e sinto um nó na garganta, com todas as palavras que quero dizer, mas não posso. Então fecho os olhos, pressiono o botão para terminar a chamada e fico momentaneamente olhando para a tela escura do celular.

Fico assim, até um instante depois, quando uma luz brilhante pisca nas proximidades. Ando até onde vi o clarão, cheia de curiosidade. Há um pacote no chão, embrulhado em papel marrom e amarrado com um laço vermelho. Meu nome está escrito na etiqueta, mas não encontro o nome do remetente.

Puxo a fita e rasgo o papel. O que há dentro me tira o fôlego.

É um diário de poções! Um diário de couro repleto de páginas de papel creme texturizado, todas em branco e prontas para serem preenchidas. Gravado na capa de couro macio marrom-escuro, há o desenho intrincado de uma fênix surgindo das chamas. Corro os dedos pelo desenho, encantada com a sua beleza.

Sei que é meio ridículo, mas quero cheirar as páginas, sentir aquele cheiro perfeito de mofo que só se percebe da primeira vez que se abre um livro. Abro a capa de couro e me preparo para sentir o cheiro. Mas algo me impede. Na primeira página há uma inscrição numa caligrafia que reconheço:

> *Nunca se esqueça, Sam. Você sempre será extraordinária para mim – Z*

Abraço o diário no momento em que a cortina se abre.

— Sam? — É Daphne, com Anita logo atrás, com um olhar de quem diz: "Desculpe, não consegui impedi-la!" — Ah, aí está você — Daphne continua. Ela dispara na minha direção, com uma energia que parece alimentada pelos aplausos do público ao seu (meu) documentário. — Estou indo para a festa agora, mas queria lhe dar isso, caso não a veja mais esta noite. — Ela pisca enquanto me entrega um cartão elegante com o nome "Yolanda" impresso nele em letras maiúsculas. O cartão é encantado para reproduzir trailers de seus filmes no verso. — Yolanda me disse que você está ignorando os e-mails dela. Você precisa entrar em contato. Ela quer muito conhecê-la para encomendar uma poção.

— Sério? — pergunto, boquiaberta.

— Sério — confirma Daphne. Ela me dá dois beijos rápidos na bochecha. — O documentário é um sucesso, Samantha. Espero que esteja realmente orgulhosa.

Ela se afasta, num turbilhão de saias, deixando Anita e eu sozinhas atrás da tela.

Anita sorri para mim.

— Então, Samantha Kemi, estrela de documentários, Mestra Alquimista e, em breve, alquimista das estrelas de cinema, o que você vai querer fazer agora? Estão servindo drinques no saguão e também ouvi falar de uma festa...

Mordo o lábio inferior.

– Bem, acho que essa festa pode ser bem divertida... mas você sabe o que eu realmente queria fazer?

– O quê?

– Tomar um *latte* de baunilha com café e chantili.

Cafeína – pode não ser uma Aqua Vitae, mas é o mais perto de uma poção de cura que vou conseguir encontrar.

Ela solta uma risada e engancha o braço no meu.

– No Café Mágico?

– Onde mais? – Começo a andar em direção à saída dos fundos, por onde podemos escapar da sala de cinema sem que ninguém nos veja.

– O que é isso? – pergunta Anita, ao sairmos, apontando para o diário que ainda estou apertando nas mãos.

– Isto? – Olho para o diário de poções, com a fênix irrompendo das cinzas, e sorrio. – É o lugar onde a magia acontece.

AGRADECIMENTOS

Meu primeiro agradecimento vai para Lucy Rogers e Zareen Jaffery, editoras da melhor qualidade, por tudo o que fizeram para formatar esta série e por serem fãs de #Zamantha. As equipes S&S em todo o mundo foram construindo esta série pouco a pouco – obrigada por amarem Sam, minha protagonista *nerd* alquimista, tanto quanto eu.

Como sempre, muito obrigada a Julieta Mushens, por ser minha amiga e agente estrela do rock. É por causa dela que esta série foi publicada em muitas outras línguas e fico maravilhada com a sua energia e Talento (com letra maiúscula, porque suspeito secretamente que ela tem poderes mágicos).

Para meus amigos de profissão – Zoe Sugg, Amie Kaufman, Laura Lam, Juno Dawson, James Smythe, Will Hill e Laure Eve –, obrigada por me inspirar com os seus livros incríveis. E uma menção especial a Kim Curran, que me ajudou a preencher muitas lacunas do enredo enquanto estávamos num *château* na França. Eu não conseguiria fazer isso sem você.

Muito obrigada aos meus pais, pelo seu constante apoio e orientação e por me oferecer as chaves do seu chalé, meu local ideal para escrever.

E, por fim, meus agradecimentos por este livro não estariam completos sem uma menção ao Dadingo, a grande picape amarela da Oasis Overland que me levou à base do vulcão Villarrica, no Chile, para pesquisar (além de muitos outros lugares da América do Sul), e a outras pessoas a bordo, especialmente Gayle, Kim e Gareth. Minha sede de aventuras me levou a muitos lugares deste mundo, tão mágicos quanto qualquer outro deste livro, mas são as pessoas que conheci ao longo da viagem que realmente fizeram com que tudo valesse a pena.